MANFRED BAUMANN
Blutkraut, Wermut,
Teufelskralle

MANFRED BAUMANN

Blutkraut, Wermut, Teufelskralle

6 Kräuter-Krimis

SPANNUNG

GMEINER

Bisherige Veröffentlichungen im Gmeiner-Verlag:
Glühwein, Mord und Gloria (2016),
Salbei, Dill und Totenkraut (2016),
Mozartkugelkomplott, Meranas 5. Fall (2015),
Maroni, Mord und Hallelujah (2014),
Drachenjungfrau, Meranas 4. Fall (2014),
Zauberflötenrache, Meranas 3. Fall (2012),
Wasserspiele, Meranas 2. Fall (2011),
Jedermanntod, Meranas 1. Fall (2010)

Ausgewählt von
Claudia Senghaas

Personen und Handlung sind frei erfunden.
Ähnlichkeiten mit lebenden oder toten Personen
sind rein zufällig und nicht beabsichtigt.

Text im Kapitel »Wermut«:
http://gutenberg.spiegel.de/buch/-1363/1
Charles Baudelaire: Blumen des Bösen/Les Fleurs du Mal.
Übersetzung von Terese Robinson,
erschienen 1925 im Georg Müller Verlag, München

Besuchen Sie uns im Internet:
www.gmeiner-verlag.de

© 2017 – Gmeiner-Verlag GmbH
Im Ehnried 5, 88605 Meßkirch
Telefon 07575 / 2095-0
info@gmeiner-verlag.de
Alle Rechte vorbehalten
1. Auflage 2017

Lektorat: Claudia Senghaas, Kirchardt
Herstellung: Mirjam Hecht
Umschlaggestaltung: U.O.R.G. Lutz Eberle, Stuttgart
unter Verwendung der Fotos von: © kulikovan / fotolia.com, © maylat / fotolia.com,
© Thomas Mathis https://commons.wikimedia.org/wiki/File:Phyteuma_orbiculare.JPG
Druck: GGP Media GmbH, Pößneck
Printed in Germany
ISBN 978-3-8392-2099-3

»Ich habe keine Lieblingsheilpflanze. Es gibt nur Pflanzen, die ich mehr oder weniger verstehe.«
Pater Johannes Pausch, Prior des Europaklosters Gut Aich, St. Gilgen / Österreich

»Those who don't believe in magic will never find it.«
Roald Dahl

INHALT

Hirtentäschel, *Capsella bursa pastoris,* auch: **Blutkraut,** *Herzelkraut, Beu-telschneider, Löffeldieb*
Bekannteste Heilwirkung ist die blutstillende Wirkung. Früher wurde nach Geburten gern Hirtentäscheltee getrunken, um Nachblutungen zu minimieren.
Der Sage nach streute der Teufel Hirtentäschelsamen in den Garten von Rübezahl.

BLUTKRAUT

Das Geräusch klang jämmerlich, als hocke ein kleines Gespenst an der Kirchenmauer und wimmere vor sich hin. Aber es waren nur die Angeln der Kirchentür, die quietschten. Bruder Friedhelm hatte offenbar vergessen, die Scharniere zu ölen. Ich muss ihn daran erinnern, dachte Pater Gwendal, als er ins Freie trat. Der Gesang der Mitbrüder, der die nächtliche Vigilfeier beendete, hallte noch in ihm nach. Die anderen waren auf dem Weg zu den Dormitorien, zu den Schlafräumen im Hauptgebäude. Gwendal wollte noch ins Freie, wollte die belebende Luft der lauen Sommernacht genießen. Sein Ziel war der sanft zum See abfallende Mariengarten im Süden des Klosters. Wieder drang der klägliche Laut an sein Ohr. Er drehte sich um. Die Tür zum Gotteshaus war verschlossen. Die konnte nicht mehr quietschen. Vielleicht doch ein kleines Gespenst in der Dunkelheit? Nein, das Klagen hatte einen anderen Tonfall. Es kam aus Richtung der Baumgruppe außerhalb der Einfriedung. Vermutlich schrie hier der kleine Sperlingskauz, den Gwendal vor drei Tagen in der Dämmerung auf der Gartenmauer beobachtet hatte. Der Mönch setzte seinen Weg fort. An der obersten Stufe der Steintreppe hielt er inne. Die warme Nachtbrise streichelte Gwendals Wangen. Als tränke er purpurroten Wein aus einem funkelnden Pokal, sog der Ordensmann die warme Luft in sich ein. Und zugleich mit dem Odem der Nacht erreichte ihn der erste Duftschwall aus dem Kräuterreich, das sich zu seinen Füßen erstreckte. Aus dem Bouquet stach der Geruch der Nachtviole besonders hervor. Süß und zugleich würzig. Schon zu Ostern hatten die schlanken Strünke die ersten violetten Blüten zum Himmel gereckt und seitdem die Besucher des Gartens Woche für Woche mit ihrer Pracht erfreut. Normalerweise blüht diese Kreuzblütlerart nur bis in den Juli. Aber die Nachtviolen von Kloster Eulenberg zeigten ihr violettes Kleid fast jedes Jahr bis Mitte August. Als wollten sie die Gottesmutter an ihrem Festtag noch begrüßen. Heute war die Nacht zum 15. August. Morgen würde man das Fest Mariä Himmelfahrt feiern, *Assumptio Beatae Mariae Virginis. Hochfrauentag* nannte man diesen Feiertag in Bayern und Österreich, seit Jahrhunderten verbunden mit Kräuterfest und Kräuterweihe. Gwendal war gespannt auf den morgigen Tag. Das Marienfest mit Kräuterzeremonie gehörte jedes Jahr zu den Höhepunkten des Veranstaltungsreigens auf Stift Eulenberg. Aber dieses Mal würde es zu einem besonders reichen Erlebnis werden. Denn morgen eröffneten die Mönche den neu angelegten Kräutergarten im östlichen Teil des Areals. Planung und Bau hatten fast zwei Jahre gedauert. Aber nun war es soweit. In wenigen Stunden würde das Fest über die Bühne gehen.

Langsam stieg Gwendal die Stufen hinunter zur ersten Terrasse. Er gönnte sich oft den Luxus eines stillen

Streifzuges durch die Kräutergärten des Klosters, bevorzugt in lauen Sommernächten. Mit jedem Schritt änderte sich die Komposition der Duftnoten, die ihn erreichten. Schon schob sich der frischherbe Geschmack von Muskatellersalbei über den süßlichen Ton der Nachtviole. Gleich darauf mischte sich der Geruch von Lavendel dazu, der Gwendal immer an die gestärkte Bettwäsche im Schlafzimmer seiner Großmutter erinnerte. Beim nächsten Beet umschmeichelte ihn der Duft von Zitronenmelisse. Er beugte sich vor, strich mit den Fingern über die Blätter, sog den Geruch tief ein. Weiter ging es im Reich des nächtlichen Kräuterzaubers. Der Pater erreichte die zweite Terrassenstufe. Ein Hauch von Kampfer drang in seine Nase. Er lächelte. Der Mond war vor einer Stunde untergegangen, aber das Licht der Sterne reichte völlig aus, um das Königsblau der kleinen staubwedelähnlichen Blütenstrünke zum Glänzen zu bringen. Hier wuchs Ysop, dessen Geruch immer auch ein wenig an Kampfer erinnerte. Und bisweilen auch an Bohnenkraut. Wieder bückte sich Gwendal und strich behutsam über die Blüten und Blätter des Ysop. Es war zugleich ein anerkennendes Streicheln, ein Lob. Ein Dank für einen treuen Wächter. Der Ysop wirkte mit seinen ätherischen Ölen wie eine Waffe gegen Fressschädlinge. Sein intensiver Geruch hielt Schnecken und Kohlweißlinge fern. Der Ysop, an den Rändern der Beete gepflanzt, schützte dadurch auch viele Kräuter in seiner Umgebung. Als Gwendal die nächste Terrasse erreichte, hörte er wieder das helle klagende Fiepen. Ein

Schatten strich über die Klostermauern, segelte nach draußen. Der Sperlingskauz hielt offenbar auf das Ufer des kleinen Sees zu, der sich an den Fuß des Klosterhügels schmiegte. Ein paar Sekunden konnten Gwendals Augen der Schattenkontur des Vogels am Himmel folgen, dann verschluckte ihn die Dunkelheit. Er wollte noch eine Weile bleiben, streckte seinen fülligen Körper auf die breite Steinbank zwischen dritter und vierter Trasse. Er ließ seine Gedanken wandern, über das Seeufer hinaus zu den Sternen. Er spürte die Vorfreude auf das morgige Fest. Und zugleich badete er im Meer der Düfte, die von den vielfältigen Geschenken Gottes ringsum auf ihn einströmten. Rosmarin, Anis, Majoran, Wermut, Zitronenverbene, Melisse, Thymian. Er fühlte sich eins mit der Schöpfung. Der Duft und die Farbenpracht seiner Kräuter waren für ihn wie ein Gebet. Wie ein Gesang, der ein Lied anstimmte über das Vertrauen in die Kraft des Lebens.

Doch schon nach ein paar Minuten wurde dieses Lied gestört. Motorenlärm röhrte durch die Stille. Gleich darauf hörte er Rufe, die immer lauter wurden. Galten diese Rufe ihm? Er stemmte seinen Körper hoch und stapfte nach oben, missmutig wegen der unerwarteten Störung. Dennoch getrieben von der Neugierde, die seinem Naturell entsprach. Die Szene, die sich ihm im Hof des Klosters bot, hatte er nicht erwartet. Er sah ein Polizeiauto mit blinkendem Blaulicht. Was machte ein Einsatzfahrzeug der Exekutive mitten in der Nacht im Stiftsareal? Und warum fuchtelte der Prior aufgeregt mit beiden Händen in seine Richtung. Den Uniformierten, der neben der geöffneten Wagentür stand, kannte er. Das war Revierinspektor Albert Thominger. Einst gefeierter Mittelstürmer des USK Eulenberg und seit ein paar Monaten der örtlichen Polizeidienststelle zugeteilt.

»Was ist los, Albert?« Er war ein wenig außer Atem, als er die beiden Männer erreichte. Der plötzliche Lärm hatte ihn die Terrassenstufen um einiges schneller hinaufeilen lassen, als ihm gut tat. »Was soll dieser Aufruhr?«

Der junge Beamte verzog das Gesicht zu einem schiefen Grinsen.

»Das soll sie Ihnen selber sagen.« Sie? Gwendal verstand nicht. Der Polizist drückte eine Taste seines Handys und reichte es dem Mönch. Verwundert nahm Gwendal das Telefon entgegen und hielt es ans Ohr. Er erkannte die Stimme auf Anhieb, obwohl er die Frau seit vielen Monaten nicht mehr gesehen hatte.

»Verflucht, warum haben Sie Ihr Handy nicht eingeschaltet?« Sie hielt sich nicht lange mit Einleitungen auf.

»Ich wünsche Ihnen auch einen guten Abend, Frau Chefinspektorin. Schön, dass Sie unsere klösterliche Ruhe zur nächtlichen Stunde durch das imposante Erscheinen eines Streifenwagens bereichern.«

»Was soll ich machen, wenn Ihr Handy tot ist und am Telefon der Klosterpforte kein Schwanz abhebt?« Hier leben keine Schwänze, sondern körperlich komplett ausgestattete Mönche, war er versucht zu sagen, unterließ es aber. Er erinnerte sich an ihre erste Begegnung vor knapp einem Jahr. Damals war ein Toter unter einem

Salbeistrauch des Klostergartens gelegen.* Und Chefinspektorin Sybille Knaus hatte ihm zur Begrüßung nicht einmal die Hand gereicht.

»Ich brauche Sie.«

Wie bitte? Hatte er sich verhört?

»Wie meinen Sie das?«

»Verdammt, so wie ich es sage: Ich brauche Sie!«

Er blickte sich verwundert um. Nein, er träumte nicht. Er stand mitten auf dem Klosterhof. Über ihm blinkten die Sterne. Aus dem Mariengarten wehte immer noch ein Hauch von Nachtviole, Muskatellersalbei und Lavendel zu ihnen herüber. Neben sich erblickte er einen verschlafenen, verdattert blickenden Prior und einen hilflos grinsenden Streifenbeamten, der vor vielen Jahren sein Ministrant gewesen war.

Er schluckte, räusperte sich, um seiner Stimme mehr Halt zu verleihen.

»Morgen ist Marienfeiertag. Wir weihen unseren neuen Kräutergarten ein. Das wird ein großes Fest. Wir erwarten viele Besucher. Selbst wenn Sie herkommen, werde ich mich leider keine Minute für Sie freimachen können. Übermorgen habe ich den ganzen Tag über Therapiedienst im Ottilienzentrum, aber vielleicht könnte ich in der nächsten Woche …«

»Auf der Stelle!« Ihre Stimme war lauter geworden.

Er hielt inne. Auf der Stelle? War das ein Scherz? Er hatte diese stets übel gelaunte Frau seit einem Jahr nicht mehr gesehen. Sie war ihm nicht abgegangen. Und plötz-

---

* Salbei, Dill und Totengrün. Gmeiner 2016.

lich tauchte sie wieder auf, als Stimme am Telefon, die ihm mitten in der Nacht einen Polizeiwagen samt Beamten vor die Nase knallte.

»Ich habe einen Toten.«

»Wie bitte?«

»Es ist Angelo Stassner.« Sie sagte das in einem Tonfall, als müsste er den Namen kennen. Er blickte irritiert auf Thominger. Der junge Beamte zog die Schultern hoch, schüttelte den Kopf. Keine Ahnung.

»Ich bedaure sehr, dass Sie mit einem Toten konfrontiert sind, Frau Chefinspektor. Aber warum brauchen Sie dazu mich?«

»Das erkläre ich Ihnen, wenn Sie da sind.«

Ein heller Ton war zu hören. Gleich darauf noch einer. Die Kirchturmglocke schickte ihre Botschaft durch die Dunkelheit. Es war Mitternacht. Es galt, einen neuen Tag anzukündigen. Den Hochfrauentag. Das Fest Mariae Himmelfahrt. Gwendal lauschte dem Klang der Glocke. Bald würden sie die Pforten öffnen für die vielen Gäste der Kräuterweihe. Er holte tief Luft, atmete bewusst den Duft der Nachtviolen ein.

»Bitte.« Die Stimme am anderen Ende der Verbindung klang leise.

Er reagierte nicht. Schwieg. Aber seine Finger aktivierten den Außenlautsprecher am Handy. Ein paar Sekunden war nichts zu hören außer einem schwachen Rauschen aus dem Lautsprecher.

»He, Pater Gwendal, sind Sie noch da?« Nun hörte sie sich wieder an wie die forsche Polizistin, die er kannte.

»Ja.«

Sie schnaubte. »Wie ich an der Akustik erkenne, haben Sie das Handy auf ›laut‹ geschaltet.« Das Fauchen, das sie folgen ließ, erinnerte ihn an den Marder, der ihm im Frühjahr im Geräteschuppen untergekommen war.

»Also von mir aus, dann sollen es alle hören. BITTE!« Sie brüllte. Dann wurde ihre Stimme mit einem Mal sanft. »Reicht das jetzt? Kniefall genug?«

»Ja.«

»Dann beeilen Sie sich.«

Die Turmuhr hatte aufgehört zu schlagen. Im Hof von Kloster Eulenberg standen drei Männer zwischen der Kirche und einem Polizeiwagen mit drehendem Blaulicht. Ein Ordensprior, ein Streifenbeamter und ein schlichter Mönch und Kräuterfreund.

Alle drei grinsten.

»Albert, was weißt du?« Gwendal hatte im Fond des Autos Platz genommen. Draußen huschten Bäume vorbei, ein alter Heustadl, eine Kapelle. Albert Thominger war ein rasanter Chauffeur.

»Leider gar nichts, Pater. Sie hat vor 20 Minuten auf der Dienststelle angerufen und mich zum Kloster beordert, um Sie zu holen. Gründe hat die Chefinspektorin dem kleinen Revierinspektor keine genannt.«

»Aber du weißt wenigstens, wohin wir fahren.«

»Ja, zumindest weiß es mein Navi. Dillenberg. Erlenweg 19.«

Die Adresse sagte ihm gar nichts. Aber den Ort kannte

er, flüchtig. Sie würden etwa eine Dreiviertelstunde brauchen. So, wie der junge Beamte über die zu dieser nächtlichen Stunde schwach befahrenen Landstraße raste, vielleicht auch nur eine halbe.

Sie schafften es schneller. 21 Minuten nachdem sie das Kloster verlassen hatten, bog Thominger von der Landstraße ab. Das Navi lenkte sie zu einem breiten, gut ausgebauten Feldweg. Gleich darauf schälten die Scheinwerfer des Wagens eine Toreinfahrt aus der Dunkelheit. Vor einem großen Gebäude standen drei Polizeifahrzeuge. Der Revierinspektor bremste, sprang aus dem Auto und öffnete die Hintertür des Wagens. Ächzend stieg Gwendal aus. Er trug immer noch den hellen Umhang, mit dem er auch die Vigilfeier zelebriert hatte.

Einer der Beamten vor dem Haus steuerte auf sie zu. »Guten Abend, Pater. Ich darf Sie ins Haus begleiten.« Dem Mann lugten graue Haarsträhnen unter der Dienstkappe hervor. Das Gesicht wirkte freundlich, offen. Der Polizist, den er auf Anfang 50 schätzte, erinnerte Gwendal eher an einen Schafhirten auf der Alm als an einen Gesetzeshüter im Einsatz. Sein Händedruck war fest.

Gwendal folgte dem Beamten. Sie bewegten sich mit raschen Schritten auf das Haus zu. Plötzlich hemmte etwas Gwendals Schritt. Ihn überkam das Gefühl einer Erscheinung. Aber es war kein übernatürliches Phänomen, das ihn faszinierte, es war das Gesicht einer jungen Frau. Sie stand im Hof, ein paar Schritte von der Haustür entfernt, neben zwei Polizistinnen. Der Lichtstreifen aus einem der Fenster fiel exakt auf ihr Gesicht. Sie blickte zu ihm herüber. Es waren vor allem die Augen, die ihn beeindruckten, der sanfte, melancholische Blick, dazu die hellen Haare, die ihr in langen welligen Locken über die Schulter fielen. Die rechte Hand hatte sie auf die Brust gelegt, als fühle sie dem eigenen Herzschlag nach. Er wusste sofort, woran ihn dieser Anblick erinnerte. An die Venus auf einem Gemälde von Botticelli. Ein berühmtes Bild, das er vor Jahren in Florenz gesehen hatte. Die Göttin auf diesem Bild hat ähnliches Haar, einen ähnlichen Blick. Sie steht auf einer Muschel und ist nackt. Die Frau im Hof war mit einer grünlich schimmernden Bluse bekleidet und trug dunkle Jeans. Unter ihren Füßen breitete sich keine Muschelschale aus. Die hellen Turnschuhe standen auf kiesigem Boden.

»Herr Pater, bitte hier entlang.« Die Stimme des Beamten riss ihn aus seiner kurzen Versunkenheit. »Ich komme schon.« Er wandte noch einmal den Kopf, versuchte, wieder den Blick der faszinierenden Erscheinung zu erhaschen. Aber die Frau hatte sich schon wieder abgewandt, hörte konzentriert zu, was eine der beiden Polizistinnen zu ihr sagte.

Die Chefinspektorin kam ihm verändert vor. Ihre Augen wirkten müde, aber der Blick schien ihm nicht mehr so verhärmt wie noch vor einem Jahr. Auch die beiden Furchen, die sich links und rechts der kantigen Nase nach unten zogen, wirkten weicher, glichen mehr der Bahn von sanften Regentropfen auf einem Rosenblatt als dem rauen Schnitt einer Harke auf vereistem Ackerboden. Sie streckte ihm die Hand hin, raffte sich zu einem Anflug von Lächeln auf.

»Danke, Pater, dass Sie gekommen sind.«

Sie befanden sich in einem großen Raum mit hellen Holzwänden und hoher Holzdecke, gestützt von Pfeilern und mächtigen Querbalken. Ein ehemaliger, großzügig umgebauter Heustadl, vermutete Gwendal. Was im Raum sofort auffiel, waren die vielen Bilder. Drei der Gemälde waren aufgehängt, die anderen lehnten aneinander gestapelt an den Wänden. Gwendal bemerkte Bilder in unterschiedlichen Größen und Farbschattierungen. Die linke Seite des Raumes beherrschte ein wuchtiger Holztisch, auf dem allerlei Flaschen standen, auch Dosen und Gläser. Die Wandfront an der rechten Seite wies zwei hohe Fenster auf, die bis zum Boden reichten. Auf dem Holzboden neben dem hinteren Fenster entdeckte Gwendal den Körper eines Mannes. Er lag mit dem Gesicht nach unten. Dunkle Flecken hatten das helle Holz zu beiden Seiten des Mannes verfärbt.

»Angelo Stassner.« Die Stimme der Polizistin war leise. Nun kam ihm der Name doch bekannt vor. Die vielen Bilder im Raum brachten ihn darauf. Noch ehe er in seiner Erinnerung weiterkramte, bestätigte die Chefinspektorin seine Vermutung.

»Angelo Stassner. 37 Jahre. Bekannter Galerist und Societypromi.« Irgendwo war ihm dieser Mann schon einmal begegnet. Auf einer Gartenausstellung? Wohl kaum.

»Wenn die Medien von diesem Verbrechen Wind

bekommen und hier die ersten TV-Satellitenwagen aufkreuzen, werden meine Vorgesetzten zu rotieren beginnen. Und dann werden Sie mir gehörig Druck machen, vom Polizeidirektor bis zum Innenminister.« Die Polizistin blickte etwas unsicher auf den Pater, als erwarte sie von ihm augenblicklich Hilfe gegen die heraufdräuenden Schwierigkeiten.

Statt einer Erwiderung fragte Gwendal: »Darf ich?« Er deutete zur Leiche.

Sie nickte. Gwendal bewegte sich langsam auf den Toten zu, blieb zwei Schritte vor ihm stehen, um nicht in das Blut steigen. Er verschränkte die Finger und blickte lange auf den Toten. Dann begann er zu beten. Seine Lippen bewegten sich leise. Es war still im Raum. Die anwesenden Polizisten hatten ihre Tätigkeiten eingestellt und schauten auf den Benediktinerpater. Eine junge Beamtin hatte sogar die Kappe abgenommen. Auch ihre Lippen bewegten sich leise.

Nach etwa drei Minuten beendete Gwendal das Gebet. Seine Hand deutete das Kreuzzeichen an. Dann ließ er sich langsam in die Hocke nieder. Er wollte den Toten wenigstens kurz berühren. Als stille Anerkennung, dass dieser Leib vor Kurzem noch Leben in sich getragen hatte.

»Er ist etwa seit sechs bis acht Stunden tot, schätzt der Gerichtsmediziner.« Die Chefinspektorin stand neben ihm. Gwendal richtete sich auf.

»Die Attacke folgte dort drüben.« Die Kriminalbeamtin wies mit der Hand in die Mitte des Raumes. Eine dunkel schimmernde Blutlache war auf dem Boden zu erkennen. »Drei Stiche mit einem Messer. Zwei in den Bauch, einer in die Brust. Er ist zusammengebrochen und über den Boden gekrochen, versuchte wohl seinem Mörder zu entkommen.« Ihr Finger zeigte die verwischte Blutspur, die sich über den Boden zog. Sie endete unter dem toten Körper, der vor ihnen lag. Eines der Bilder, die an der Wand neben dem Fenster lehnten, war offenbar durch die Berührung des Sterbenden auf den Boden gerutscht. Der Rahmen steckte unter dem Kopf des Toten. Der ausgestreckte Arm des Sterbenden hatte noch die Bildmitte erreicht. Gwendal durchfuhr ein leichter Schauder, als er erkannte, worauf die Hand des Toten lag. Auf einem Schädel. Einem abgetrennten Kopf. Der prangte auf einem Tablett, das eine junge Frau vor ihrer Brust hielt. Der Ausdruck im Gesicht der Frau schwankte zwischen Triumph und tiefem Schmerz. Das musste die biblische Salome sein, die den abgeschlagenen Kopf von Johannes dem Täufer hielt.

»Gefunden wurde Stassner gegen acht Uhr. Eine halbe Stunde später sind unsere Beamten eingetroffen.«

Gwendal riss sich vom Anblick der gruseligen Szene auf dem Gemälde los.

»Wer hat ihn gefunden?«

»Eine Nachbarin. Sie ist noch draußen im Hof.«

»Die Botticelli-Venus?«, rief Gwendal erstaunt.

»Wie?«

Er winkte ab. »Nichts. Ich glaube, ich habe die junge Frau vorhin bei unserer Ankunft gesehen.«

»Ja, sie wohnt mit ihrer Familie gleich in der Nähe. Ihr Mann und sie kümmerten sich um das Haus, wenn Stassner auf Reisen war, und erledigten auch sonst kleinere Aufträge. Die Frau brachte heute die Wäsche vorbei, die sie für ihn gebügelt hatte.«

Gwendal wandte sich vom Toten ab, zeigte mit müder Geste durch den Raum.

»Eine Galerie. Ein toter Mann. Offensichtlich der Besitzer.«

Er entfernte sich von der Leiche, stellte sich neben den Eingang. »Ich kannte weder den Toten noch dessen Geschäfte. Was, um Himmels willen, wollen Sie von mir?«

Er breitete hilflos die Arme aus, versuchte, nicht allzu theatralisch zu wirken.

»Wir zeigen es Ihnen.« Sie gab den Beamten im Raum ein Zeichen. Gleich darauf sah sich Gwendal von sechs Polizisten umringt. Sie hielten ihm Gemälde entgegen, die sie von den Stapeln genommen hatten. Gwendal schaute verunsichert auf die Kunstwerke. Kein Bild glich dem anderen. Sie unterschieden sich im Stil, in der Farbgebung, in Größe und Gestaltung. Zwei wirkten sehr realistisch, üppig und plastisch gemalt, andere bestanden nur aus Strichen, Andeutungen von Geschehnissen, hingeworfenen Figuren. So unterschiedlich die Bilder auch aussahen, sie schienen sich dennoch in einem zu ähneln: Sie zeigten alle Szenen von Gewalt. Auf dem kleinsten der Gemälde, einer Rötelzeichnung mit unruhigen Strichen, die dramatische Hast vermittelten, beugte sich eine

Gestalt über eine zweite, die sich auf der Erde krümmte. Der hochgereckte Arm der ersten Figur hielt eine Waffe, bereit zuzuschlagen. Eine Art Keule.

»Das ist Kain, der seinen Bruder Abel erschlägt. Der erste biblische Mord, wenn ich mich richtig an meinen Religionsunterricht erinnere.« Gwendal wandte sich verblüfft der Chefinspektorin zu. Das hätte er jetzt nicht auf den ersten Blick erkannt. Sie lächelte. Und dieses Mal wirkte ihre Miene tatsächlich freundlich. Oder zumindest nachsichtig.

»Es steht hinten drauf.«

Der Beamte, der das Werk hielt, drehte ihm die Rückseite des Bildes zu. *Kain. Abel. Brudermord* war auf den oberen Rahmen gekritzelt. Die Chefinspektorin wies in die Runde der Darstellungen.

»Das ist Judith, die gerade Holofernes enthauptet. Hier stirbt Cäsar unter den Dolchstichen der Senatoren. Auf diesem Bild wird John Lennon erschossen. Und hier rammen die gedungenen Mörder eine Lanze in den Körper des Feldherrn Wallenstein.«

Die Stimme der Chefinspektorin klang sachlich, als erkläre sie einer Gruppe von Besuchern die Menüauswahl in der Museumskantine.

»Auf allen Bildern in dieser Galerie sind Szenen zu erkennen, die die Ermordung von Persönlichkeiten aus der Mythologie oder aus der historischen Wirklichkeit zeigen. Wir haben das Attentat auf Abraham Lincoln, den Tod von John F. Kennedy, den von Achilleus abgeschlachteten Hektor, den ermordeten Dumbledore aus der Harry Potter Geschichte und vieles mehr. Und wir haben noch etwas. Auf allen Bildern. Sehen Sie bitte genau hin, Pater Gwendal.«

Er brauchte ein paar Sekunden, bis er erkannte, was die Polizistin meinte. Er wandte sich um, machte rasch ein paar Schritte auf die Leiche zu, umkurvte den leblosen Körper und starrte erneut auf das halb verdeckte Gemälde. Tatsächlich. Auch auf diesem Bild war es zu erkennen. Er hatte es vorhin nicht beachtet. Es erschien ihm auch nicht wichtig. Eine Nebensächlichkeit. Er kehrte zur Gruppe zurück, fixierte wieder die Darstellung des biblischen Brudermordes. Neben Abels Beinen waren etliche zarte, geschwungene Linien zu erkennen. Andeutung einer Pflanze, die dünn und schüchtern ihre kargen Blätter in die Höhe reckte. Ein zerbrechlich wirkender, sanfter Moment, der völlig im Kontrast zur brutalen Tat stand, die eben passierte.

»Das ist Hirtentäschel. Oder soll es zumindest sein.« Dieses Mal kam die Erklärung nicht von der Chefinspektorin, sondern vom Polizisten, der das Bild hielt. Auch er begegnete dem skeptischen Blick des Paters mit einer Andeutung von Lächeln.

»Steht ebenfalls hinten.« Er drehte das Bild um, hielt es hoch, damit Gwendal den winzigen Schriftzug am unteren Teil des Rahmens lesen konnte. *Hirtentäschel. Capsella bursa-pastoris.*

Sybille Knaus wies auf den Beamten. »Bezirksinspektor Adalbert Rindenborst, stellvertretender Postenkommandant von Dillenberg. Er ist nicht nur ein fähiger Polizist, sondern auch ein begeisterter Hobbygärtner. Ihm sind die Strünke auf den Bildern als Erstem aufgefallen.«

Sie blickte auf die Uhr. Es wurde Zeit, dass sie einen Schritt weiterkamen. Ihr Arm deutete in den Raum.

»Wir haben ein Mordopfer. Ein bekannter Promi-Galerist. Erstochen. Eine brutale Tat. Auf allen Bildern in der Galerie befinden sich Szenen, die ebenfalls auf eine Gewaltaktion verweisen. Jede Tat wird von einer Pflanze begleitet. Und all diese Pflanzen, sagt unser kundiger Hobbygärtner und Polizeikollege, sind den Kräutern zuzurechnen. Deshalb brauchen wir einen Kräuterexperten. Und der einzige, den ich kenne, sind Sie, Pater Gwendal. Deshalb sind Sie hier.«

Der Benediktinermönch brauchte ein paar Momente, um das Gehörte zu verarbeiten. Er starrte auf ein weiteres der Gemälde, die ihm immer noch entgegengehalten wurden. Es zeigte offenbar den Mord an Wallenstein. Nicht nur die Lanze war deutlich auszumachen, auch die gezackten Blätter mit den violetten Blüten konnte man erkennen. Die Beamtin, die das Bild hielt, las vor, was auf der Rückseite stand. »Ruprechtskraut. Geranium robertianum.«

Bezirksinspektor Rindenborst setzte das Kain und Abel Bild ab und holte einen Zettel aus der Brusttasche.

»Ich habe Ihnen hier alle Pflanzennamen notiert, die wir auf den Rückseiten der Bilder gefunden haben.«

Er schaute auf die Liste. Nicht alle Namen waren ihm auf Anhieb geläufig, die meisten schon.

»Haben Sie eine Idee, Pater Gwendal, warum diese

Kräuter ausgerechnet auf Gewaltbilder gemalt wurden? Und was das vielleicht mit dem gewaltsamen Tod des Galeristen zu tun haben könnte?« Die Chefinspektorin drängte, blickte erneut auf die Uhr.

Gwendal schüttelte den Kopf. Er war ein einfacher, unscheinbarer Benediktinermönch. Ja, er liebte Pflanzen, diese wunderbaren Geschöpfe Gottes. Er wusste auch manches über Kräuter, über Wachstum und Wirksamkeit. Aber er war kein Hellseher. Der Bezirksinspektor deutete auf den Zettel in Gwendals Hand.

»Mir sagen viele dieser Pflanzennamen gar nichts, Pater. Sehen wenigstens Sie irgendeine Verbindung zwischen den Kräutern, eine mögliche gemeinsame Auffälligkeit?«

Er sah auch keine, ließ das Blatt langsam sinken. Was machte er hier? Er sollte zu Hause in seinem Kloster sein, sich ausruhen. In wenigen Stunden brauchte er seine volle Kraft und Konzentration für das aufwendige Fest, für Kräutergartenweihe und Mariengottesdienst. Er war müde, fühlte sich ausgelaugt und zu etwas gedrängt, das er nicht leisten konnte.

Der Mensch sieht, was vor Augen ist. Aber Gott sieht das Herz an.

Warum kam ihm dieser Spruch aus dem Alten Testament ausgerechnet jetzt in den Sinn? Er sah nicht einmal, *was vor Augen ist.* Er erkannte keinen Sinn darin. Was erblickte er denn? Ein paar kräftige Striche auf einem Gemälde. Einen Mann, der aus Zorn darüber, dass ihn Gott offenbar weniger beachtete als seinen Bruder, sich zu einem blutigen Tag hinreißen lässt. Gleich würde die Keule den Schädel des Bruders zerschmettern. Und in diese grausame Szene war mit zarten Linien ein Kraut hineingewoben. Ein Hirtentäschel sollte es sein.

Hirtentäschel? Plötzlich flammte ein Bild in seinem Innern auf. Er sah dieselbe Pflanze im Kräutergarten des Klosters und zugleich als Abbildung in einem der Kräuterbücher in seiner Bibliothek. Eine ganze Reihe von Namensbezeichnungen tauchte vor ihm auf. Bestand darin der Zusammenhang? Er drehte den Kopf in Richtung Leiche. Erneut eilte er hinüber, stieg behutsam über den Körper und betrachtete noch einmal aufmerksam das Gemälde. Auch wenn Kopf und Arm des Toten einen Teil des Bildes verdeckten, waren die stilisierten gelben Blüten dennoch klar zu erkennen. Sie sprossen aus den Ritzen der eingebrochenen Mauer, vor der Salome mit ihrer schrecklichen Last stand. Gwendal wollte nichts an diesem Tatort berühren. Er konnte das Bild nicht unter dem Kopf des Toten herausziehen, um eine mögliche Bezeichnung auf der Rückseite lesen zu können. Er glaubte auch so zu wissen, welches Kraut hier abgebildet war. *Johanniskraut.* Er hatte das Gefühl, nun auch mit dem Herzen zu sehen, nicht nur mit den Augen. Er kam rasch zurück, deutete nach hinten. »Auf dem Bild von Salome mit dem Haupt des Johannes blüht Johanniskraut.« Dann verwies er auf die anderen Bilder im Raum.

»Wir finden hier Hirtentäschel, Ruprechtskraut, das auch stinkender Storchschnabel genannt wird. Außerdem Schafgarbe, Schöllkraut, Vogelknöterich und einige andere, die auf dieser Liste stehen.« Er hob den Zettel in die Höhe. »Sie wissen, dass Kräuter meist nicht nur unter einem einzigen Namen bekannt und verbreitet sind, sondern unter vielen. Thymian heißt auch welscher Quendel, Immenkraut oder Zinis. Majoran wird auch Kuttelkraut genannt, Maigramme oder Wurstkräutel. Melisse kennt man als Bienenfang, Eibisch als Schleimwurzel. Aber diese Kräuter hier ...«, er wedelte mit dem Blatt, »... die haben alle eine ganz bestimmte gemeinsame Bezeichnung, unter der sie auch in den Büchern aufscheinen. Blutkraut!«

Er schaute erwartungsvoll in die Runde. Verblüffte Gesichter blickten ihm entgegen. Einige der Personen im Raum zuckten mit den Schultern.

»Blutkraut? Noch nie gehört.« Die Chefinspektorin schüttelte ihre blonden Strähnen.

Gwendal nahm dem Bezirksinspektor das Bild von Kain und Abel aus der Hand. Er deutete mit dem Finger auf die zarte Pflanzenzeichnung.

»Die bekannteste heilsame Eigenschaft des Hirtentäschels ist seine blutstillende Wirkung. Früher tranken Frauen nach einer Geburt Hirtentäscheltee, um Nachblutungen zu minimieren. Deshalb wird Hirtentäschel in vielen Kräuterbüchern auch Blutkraut genannt. Auch die Leber- und Gallenpflanze Schöllkraut heißt in Schlesien ›Blutkraut‹, weil sie auch bei Ekzemen und starken Menstruationsbeschwerden hilft. Sogar der Gemütsaufheller par excellence, das sonnige Johanniskraut, trägt manchmal diese Bezeichnung. Seine Verbindung zu Blut verdankt Johanniskraut aber nicht seiner Heilwirkung, sondern der Tatsache, dass beim Zerreiben der Knospen roter Farbstoff austritt, das sogenannte *Blut des Johannes*.«

»Davon habe ich schon gehört«, pflichtete der stellvertretende Postenkommandant und Hobbygärtner ihm bei. »Die Bezeichnung *Blutkraut* ist mir neu. Aber ich erinnere mich, dass meine Großmutter das Johanniskraut bisweilen *Herrgottsblut* nannte.«

»Alles schön und gut.« Die Chefinspektorin hob beschwichtigend beide Arme.

»Wenn Sie sagen, alle Gewächse auf den sonderbaren Bildern heißen auch ›Blutkraut‹, dann glauben wir Ihnen das. Schön, dass der Kräuterexperte diese Verbindung gefunden hat. Aber was könnte das bedeuten?«

Noch ehe der Pater antworten konnte, dass er keine Ahnung habe, erschien ein Mann im Overall an der Tür. Offenbar gehörte er dem Team der Kriminaltechniker an. Der Mann hielt ein Handy in die Höhe.

»Wir haben endlich Stassners Telefon gefunden. Mit einer interessanten Nachricht auf der Mobilbox.« Das verdüsterte Gesicht von Sibylle Knaus wurde eine Nuance heller.

»Lassen Sie hören, Kollege Wildner.«

Der Angesprochene warf einen skeptischen Blick in Richtung Mönch.

»Das passt schon«, beruhigte die Chefinspektorin. »Pater Gwendal gehört quasi zur Truppe.«

Der Kriminaltechniker kam näher, wischte mit den

Fingern über den Bildschirm des Smartphones. Plötzlich erklang eine Männerstimme im Raum. Sie war laut. Der Anrufer brüllte.

»Hör zu, du aufgeblasene Arschgeige. So lasse ich mit mir nicht umspringen!«

Die Stimme war trotz des kleinen Handylautsprechers gut zu vernehmen. Nur die Worte klangen verschwommen. Der Mann lallte. Er hörte sich betrunken an.

»Das wird dir noch leidtun! Mit mir nicht, verstehst du? Ich werde dich …« Ein Rumpeln ertönte, dann ein Krachen. Nun klang die Stimme weit entfernt, kaum mehr zu hören. »Wo ist dieses Scheißding hingefallen … Alles zum Kotzen …« Man hörte ein kurzes schabendes Geräusch. Dann war Stille.

»Mehr ist nicht drauf.«

»Wissen wir, wer der Anrufer ist?«

»Nein, die Nummer war unterdrückt. Aber das kriegen wir bald heraus. Soll ich es noch einmal abspielen?«

Noch ehe die Chefinspektoren oder einer der Kollegen antworten konnten, war die Stimme plötzlich erneut zu hören. Der Eindruck war gespenstisch. Verwirrung machte sich breit. Die Stimme kam nicht aus dem Telefon, sondern von draußen.

»Lasst mich durch, ihr Arschgeigen! Bullenschweine!« Die Rufe klangen dumpf, mit gepresstem Atem herausgewürgt. Aber es war eindeutig dieselbe Männerstimme.

»Kollege Rindenborst, schauen Sie nach, was da los ist.« Sybille Knaus hatte noch nicht fertig gesprochen, da war der Bezirksinspektor schon durch die Tür ver-

schwunden. Und keine zehn Sekunden später bekamen die Anwesenden im Raum auch ein Gesicht zur
Stimme präsentiert. Eine aufgedunsene Visage mit gerö-
teten Augen. Der Mann in der Tür wurde vom Bezirksinspektor und einem weiteren Beamten gestützt. Er war
Anfang 40, trug ein fleckiges T-Shirt über einer zerbeul-
ten Hose. Speichel tropfte ihm aus dem Mund. Er rülpste.
Ein Schwall von Akoholdunst erfüllte den Raum.

»Wie heißen Sie?« Die Stimme der Chefinspektorin
klang schroff. Ihre Gesichtszüge strafften sich. Die Linien
entlang der Nase wirkten wieder hart. Gefährlich hart.

Der Mann, dem das kümmerliche schimmelfarbene
Haar schweißnass am Kopf klebte, starrte die Polizistin
aus blutunterlaufenen Augen an. Dann erblickte er im
Hintergrund den Toten. Ein Ruck ging durch den Körper des Neuankömmlings. Für einen Moment blitzte
es in seinen Augen auf. Er wirkte schlagartig nüchtern.
Dann begann er zu lachen. Eine Welle aus Drauflospros-
ten und Kreischen wogte durch seinen schwammigen
Körper. Er riss sich energisch von den beiden Polizisten
los. Seine Hand schoss nach vor, der Zeigefinger fuchtelte durch die Luft, als suche er einen Fixpunkt. Dieser Fixpunkt war eindeutig der Tote. Der Betrunkene
verlor kurzzeitig die Kontrolle über seine Hand. Dann
stach er erneut mit dem Zeigefinger in Richtung Leiche.
Und gleichzeitig lachte er. Irre. Hysterisch. Die Stimme
überschlug sich mehrmals. Es klang, als schüttle ihn eine
tiefe, mächtige, alles überbordende Freude.

Es war vier Uhr, als Gwendal endlich wieder im Kloster eintraf. Während der Rückfahrt war er einmal kurz weggedöst, nur ein paar Minuten, dann hatte ihn die Wucht der Eindrücke wieder aus dem Schlummer gerissen. Er sah den Toten auf dem Fußboden. Das viele Blut. Die bizarren Bilder der Gewalt. Und dazu den sabbernden Betrunkenen und sein irres Lachen. Viel hatten die Polizisten aus dem Mann nicht herausgebracht. Er war mit dem Taxi gekommen, wie einer der Beamten aus dem Hof bestätigte. Ausweis hatte er keinen bei sich. Bei wiederholter Frage nach seinem Namen hatte der Betrunkene etwas gelallt, das sich nach »Marinus Bloder« anhörte. Er konnte aber auch anders heißen. Nach seinem hysterischen Lachanfall, der eine gute Viertelstunde dauerte, war er von einer Sekunde auf die andere weggesackt. Wie eine wurzelkranke Föhre, die der Wind umbläst. Er war auch trotz energischem Schütteln und belebenden Schlägen auf die Wangen nicht mehr munter geworden. Die Chefinspektorin hatte ihn ins Krankenhaus bringen lassen.

Als Gwendal das Anwesen verließ, hatte er sich noch einmal kurz umgeblickt. Aber die junge Frau mit dem Gesicht der Botticelli-Venus war nicht mehr zu sehen.

Zu Hause nahm Gwendal eine kalte Dusche und legte sich aufs Bett. Aber an Schlaf war nicht zu denken. In knapp zwei Stunden würde er sich ohnehin erheben müssen. Die Morgenandacht an Feiertagen begann im Kloster Eulenberg um 6.30 Uhr. Um sechs Uhr stellte er sich erneut unter die Dusche und ließ das eiskalte

Wasser minutenlang auf seine Haut prasseln. Er sang dazu mit kräftiger Stimme zwei Marienlieder und »In the name of love« von U2. Beim Refrain hüpfte er unter der Dusche und ließ seine Hände auf die Oberschenkel klatschen, wie es auch Bono bei Konzerten oft vormachte. Beides, die Marienlieder und der U2 Song, hatte für ihn eine meditative, fast tranceartige Wirkung. Das half ihm, die grässlichen Bilder der vergangenen Nacht aus dem Kopf fernzuhalten.

Der Andrang zum Fest war riesig. Die Ordensgemeinschaft mit dem Prior an der Spitze hatte schon mit großem Zulauf gerechnet. Stift Eulenberg erfreute sich einiger Beliebtheit. Auch bei Menschen, die mit Kirche und katholischem Ritus wenig am Hut hatten. Die prächtigen Klostergärten und vor allem die Seminare mit dem weitum als Kräuterkoryphäe bekannten Pater Gwendal übten eine große Anziehungskraft aus. Und nun wartete das Stift mit einer weiteren Attraktion auf, einem zusätzlichen großzügig angelegten Kräutergarten! Da mussten offensichtlich alle dabei sein. Und sie kamen in Scharen. Am Ende des Tages zählten die Organisatoren an die 3000 Besucher. Mit knapp 1000 hatte man gerechnet. Natürlich hätte die Ordensgemeinschaft mit ihrer überschaubaren kleinen Mitarbeiterschar einen derartigen Aufwand nie stemmen können. Deshalb waren von Anfang an viele zusätzliche Kräfte aus der Region mit eingebunden worden: Wirtsleute, Feuerwehr, Vereine, die Marktgemeinde und Dutzende Freiwillige. Ein so großes Heer an Helfern braucht einen erfahrenen General an der Spitze. Und Stift Eulenberg verfügte gottlob über einen. Für einen General relativ jung, kaum 25 Sommer alt, und auch nicht mit Uniform und Epauletten geschmückt, sondern mit schlichter Dirndlbluse und Jeans. Aber was strategisches Talent, organisatorisches Know-how und professionellen Weitblick anbelangt, konnte kein lamettabehängter Stabsoffizier der Eulenberger Organisationschefin das Wasser reichen. Irina Stuck hatte schon während ihrer Schulzeit fast im Alleingang jedes Sportfest, alle Theateraufführungen und zwei Maturabälle, den eigenen und den ihres Bruders, organisiert. Im Stift schaukelte sie den Klosterladen, machte die Pressearbeit, entwarf das Layout für die Homepage, organisierte Exkursionen, kümmerte sich ums Marketing, betreute Seminarteilnehmer und verrichtete auch noch Einkauf und Buchhaltung für das angeschlossene Ottilienzentrum. Ihr Tag hatte 48 Stunden. Wenn das nicht reichte, nahm sie noch die Nacht hinzu. Und das stets mit freundlichem Gesicht und übersprudelnder Herzlichkeit. Darüber hinaus besaß sie noch zwei große Stärken: ihre Beharrlichkeit, sich von nichts und niemandem aus der Ruhe bringen zu lassen, und ihr Talent, auf unerwartete Ereignisse spontan mit kreativen neuen Lösungsansätzen zu reagieren.

Selbst Pater Gwendal, der bekannt dafür war, Situationen nach eingehender Analyse gut einschätzen zu können, hatte aufgrund der ersten Besucherströme in den frühen Morgenstunden nicht erwartet, was an diesem Tag noch alles an Gästemassen auf die Eulenberger zukam. Die Ordensleute hatten anfangs von »ein paar Hundert« Gästen gesprochen und waren in zaghafte Entzückung geraten, sollte diese Zahl tatsächlich erreicht werden. Irina hatte von Anfang an mit gut 1000 Leuten gerechnet. Und sollten es mehr werden, hatte sie einen Plan B in petto.

Es war den Mienen der Benediktinermönche anzusehen, wie sehr sie sich freuten, dass bereits zur Morgenandacht um halb sieben die kleine Stiftskirche zu gut zwei Drittel gefüllt war. Das hatte man noch selten erlebt, allenfalls zu Weihnachten oder Ostern. Und als man sich nach der Andacht in den Hof hinaus begab und mitbekam, dass ständig weitere Besucher eintrafen, stimmte der Prior bereits einen inneren Jubelgesang an: Da würden sie wohl im Lauf des Tages tatsächlich einige Hundert Besucher begrüßen dürfen, wie man erhofft hatte. Im Geiste überschlug der Prior die Höhe der Spenden und der zu erwartenden Einnahmen aus der Bewirtung. Auch in Irinas Kopf lief die Rechenmaschine, aber mit ganz anderen Zahlen. Die Morgenandacht endete um sieben Uhr. Zu diesem Zeitpunkt tummelten sich im Klosterareal bereits über 400 Leute. Zwei Stunden vor Beginn der Feierlichkeiten! Wie viele würden es um neun Uhr sein beim Mariengottesdienst im Freien, beim großen Umzug und der Einweihung des Kräutergartens? Und dann erst ab elf Uhr, wenn man zum Fest lud, mit Musikgruppen und Sängern, mit Tanz, Spiel, Kinderprogramm und reichhaltiger Bewirtung? Irina zückte ihr Handy. Sie verschwendete keinen Gedanken an den von ihr verfassten Plan B, der würde jetzt nichts mehr nützen. Es galt, augenblicklich zu improvisieren. Geplant war ursprünglich, die Besucher vor allem innerhalb des neuen Kräutergartens zu bewirten. Doch dieser Platz würde bei Weitem nicht reichen. Sie mussten das gesamte Klosterareal miteinbeziehen. Sie brauchten zusätzliche Tische und Bänke, mindestens das Doppelte an Geschirr, Köchen, Serviceleuten, Würsten, Salaten, Braten, Gemüse, Nudeln, Getränken, eine weitere Bühne, zwei zusätzliche Musikgruppen, eine größere Lautsprecheranlage für die Übertragung des Gottesdienstes, eine aufgestockte Schar an Einweisern, neues Parkplatzgelände, zwei weitere Toilettenwagen und vor allem noch viel mehr Helfer. Und während sie telefonierte, erklärte, organisierte, delegierte, dirigierte, insistierte, hatte sie für jeden, der ihr begegnete einen freundlichen Blick und ein Lächeln. Für manche sogar einen Händedruck.

Von all dem bekam Pater Gwendal nur am Rande mit. Sein Kopf fühlte sich an wie in Watte gepackt. Die morgendliche Duschkur mit eisigem Wasser hatte schon eine erfrischende Wirkung erzielt, aber die bleierne Müdigkeit war nicht ganz aus Gwendals Körper vertrieben. Er versuchte, sich auf den Ablauf der Zeremonien zu konzentrieren. Natürlich entging ihm nicht, dass auffallend viele Besucher das Areal und die Wege während der Prozession säumten. Doch wie viele tatsächlich nach Stift Eulenberg gekommen waren, das wurde ihm erst später bewusst, als das große Fest schon längst im vollen Gange war. Er freute sich über das prächtige Bild, das sich ihm beim Gottesdienst, beim Umzug und während der Einweihung des Gartens bot. Viele Besucher brachten eigene Sträuße mit. Für die anderen lagen Kräuterbündel aus den Stiftsgärten bereit, die man gegen eine kleine Spende erwerben konnte. Überrascht war Gwendal, als er Abordnungen aus zwei Gemeinden entdeckte, die von weit her kamen. In dieser Gegend war es Brauch, Ende Juni, rund um das Sonnwendfest, hohe mit Blumen und Kräutern geschmückte Stangen durch den Ort zu tragen, die dann in der Kirche aufgestellt wurden. Am Hochfrauentag, also am heutigen Marienfeiertag, wurden die Blumengebilde dann in der Kirche gesegnet. Die getrockneten Pflanzen wurden abgenommen und als Weihkräuter nach Hause getragen, um in den Raunächten der Weihnachtszeit als Räuchermittel bei der Segnung von Haus und Hof zu dienen. Das passierte alles im Ort, niemals außerhalb. Doch jetzt hatten diese Leute die prächtigen Blumenstangen aus ihren Dorfkirchen nach Stift Eulenberg gebracht, damit sie von ihm gesegnet wurden. Und die beiden Ortspfarrer waren als Begleitung mitgekommen. Gwendal war derart gerührt, dass er feuchte Augen bekam. Er tauchte den Wedel in den Weihwasserkessel, besprengte nicht nur die Blumenstangen, sondern auch deren Träger, und sprach die Segensworte, die er wie immer abwandelte, so wie es ihm sein Herz dirigierte. Die Tropfen des Weihwassers fielen auf die kunstvoll angebrachten Blumengirlanden, auf Margeriten, Enzian, Bergastern, Pfingstrosen, Frauenmantel, Salbei, Mohnblüten und viele andere Pflanzen, die inzwischen längst getrocknet, aber immer noch herrlich anzuschauen waren. Als er an einer der Stangen auch Schafgarbe entdeckte, hatte er kurz mit der Erinnerung zu kämpfen. Wie ein unversehens aktiviertes Display blitzten in seinem Kopf die Bilder aus der vergangenen Nacht auf. *Schafgarbe. Achillea millefolium.* Blutreinigend, blutstillend, krampflösend. Ein Blutkraut. Die kleinen hellen Blüten begleiteten auf einem der Gemälde die Bluttat der Senatoren, die ihre Dolche in den Körper von Gaius Julius Cäsar bohrten. Er sah kurz den weit aufgerissenen Mund des römischen Diktators, spürte nahezu den Geschmack des Blutes am eigenen Gaumen, aber es gelang ihm, die Vision wieder zu verdrängen. Er schaffte es umso leichter, da der Chor in diesem Augenblick eines seiner Lieblingsmarienlieder anstimmte.

Wunderschön prächtige,
hohe und mächtige,
liebreichholdselige, himmlische Frau.
Der ich mich ewiglich
weihe herzinniglich,
Leib dir und Seele zu eigen vertrau …

Er hielt in der Segnungszeremonie inne und ließ mit geschlossenen Augen den Gesang auf sich wirken. Während der zweiten Strophe richtete er seinen Blick auf die mit Kräutern geschmückte Marienstatue, die neben dem

Altar stand. Vier junge Leute aus dem Dorf, zwei Burschen und zwei Mädchen, hatten die Statue beim Umzug getragen, von der Kirche rund um das Klosterareal bis hierher in den neuen Kräutergarten. Gwendal hatte die Statue vor zehn Jahren von einem bekannten Holzbildhauer anfertigen lassen. Dieser Künstler galt als gefragter Spezialist für moderne Skulpturen und produzierte nie Heiligenstatuen. Gwendal wollte auch keine typische Heiligenstatue. Er erklärte dem Bildhauer, worauf es ihm ankam. Er erinnerte sich gut an die Begegnung. Sie waren sich schon nach einer Viertelstunde einig gewesen. Dennoch hatte Gwendal den ganzen Nachmittag im Atelier verbracht. Als er ging, standen zwei leere Rotweinflaschen auf dem Skizzentisch. Er glaubte, sich noch heute an den erlesenen Geschmack des Blauen Portugiesers zu erinnern. Eine Marienstatue hatte es schon vor seinem Eintritt in die Gemeinschaft von Eulenberg gegeben. Aber sie war Gwendal immer ein Dorn im Auge gewesen. Mehr noch. Ein Stachel im Herzen. Eine holprige Arbeit aus der Mitte des 19. Jahrhunderts. Eine Madonna, die theatralisch händeringend die Augen verklärt zum Himmel richtete. Eine pausbäckige, gehorsame Dienerin, eine ehrfurchtsvoll erstarrte Magd des Herrn, wie sie dem hausmütterlichen Frauentyp des Biedermeier entsprach. Und wohl auch der Vorstellung mancher Kirchenoberen heute noch. Ohne Ausstrahlung, als einzigen Charakterzug vermittelte sie stumme Ergebenheit. Gwendal wollte eine ganz andere Maria. Eine selbstbewusste Frau, deren Schönheit das Licht der Sonne widerspiegelte, deren Ausstrahlung von der wunderbaren Vielfalt der Schöpfung kündete. Ein Wesen, das für sich stand, mit Charakter, mit Kraft. Eine zeitlose Frau, die uns im Heute berührt und an der man gleichzeitig die Verbindung zu den großen Muttergöttinnen früherer Zeiten spürte.

Der Bildhauer hatte ihn sofort verstanden. Er hatte nicht einmal zehn Minuten für den Entwurf einer Skizze gebraucht. Und genau dieser Vorlage hatte er später Gestalt gegeben.

Du makellose
Lilien-Rose,
Krone der Erde,
der Himmlischen Zier.
Himmel und Erde sie huldigen dir.

Der Text passte perfekt. Auf dem tragbaren Holzpodest ruhte das Abbild einer Königin. Eine Sternenfrau, eine Blumenmaid, eine Menschenmutter, eine Himmelsgöttin und zugleich eine irdisch Vertraute. Mit seinen Ordensbrüdern hatte er sich damals über seine Gedanken zur neuen Skulptur nicht ausgetauscht. Sie hätten ihn nicht verstanden. Die kräuterkundigen Frauen aus der Nachbarschaft, mit denen er immer wieder zu tun hatte, hatten sofort gemerkt, welcher Geist mit der neuen Marienfigur einzog. Es verging kein Tag, an dem nicht frische Blumen die Marienstatue schmückten. Der eine oder andere Mitbruder hatte ihn schon spüren lassen, dass ihm die alte Marienstatue viel besser gefallen hatte. Die neue Figur vermittle wenig von der Rolle, die Maria in der Bibel zugedacht war. Sie war Gottesgebärerin, sollte Magd des Herrn sein und keinesfalls Göttin selbst. Gwendal gab wenig auf solches Gerede. Er versuchte immer, die göttliche Kraft in allen Dingen zu spüren. Die Bilder, die von den Menschen dafür gefunden wurden, waren eben unterschiedlich. Manchmal zeigten sie Männer, manchmal Frauen, manchmal auch Tiere, Blumen oder andere schwer erklärbare Zeichen, Symbole, Mandalas. Die Frauenfigur der Maria hier in ihrem Kloster, entworfen von einem einfühlsamen Künstler, war in jedem Fall ein wunderbares sichtbares Zeichen für die Liebe, für die lebensgebärende Kraft der Schöpfung.

... drum auch, was Himmel und Erde umschließt,
Mutter der Gnade, Maria, dich grüßt.

Zwei Stunden später führte er eine kleine Gruppe ausgewählter Gäste durch den eben eingeweihten Kräutergarten. Der Stolz auf diesen neu geschaffenen Ort des Lebens war ihm anzumerken. Er strahlte mit den sonnenbeglänzten Blättern und Blüten um die Wette. Nun hatte Eulenberg einen dritten Garten neben der ältesten Anlage unweit der Kirche und dem Mariengarten, der sich mit seinen Terrassen fast bis zum Ende des Hügels Richtung See zog.

»Ein Ort der Begegnung soll unser neuer Garten vor allem sein«, erläuterte Gwendal.

»Eine Begegnung mit den Geschöpfen der Natur, mit Blumen, Kräutern, Schmetterlingen. Zudem ein Platz für Austausch mit anderen, aber auch ein Ort der Begegnung mit sich selbst.« Er zeigte auf die Steinbänke, die zwischen den Beeten zum Verweilen einluden. Und er wies auf den großzügig angelegten Kreuzgang, der rund um das Areal lief. »Eine Oase der Ruhe, auch wenn man sich das am heutigen Tag schwer vorstellen kann.« Er lachte, zeigte auf das ausgelassene Treiben ringsum. Viele der Gäste belagerten vor allem die im Kreuzgang aufgestellten Bänke. Dort fand man den meisten Schatten. In der Gruppe, die Gwendal persönlich führte, waren auch zwei Geschäftsführer einer Lebensmittelkette. Dieses Unternehmen bot vor allem Bioprodukte an, kaufte verstärkt bei Produzenten aus der Region ein und war stark an einer Kooperation mit dem Stift interessiert. Deshalb hatte sich auch Irina Stuck der Gruppe angeschlossen. Die umsichtige Marketingverantwortliche von Stift Eulenberg sollte die Erstverhandlungen führen. Der Rundgang unter Gwendals Führung dauerte etwa eine halbe Stunde. Und nicht ein einziges Mal wurde der Pater durch ein Handyläuten unterbrochen. Dennoch hatte Irina in dieser Zeit das plötzlich aufgekommene Nachschubproblem für Brot, Topfenaufstriche und Hühnerkeulen erledigt, eine Ersatzmusikgruppe für den Nachmittag aufgetrieben, eine zusätzliche Parkplatzfläche in der Nachbargemeinde organisiert und ihrer Tante in Italien zum Geburtstag gratuliert. Derartiges erledigte eine aufgeweckte junge Frau von heute so ganz nebenbei mittels schneller Finger via WhatsApp. Und es blieb ihr noch genug Zeit, in den kleinen Pausen, die Gwendal bei seinen Ausführungen einstreute, erste Vertragsdetails mit der Geschäftsführung der Lebensmittelkette abzuklären.

Das offizielle Ende des Festes war für 15 Uhr angesetzt, doch die letzten Gäste verabschiedeten sich erst weit nach 17 Uhr.

Gwendal war erschöpft und dennoch glücklich. Er hatte die Freude der Besucher gespürt, ihre Begeisterung über das Fest, ihre Anteilnahme an diesem besonderen Marienfeiertag, ihre Bewunderung für die einmalige Aura des neuen Kräutergartens.

Er hatte dieses Begeistertsein ringsum eingesogen wie belebenden Wein. Das hatte ihn durch den ganzen Tag getragen. Aber jetzt fühlte er sich wie erschlagen.

Sie hatten das Abendgebet zeitlich nach hinten verschoben. Ihm blieb also noch eine Stunde. Die gedachte er, in Ruhe auf der Liege in seinem Zimmer zu verbringen.

Doch dann besann er sich anders. Vielleicht würde ihm auch eine kurze Meditation vor der Marienstatue guttun. Er betrat die Kirche und ließ sich auf der Bank nieder. Vor ihm thronte die Holzskulptur auf ihrem Podest. Maria trug immer noch den Kräuterschmuck, den man ihr für diesen besonderen Festtag angelegt hatte.

Er richtete die Augen auf ihr Gesicht und spürte, wie ihn Ruhe erfasste. Zugleich breitete sich in seinem Körper ein Singen aus. Es klang, als würden die Sterne vibrieren, als würde Leonard Cohen zusammen mit Sharon Robinson »Halleluja« anstimmen und danach »Like a Bird on a Wire«. Manchmal bezog er die Marienstatue in seine therapeutische Arbeit mit ein. Vor zwei Monaten war eine junge Frau zu ihm gekommen, Anfang 30. Sie brauchte dringend Hilfe, konnte sich aber, schwer traumatisiert, kaum mitteilen. Er hatte sie hierher gebracht. Sie ermuntert, doch mit der kleinen hölzernen Frau zu reden. Wie mit einer Freundin oder einer Mutter, die sie nicht mehr hatte. Er würde inzwischen hinausgehen oder da bleiben, ganz wie sie wollte. Er erinnerte sich, wie sie nach einiger Zeit zu erzählen angefangen hatte, ihren Kummer der Frau auf dem Podest anvertraute. Das Bild der Patientin vor der Marienstatue schwebte vor ihm. Und dazu hörte er sanfte Musik. Ein paar Minuten blieb das so. Dann schoss er plötzlich aus seiner Meditation hoch. Eben noch hatte Sternenmusik in ihm geklungen, eben noch hatte Sharon Robinson mit Leonard Cohen »Like a Drunk in a Midnight Choir« gesungen, da fiel ihm ein, dass er vorhin vergessen hatte, seine Mails und Handynachrichten zu checken. Die Chefinspektorin hatte versprochen, ihn über den Stand der Ermittlungen auf dem Laufenden zu halten. Das musste er unbedingt abklären, sonst hätte er keine Ruhe während des bevorstehenden Abendgebets. Es war ihm fast den ganzen Tag über gelungen, den schrecklichen Vorfall aus seinen Gedanken zu verbannen, aber jetzt ging das nicht mehr. Das spürte er. Er sprang auf und hastete aus der Kirche.

Sein Handy lag im Zimmer auf dem kleinen Schreibpult. Er kontrollierte die Nachrichteneingänge. Er registrierte eine ganze Reihe von Mitteilungen. Alle bezogen sich auf das heutige Fest. Man gratulierte zum Gelingen, bekundete Freude. Aber keine Nachricht der Polizei befand sich darunter. Er aktivierte das Notebook, öffnete Outlook. Auch hier fand er eine stattliche Anzahl von Gratulationsbekundungen, aber keine einzige Mitteilung der Polizei. Er hätte sich die Handynummer der Chefinspektorin geben lassen sollen, dann könnte er anrufen. Er ließ sich aufs Bett fallen. Vielleicht sollte er die ganze Angelegenheit auch vergessen. Es war schon eine Schnapsidee gewesen, sich gestern mitten in der Nacht in diesen grausigen Mordfall mit hineinziehen zu lassen. Er hatte ohnehin nicht weiterhelfen können. Aber schon auf dem Weg zur Kirche war er sich bewusst, dass er die Angelegenheit nicht einfach beiseiteschieben konnte. Und außerdem fühlte er sich ein wenig gekränkt. Zuerst ließ ihn die resolute Kripobeamtin quasi per Steifenwagen vorführen, weil sie sich darauf versteifte, dringenden Bedarf für einen kräuterkundigen Mönch zu haben. Und jetzt war er es nicht einmal mehr wert, dass man ihm eine Nachricht zukommen ließ. Er blieb kurz stehen und stampfte erbost mit dem Fuß auf. Er war nicht eitel! Keinesfalls!

Naja, vielleicht in berechtigten Ausnahmefällen. Wieder hielt er inne, blickte kurz nach oben, als schwebe da ein Engel, der amüsiert den Kopf schüttelte. Gut, vielleicht neigte er hie und da zu einem Anflug von klitzekleiner Eitelkeit, eine lässliche Sünde, aber jetzt war er einfach nur ungehalten, weil diese Polizistin dermaßen mit ihm umsprang. Er stieß die Kirchentür etwas heftiger auf als gewohnt und trat ein.

Gleich nach der Abendandacht eilte er erneut in sein Zimmer, um Handy und Notebook zu kontrollieren. Noch immer nichts. Keine Nachricht der Chefinspektorin.

Er hatte zwei Möglichkeiten. Erstens, seiner Müdigkeit nachzugeben und sich aufs Bett zu legen. Er würde dennoch nicht einschlafen, seine Gedanken würden Karussell fahren. Gut, dem konnte er mit mehreren Tassen frisch gebrühten Baldriantees entgegenwirken. Was vielleicht helfen würde. Die andere Möglichkeit war, auf der Stelle etwas zu unternehmen. Er gab sich einen Ruck. Die Mischung aus getrockneten Baldrianblüten und Wurzeln blieb im Schrank. Dafür holte er sein Motorrad aus dem Fahrzeugschuppen, eine blaue BMW R75/6, Baujahr 1976. Eine Minute später lenkte er seine Oldtimermaschine über die Landstraße Richtung Dellenberg. Offenbar hatte er in der Nacht zu wenig auf den Weg geachtet, denn er nahm die falsche Abzweigung. So stand er nicht wie erwartet vor dem Anwesen des ermordeten Galeristen, sondern hielt an einem Bauernhof. Doch er hatte Glück. Hinter dem Haus entdeckte er eine Person, die er schon kannte. Auf den ersten Blick hatte die junge Frau heute zwar wenig Ähnlichkeit mit einer Botticelli-Venus. Das mochte auch daran liegen, dass sie dabei war,

Windeln, Strampelhosen und Männerhemden von einer Wäscheleine zu nehmen, was antike Liebesgöttinnen selten taten. Doch beim Näherkommen war der Pater erneut fasziniert von der betörenden Ausstrahlung der Frau.

»Guten Abend!« Die über den Wäschekorb gebeugte Frau schaute auf. Ihre Augen blickten erschrocken, doch dann schien sie ihn zu erkennen. Sie wischte sich die Hand an der Hose ab und reichte sie ihm. »Hallo … äh, ich meine grüß Gott.«

Gwendal nahm die Hand. Obwohl die Augustsonne noch ihre letzten Strahlen auf den Hof schickte, fühlten sich ihre Finger kalt an. Er stellte sich vor, erwähnte, dass sie einander gestern Nacht schon kurz auf dem Anwesen von Angelo Stassner gesehen hätten. Sie nickte, wirkte unsicher, wusste offenbar nicht recht, was sie mit dem plötzlich aufgetauchten Benediktinermönch anfangen sollte. Sie strich das lange Haar nach hinten, versuchte ein freundliches Lächeln. Das stand ihr gut, erinnerte schon wieder eher an die Botticelli-Venus aus den Uffizien.

»Kann ich helfen?«

Die Männerstimme kam von hinten. Gwendal drehte sich um, nahm noch wahr, wie die Frau an seiner Seite zusammenzuckte. Ihr Lächeln gefror.

»Das ist mein Mann.« Auch ihre Stimme klang nun anders.

Vor Gwendal stand ein grobschlächtiger Kerl mit nacktem Oberkörper und einer kurzen Drillichhose. Mitte 30, schätzte der Pater. Der Mann hielt eine Hacke in der

Hand. Die Muskelpakete an Schultern und Oberarmen schimmerten bronzefarben im Schein der untergehenden Sonne. Wie ein Krieger aus einem alten Monumentalfilm kam er Gwendal vor. Er ging auf ihn zu, hielt ihm die Hand hin. Der Ehemann der jungen Frau wusste offenbar noch weniger, wie er die unerwartete Begegnung einzuschätzen hatte. Er blickte auf die hingestreckte Hand, dann auf seine Frau, dann wieder auf den Pater. Schließlich legte er sich das Beil in die Linke und ergriff mit der Rechten die Hand seines Gegenübers.

»Hartlef Gerstling.«

Sein Griff war fest. Gwendal stellte sich vor und nannte den Grund seines Kommens. Der Muskelmann runzelte die Stirn. »Ja, schreckliche Sache. Meine Frau hat ihn gefunden. Haben Sie ihn gekannt?«

»Leider nein.« Plötzlich entdeckte der Mann hinter Gwendals Rücken etwas, das seiner mürrischen Miene ein Lächeln abrang. Gwendal drehte sich um. In einiger Entfernung stand sein Motorrad. Der Mann hatte das Beil wieder in die rechte Hand genommen und wies damit in die Richtung.

»Schöne Maschine, Baujahr 1976, schätze ich.«

Gwendal nickte. »Ja, gehörte meiner Mutter. Ein Erbstück. Sie interessieren sich für Motorräder?«

Das Lächeln war aus dem Gesicht des Mannes wieder verschwunden.

»Nicht mehr«, brummte er. Dann wandte er sich wortlos um und ging davon. Er hielt auf einen Schuppen zu, vor dem Holzblöcke lagen. Gwendal fiel auf, dass der

Mann den linken Fuß nachzog. Noch jemand beobachtete den Hinkenden. Ein etwa 13-jähriges Mädchen, das unter der Haustür stand und ein Kleinkind im Arm hielt.

Das Mädchen setzte sich in Bewegung, ging ein paar Schritte hinter dem Mann her. Dann blieb es unschlüssig stehen. Schließlich wandte es sich um.

»Mama, ich bringe den Kleinen ins Bad.« Sie verschwand im Haus.

»Das sind Lona und Jonathan. Unsere Kinder.« Die Stimme der jungen Bäuerin klang wieder gefasster, aber immer noch ein wenig zittrig. Er war überrascht. Sie selbst konnte doch höchstens Mitte 20 sein. Doch das Mädchen war sicher älter als zwölf. Als hätte sie seine Verwunderung bemerkt, erklärte sie: »Lona ist aus der ersten Ehe meines Mannes.« Er hätte sie gerne mehr zum tragischen Ereignis von gestern gefragt. Ob ihr etwas aufgefallen sei, als sie den Toten im Haus entdeckte. Wie gut sie den Mann gekannt hatte, um dessen Haus und Wäsche sie sich zusammen mit ihrem Gatten kümmerte. Vielleicht war ihr in der Zeit ihrer Begegnung etwas untergekommen, das helfen könnte, die blutige Tat aufzuklären. Es gab Fragen über Fragen, die ihm durch den Kopf wirbelten. Aber er hatte nicht den Eindruck, dass sie ein längeres Gespräch mit ihm führen wollte. Und außerdem hatte sie all diese Fragen sicher in der Nacht schon der Polizei beantwortet.

Also ließ er sich nur den Weg zu Stassners Anwesen beschreiben, bedankte sich und ging.

Als er sein Motorrad vor dem umgebauten Heustadel abstellte, verkroch sich die Sonne endgültig hinter den Hügeln. Er nahm sich Zeit, stellte sich mitten in den großen Hof und ließ seinen Blick über das Gebäude gleiten. Heute erschien ihm der Komplex noch größer als in der vergangenen Nacht. Vielleicht verstärkte auch die Leere diesen Eindruck. Heute parkten keine Polizeiautos zwischen Toreinfahrt und Hauptgebäude. Die Balken an den großen Fenstern waren verschlossen. An der Tür entdeckte er drei weiße Aufkleber. Auf jedem stand dasselbe. *Landespolizeidirektion. Amtlich versiegelt.*

Für die Hintertür auf der Rückseite des Gebäudes hatte ein Aufkleber gereicht.

Insgeheim hatte er gehofft, die Chefinspektorin anzutreffen. Und wenn schon nicht die Ermittlungsleiterin selbst, dann wenigstens einen ihrer Beamten, von dem er sich Informationen holen konnte. Aber es war weit und breit niemand zu sehen. Er begann, im Hof auf und ab zu gehen. Was suchte er hier? Warum hatte er das gemeinsame Abendessen mit den Mitbrüdern sausen lassen? Wenn er sich nicht bald wieder auf den Weg machte, würde er auch das Nachtgebet versäumen. Er sollte jetzt im Kreis seiner Klosterbrüder sein und zusammen mit den vielen Mitarbeitern, die heute Großartiges zustande gebracht hatten, auf das gelungene Fest anstoßen. Stattdessen schlurfte er hier über den Hof und starrte auf amtlich versiegelte Türen. Er hielt inne, schüttelte den Kopf über die Absurdität seines sinnlosen Ausflugs und begab sich langsam zu seinem Motorrad. Erst jetzt fiel ihm auf, dass er in aller Eile nicht einmal seinen Helm mitgenommen hatte. Er umfasste mit den Händen den Lenker, stieg auf, war bereit zu starten. Doch dann hielt er mitten in der Bewegung inne. Es nutzte nichts, er musste ins Haus. Er spürte ein unerklärliches Drängen. Wenn er schon hier war, musste er noch einmal an den Ort, wo der Mord passierte, wo man den Toten gefunden hatte. Er schalt sich selbst einen Esel. Dennoch stieg er wieder vom Motorrad. Sollte er das Polizeisiegel einfach abreißen, die Tür aufbrechen? Vielleicht fand er Werkzeug im kleinen Schuppen. Nein, er wollte nicht gewaltsam in ein fremdes Haus eindringen. Er musste einen anderen Weg finden, hineinzugelangen. Er umkurvte erneut das Gebäude. Kaum bog er um die Ecke, sah er bereits die Lösung für sein Problem. Sie hieß *juglans regia*. Er schätzte sie auf 60 Jahre, und sie war gut und gern zwölf Meter hoch. Der Nussbaum war ihm vorhin gar nicht aufgefallen, er war zu sehr auf das Gebäude konzentriert gewesen. Die starken Äste des Baumes reichten bis an die Rückfront. Wenn er sich halbwegs geschickt anstellte, konnte er sich von einem der Äste mit Schwung auf den kleinen Holzbalkon schwingen. Seine Mitbrüder mochten ihm verzeihen, dass er das gemeinsame Nachtgebet heute schwänzen würde, aber er musste ins Haus. Auf der Stelle. Koste es, was es wolle. Hoffentlich kostet es nicht den Hals, überlegte er, dann ergriff er den untersten Ast und zog sich hoch. Er hatte sich abgewöhnt, darüber zu sinnieren, ob es eine der antiken Glücksgöttinnen, ein Schutzengel, der liebe Gott höchstpersönlich, ein schamanisches Krafttier oder der reine Zufall war, der ihm manchmal beistand. Das war ihm egal. Vielleicht von allem etwas. Jedenfalls schaffte er die Kraxelei leichter, als er seinem doch fülligen Körper zugetraut hätte. Auch der ausladende Ast brach nicht ab, sondern hielt seinem Gewicht stand. Er schwang sich über das Balkongeländer. Und wäre das nicht an glücklicher Fügung schon genug gewesen, fand er auch noch die kleine Tür unversperrt, durch die er vom Balkon aus ins Haus gelangte. Im Innern war es trotz Abendlicht schon einigermaßen dunkel, deshalb aktivierte er die Lampenfunktion an seinem Handy. Er befand sich in einem schmalen Gang, der drei Türen aufwies. Seine Neugierde veranlasste ihn, eine Tür nach der anderen zu öffnen. Er fand ein Schlafzimmer mit Doppelbett, gegenüber ein kleineres Zimmer mit nur einem Bett. Hinter der dritten Tür entdeckte er eine Treppe, die nach unten führte. Er stieg vorsichtig hinab. Wenige Sekunden später stand er in dem großen Galerieraum, den er schon von seinem ersten Besuch kannte. Er suchte nach einem Lichtschalter, fand ihn und schaltete die Beleuchtung ein. Auf den ersten Blick wirkte der Raum so, wie er ihn in Erinnerung hatte. Nur durch die beiden großen Fenster konnte man nicht nach draußen sehen. Die Balken waren geschlossen, das hatte er schon vom Hof aus festgestellt. Natürlich gab es noch eine wesentliche Veränderung zu heute Nacht. Die Leiche war nicht mehr auf ihrem Platz, sondern längst weggebracht worden. Auf den Boden geklebte Linien markierten die Stelle, wo der tote Angelo Stassner gelegen war. Und noch eine Änderung fiel ihm auf. Die Bilder fehlten. Kein einziges war mehr zu sehen. Was er immer noch deutlich erkennen konnte, war das Blut. Die Flecken waren inzwischen völlig eingetrocknet. Er folgte mit den Augen der Spur. Sie endete abrupt in der Nähe des hinteren Fensters. Nicht nur die Leiche war weg, auch das Bild mit der biblischen Salome und dem abgeschlagenen Johanneskopf lag nicht mehr auf dem Boden. Er schaute sich langsam um. Was machte er hier? Es gab keine Leiche mehr. Niemanden, der ihm Fragen beantworten konnte. Es gab nicht einmal mehr die Bilder mit den Gewaltdarstellungen und den Blutkräutern. Er ließ sich auf den Boden sinken, lehnte den Hinterkopf gegen ein Bein des großen Holztisches. Warum hielt es ihn immer noch in diesem Haus? Er konnte nichts tun. Die Müdigkeit kroch durch sein Hirn. Aber da war noch etwas anderes. Er fühlte, dass ihn etwas beschäftigte. Seit gestern. Etwas hatte ihn bei seinem nächtlichen Besuch irritiert, irgendein Detail. Etwas, das nicht an die Oberfläche seines Bewusstseins gelangte, aber dennoch so stark ihn ihm schabte, dass es ihn dazu brachte, eine waghalsige Kletterei über einen alten Nussbaum zu riskieren, um in dieses Haus zu gelangen. Er ließ seine Augen durch den Raum wandern. Von der Eingangstür, durch die er gestern gekommen war, bis zur Mitte des Raumes. Dort war der Mord passiert. Wieder folgte er gedanklich der Blutspur. Sie führte weg von ihm, fast bis in die hintere rechte Ecke des Raumes. Er ließ seine Augen kurz auf den weißen eckigen Linien ruhen, die die Position der Leiche markierten. Dann wanderte der Blick wieder zurück, die Blutspur entlang bis zur Raummitte und von dort weiter zur Tür. Das wiederholte er einige Male. Bei jedem neuen Versuch trachtete er danach, sich immer mehr zu entspannen. Die Augen wanderten zwar durch den Raum, aber gleichzeitig versuchte er, den Blick nach innen zu richten. Und plötzlich wurde ihm klar, was ihn irritiert hatte. Die Erkenntnis setzte schlagartig ein. So heftig, dass er sich abrupt aufsetzte und dabei mit dem Kopf an die Tischkante knallte. Dem dumpfen Geräusch des Aufpralls folgte ein zweites. Ein ähnliches. Aber das kam von draußen. Er hielt den Atem an. Noch ein Geräusch, ein Rumpeln. Jemand war dabei, ins Haus einzudringen! Panik ergriff ihn. Sein Kopf schmerzte. In dem Raum, in dem er sich befand, war gestern ein Mord passiert. Und jetzt kam jemand von außen. Seine Furcht wuchs. Er war unbewaffnet. Er hörte Schritte. Seine übermüdeten Sinne beheizten seine Fantasie. Jeden Augenblick erwartete er, dass etwas Schreckliches geschah. Dass vielleicht gar der bluttriefende Tote selbst durch die Tür kommen würde. Oder der Muskelmann mit dem Beil aus der Nachbarschaft. Oder die schwertschwingende Judith mit dem Kopf des Holofernes und einem Sumpfblutauge am Mieder war aus dem Gemälde gestiegen, um auch ihn zu köpfen. Das Geräusch der Schritte verstummte. Dann wurde die Tür aufgerissen. Doch in der Umrahmung zeigte sich weder der leichenblasse tote Galerist noch die biblische Schlächterin. Es war nur eine

Frau mit aschblonden Haaren und zwei harten Falten links und rechts der Nase.

»Na, Sie können einen aber erschrecken, Frau Chefinspektorin!«

Wie zur Bestätigung ließ er sich ächzend auf den Boden gleiten. Die Beule an seinem Kopf brannte höllisch. Die Polizistin war mindestens so erstaunt über die unerwartete Begegnung wie er selbst.

»Was zum Henker treiben Sie hier?« Sie stakste in den Raum, blickte sich um.

»Wie sind Sie überhaupt hereingekommen?«

Hätte er die Siegel an der Vordertür zerrissen, müsste sie nicht fragen. Offenbar kam ihr nicht die Idee des Kletterweges über den Nussbaum.

»Wissen Sie nicht, Frau Knaus, dass mich die göttliche Vorsehung nicht nur zu einem Klostermann mit bescheidenem Wissen über Kräuter gemacht, sondern zudem mit der Gabe ausgestattet hat, mittels Teleportationskraft in jeden verschlossenen Raum zu gelangen?«

Sie schnaubte verächtlich. »Ich habe keinen Sinn für Ihre Albernheiten, Herr Gwendal!«

Ui, wenn sie nicht einmal mehr *Pater* zu ihm sagte, sondern ein förmliches *Herr* vor seinen Namen setzte, dann musste sie tatsächlich wütend sein.

»Also, was wollen Sie hier?«

Er versuchte ein mildes Lächeln, was ihm angesichts der pochenden Schramme auf seinem Kopf nur halbwegs gelang.

»Vielleicht habe ich hier auf Sie gewartet, damit Sie

mir persönlich die Informationen überbringen, die Sie mir zu mailen offenbar vergessen haben.«

Diese Antwort war ihr sichtlich unangenehm. Sie schlang die Arme um ihren knochigen Oberkörper, als friere sie plötzlich. »Es hat sich noch nichts Wesentliches ergeben. Es war dumm von mir, Sie in den Fall hineinzuziehen. Dennoch danke ich Ihnen für Ihre Mitarbeit. Immerhin haben Sie Ihre Aufgabe gut erledigt. Sie haben uns auf die botanische Gemeinsamkeit der abgebildeten Blutkräuter hingewiesen. Ob das für den Fall eine Rolle spielt, wird sich vielleicht noch zeigen. Derzeit gehen wir nicht davon aus.«

»Wovon gehen Sie dann derzeit aus?«

»Von gar nichts …« Sie hielt inne. Ihr wurde wohl bewusst, dass die gewählte Formulierung sich für eine Ermittlung, die erfolgreich sein wollte, nicht gut anhörte. Sie löste die Arme vom Oberkörper und machte einen Schritt auf ihn zu.

»Natürlich gehen wir von etwas aus, sogar von mehreren Möglichkeiten. Aber das sind ermittlungstechnische Details, über die ich Ihnen keine Auskunft erteilen kann. Noch einmal, Pater Gwendal: Danke, dass Sie gestern Nacht gekommen sind. Ich will auch darüber hinwegsehen, dass Sie unbefugt in ein von der Polizei versiegeltes Gebäude eingedrungen sind. Das wird keine Konsequenzen haben …«

»Weil ich ja auch zur Truppe gehöre, wie Sie gestern in aller Deutlichkeit erwähnten.«

Sie rollte die Augen zur Decke.

»Ja, schon gut. Das habe ich in der Nacht gesagt. Aber jetzt ist Schluss. Verlassen Sie bitte das Haus. Kehren Sie zurück in Ihr schönes Kloster. Haben Sie nicht heute einen neuen Kräutergarten eingeweiht, wie Sie mir erzählten? Da gibt es sicher viel zu tun.«

Sie deutete mit der Hand zur immer noch geöffneten Eingangstür.

Er machte keine Anstalten, ihrer Aufforderung zu folgen.

»Was führt Sie hierher, Frau Chefinspektorin?«

»Was soll die Frage? Ich bin die Ermittlungsleiterin.«

Er klopfte demonstrativ auf seine Armbanduhr. »Haben Sie nicht schon längst Dienstschluss?« Er drehte den Kopf nach allen Seiten. »Wo ist Ihr Team? Ihre Spezialisten? Was wollen Sie hier alleine?«

»Ich bin Ihnen keine Rechenschaft schuldig. Sie haben mir nicht einmal gesagt, was Sie hier treiben, Pater!«

Er rutschte zurück, lehnte vorsichtig seinen Rücken gegen den Tischpfeiler, achtete darauf, nicht wieder mit dem Kopf anzustoßen. Dann deutete er mit der Hand einladend auf den Boden neben sich.

»Nehmen Sie Platz, Frau Knaus. Manchmal ist es notwendig, den Standort zu wechseln, das ergibt völlig neue Perspektiven. Und ein neuer Blickwinkel bringt uns oft einen entscheidenden Schritt weiter.«

Sie schaute ihn verwundert an, bewegte sich aber nicht. Er machte erneut eine auffordernde Bewegung, sich neben ihn zu setzen. Er achtete darauf, nicht mit der Hand auf den Boden zu klopfen. Er wollte nicht den Eindruck erwecken, einen Hund zu locken. Oder eine Hündin. Das würde sich nicht gut machen. Er wartete, zählte insgeheim die Sekunden. Es wurden viele. Er wollte sich schon seufzend aufraffen und resignierend abziehen, da bewegte sie sich doch. Allerdings setzte sie sich nicht direkt neben ihn. Sie hielt Abstand.

Eine Zeit lang sprach keiner von beiden ein Wort. Er drehte behutsam den Kopf in ihre Richtung, beobachtete sie. Sie blickte ihn nicht an. Ihr Gesicht wirkte erstarrt. Nur ihre Augen waren lebendig. Sie huschten durch den Raum. Durch die Art, wie sie bestimmte Details in der Umgebung prüfte, dämmerte ihm, dass Sie vielleicht dieselbe Frage hergetrieben hatte wie ihn. Er musste lächeln. Er schnaufte kurz, dann erhob er sich ächzend. Er stellte sich in die Mitte der Galerie.

»Ja, mir hat dieselbe Frage keine Ruhe gelassen wie Ihnen. Dabei wusste ich es lange Zeit gar nicht. Erst als ich hier war und mich umsah, wurde mir die Frage klar, die mich bewegte.«

Er deutete auf den eingetrockneten Blutfleck. »An dieser Stelle wurde Angelo Stassner von seinem Mörder niedergestochen. Drei Stiche. Hier ist er zusammengebrochen.« Er ging langsam in die Hocke, dann legte er sich auf den Bauch, mit der Nase berührte er den Boden.

»Situation 1. Der Mörder sticht zu, bleibt im Raum. Stassner versucht trotz schwerer Verwundung, seinem Mörder zu entkommen. Situation 2. Der Mörder verlässt nach seiner Attacke sofort das Haus. Stassner lebt noch, versucht, sich bemerkbar zu machen, vielleicht um Hilfe zu schreien.«

Er richtete sich auf. »Was würden Sie tun?«

Sie drehte ihm den Kopf zu.

»Ich würde in beiden Situationen zur Tür kriechen, um eventuell ins Freie zu kommen. Die Tür ist nicht weit entfernt.«

Wie auf Kommando erhoben sich beide, blickten auf die Linienmarkierung in der Ecke. Gwendal atmete tief ein.

»Warum ist der tödlich verletzte Angelo Stassner in diese Richtung gekrochen und nicht zur Tür? Ich habe keine Erklärung dafür. Aber es beschäftigt mich sehr.«

Sie nickte. »Ja, mich auch.«

Der Nachthimmel hatte sich verfinstert. Nur mehr wenige Sterne blinkten aus den Rissen in den fetten schwarzen Wolkenbänken, die inzwischen aufgezogen waren. Pater Gwendal hoffte, noch im Trockenen heimzukommen. Er wählte ein zügiges Tempo und schaffte es tatsächlich. Er stellte seine BMW im Schuppen ab. Als er sein Zimmer betrat, hörte er die Turmuhr. Sie schlug elf. Gleich darauf setzte der Regen ein. Er stellte sich mitten ins Zimmer, ließ die Arme hängen, schloss die Augen. Er sprach ein kurzes Gebet, genoss ein wenig die Stille. Dann stellte er sich unter die Dusche. Als er später im Bett lag, ließ er den Abend noch einmal Revue passieren.

Bevor sie das Haus verließen, hatte sich die Chefinspektorin doch noch ein paar Ermittlungsdetails entlocken lassen.

»Er heißt *Bodner* und nicht *Bloder*, wie wir seinem ersten Gelalle fälschlicherweise entnommen hatten. Marinus Bodner, 41 Jahre alt, freischaffender Maler. Er erwachte erst am frühen Nachmittag aus seinem Vollrausch. Er war nicht sehr gesprächig, konnte sich an keine Details seines nächtlichen Auftritts erinnern. Den Galeristen dürfte er schon länger kennen. Wir werden das überprüfen. Jedenfalls ließ er kein gutes Haar an Angelo Stassner. Wir haben ihm seine Telefonnachricht aus der Mobilbox vorgespielt. Da fiel ihm wenigstens ansatzweise wieder ein, warum er sauer auf Stassner war. Der wollte ihn partout nicht bei einer geplanten Kunstaktion mitmachen lassen.«

»Welche Kunstaktion?«, hatte er gefragt. Sie hatte gezögert, lange überlegt, ehe sie antwortete.

»Na gut, immerhin haben Sie herausgefunden, was die dargestellten Pflanzen verbindet. Also gebe ich Ihnen Einblick darüber, was wir bisher zu den Exponaten feststellen konnten. Die einzelnen Bilder in der Galerie stammen von unterschiedlichen Künstlern. Pro Maler ein Bild. Zwei der Künstler haben wir erreicht. Stassner plante eine neue spektakuläre Ausstellung. Die von ihm kontaktierten Künstler wurden angehalten, Stillschweigen bis zur Eröffnung zu wahren. Der Titel des geplanten Zyklus heißt »Blutkraut. Mordbilder«. Stassners Idee war, so wie uns das die beiden Maler erläuterten, Bilder zu präsentieren, die spektakuläre Morde zeigen. Aus Mythologie und Literatur genauso wie aus der Wirklichkeit. Und jede Szene sollte begleitet werden von einer Pflanze, einem Kraut, das im Kontrast steht zur dargestellten Brutalität und das dennoch durch seinen Namen, seine Anwendung eine Verbindung zu Blut hat.«

Mehr sagte sie nicht. Sie hatte keine seiner weiteren Fragen beantwortet. Er wusste nicht, ob Bodner für die Tatzeit ein Alibi hatte, ob er der Hauptverdächtige war. Er erfuhr nichts über die Beziehung des Ehepaars Gerstling zu ihrem berühmten Nachbarn. Sie wollte nichts sagen über die gerichtsmedizinischen Ergebnisse zum genauen Todeszeitpunkt, zur Art der Tatwaffe, zu den sichergestellten Spuren am Tatort.

Sie hatte ihm nur zum Abschied die Hand gereicht und die andere auf seine Schulter gelegt. Eine Geste der Nähe, die er von ihr nicht erwartet hätte. Aber vielleicht wollte sie dadurch auch nur unterstreichen, was sie ihm noch mit auf den Weg gab.

»Ich habe keine Erklärung, warum Stassner nicht zur Tür gekrochen ist. Aber vielleicht bedeutet das auch gar nichts. Wer weiß schon, wie man reagiert, wenn man niedergestochen wird. Wenn überhaupt, dann ist das mein Problem, Pater Gwendal, und nicht mehr Ihres. Ich hoffe, Sie haben mich verstanden. Halten Sie sich raus!«

Natürlich hatte er sie verstanden. Er sollte sich wieder in sein Kloster verkriechen und Salbeiblätter rupfen und nicht die Nase in Angelegenheiten stecken, die ihn ihrer Meinung nach nichts mehr angingen. Obwohl sie ihn in einem Anflug von Hilflosigkeit und Panik selbst an den Tatort gebeten hatte. Immerhin hatte sie noch zugesagt, ihm die von der Polizei angefertigten Fotos der Blutkrautbilder zu schicken. »Für Ihre persönliche Sammlung. Aber nichts davon wird veröffentlicht oder hergezeigt, ehe der Fall nicht abgeschlossen ist. Capito?«

Auch das leuchtete ein. Aber genauso klar war ihm, dass er sich nicht einfach vor die Tür setzen ließ. Er war überzeugt davon, dass die Lösung des Falls in den Bildern steckte. Dazu musste er mehr über Angelo Stassner und dessen Umfeld erfahren. Er würde eben seine eigenen Quellen anzapfen, wenn die der Polizei ihm verwehrt waren. Mit diesem Gedanken schlief er ein. Und obwohl er befürchtete, eine unruhige Nacht zu haben, mit grässlichen Erscheinungen von über den Boden kriechenden Leichen, verfolgt von bluttriefenden Mördern auf Gemälden, schlief er tief und selig. Und völlig traumlos.

Nach dem Morgengebet galt es, den Tag zu planen. Die den Mönchen vorgegebene Zeit der Stille und der geistlichen Lesung würde er nützen so wie jeden Morgen. Das gab ihm Kraft. Die in den Klosterregeln vorgesehenen Körperübungen würde er kurz halten und das gemeinsame Frühstück ganz ausfallen lassen. Er schickte eine SMS an Irina und bat sie, seinen ersten Therapietermin im Ottilienzentrum zu verschieben. Er brauchte einen größeren Freiraum, sonst schaffte er sein Vorhaben nicht.

Die Polizei nutzte für ihre Ermittlungsarbeit ein gut

ausgebautes System an Datenbanken, Archiven und internationalen Quellen, das in den letzten Jahren durch die Globalisierung und den regelmäßigen Erkenntnisaustausch noch effektiver geworden war.

Aber auch er konnte auf ein Informationsnetz zurückgreifen, das mindestens so gut funktionierte. Vielleicht sogar besser. Klöster standen schon seit dem Mittelalter in regem Wissensaustausch, versorgten einander mit Erkenntnissen über Ackerbau, Kräuterkunde, politische Vorgänge, Intrigen. Was in den Archiven von Klöstern ruht, geht weit darüber hinaus, was internationalen Polizeiapparaten zur Verfügung steht.

Schon beim Rätsel um den toten Manager unter dem Salbeistrauch* hatte er auf dieses Netz zurückgegriffen. Der Hinweis aus einer alten Abtei in Baden-Württemberg hatte ihn auf die richtige Spur gebracht. Und Klöster stehen ja nicht isoliert im Raum. Sie sind eingebunden in ein noch größeres System, in das der Kirche mit all ihren Synoden, Abteilungen, Provinzstellen, Diözesen, Ordinariaten, Ämtern, Sprengeln, Pfarreien. Und dann gab es noch ein Netz innerhalb des Kirchennetzes, eine Art CIA innerhalb der CIA, das viel zu wenig beachtet wurde. Bischöfe, Äbte, Dekane, Pastoren, Kaplane, Pfarrer mochten einiges wissen. Aber ihr Know-how reichte nicht heran an den Kenntnisschatz der Pfarrersköchinnen. Gegen die Wissensmacht von Pfarrersköchinnen ist die NSA ein schlecht informierter Haufen harmloser Pfadfinder.

---

* Salbei, Dill und Totengrün. Gmeiner 2016.

Er kannte den Pfarrer von Dillingberg. Er war ein netter Kerl. Gutmütig, ein bisschen schwerhörig, immer freundlich, kein schlechter Seelsorger. Aber das informationsträchtige Kraftzentrum von Dillingberg war nicht der Pfarrer, sondern Genoveva Millbrand, die Pfarrersköchin. Gwendal kannte sie gut. Sie besuchte ihn manchmal im Kloster, hatte auch schon an zwei Kräuterseminaren teilgenommen.

Und so saß Pater Gwendal an diesem Morgen, bewährt mit Vollvisierschutzhelm, auf seiner BMW R75/6 und war bei leichtem Nieselregen unterwegs zum Informations-Headquarter von Dillingberg.

Er hatte Glück. Er traf sie in der Küche. Sie hatte eben das Frühstücksgeschirr abgewaschen und machte sich fertig für den morgendlichen Einkauf in der Dorfkrämerei.

»Ah, Pater Gwendal, des ist aber nett, dass du mich besuchst.« Sie schaute auf die große Küchenuhr. »Magst einen Kaffee? Ich gönn mir gern auch noch einen. Das Einkaufen läuft mir net davon.«

Sie wartete gar nicht seine Antwort ab, sondern öffnete eine der Schranktüren und holte eine alte Kaffeemühle mit Kurbel hervor.

»Ich halte nix von den neumodernen Kaffeeautomaten. Sind sicher net schlecht, wenn man's eilig hat. Aber bei einem selbst geriebenen Arabica plaudert es sich einfach besser.«

Sie aktivierte den Wasserkocher, schüttete dunkle

Bohnen in die Mühle, setzte sich an den Tisch, klemmte das Gerät zwischen ihre Knie und begann, an der Kurbel zu drehen.

»Gut, dass du vorbeischaust. Ich wollte dich ohnehin besuchen. Bei mir hat sich da ein Gewächs im Garten angesiedelt, das ich nicht kenne. Und jetzt weiß ich nicht, ob ich es ausreißen oder wachsen lassen soll.«

Er versprach, sich den Neuzugang später anzusehen.

Während Genoveva Millbrand bedächtig an der Kurbel drehte, schließlich das fertig gemahlene Pulver in eine French Press Cafetiere schüttete und mit heißem Wasser aufgoss, hatte er schon erfahren, wer im Ort ein Kind erwartete, wer kurz vor der Scheidung stand, dass der Pfarrer heute die Pensionisten beim Ausflug begleitete, dass der Pizzaservice in der Nachbargemeinde bald in Konkurs ging, was eh jeder erwartet hatte, und dass der Bürgermeister bei der Bauvergabe zum Schwimmbad sich hat schmieren lassen, was noch keiner wusste, schlussendlich aber auf ein Amtsenthebungsverfahren hinauslaufen würde.

Nicht schlecht für sechs Minuten Kaffeereiben, aufgießen, Tassen hinstellen und Marillenkuchen verteilen. Gwendal war zufrieden. Sie war in Fahrt gekommen. Das Informationszentrum schnurrte.

Sie stellte ihm die Zuckerdose hin, goss Milch in ihre Kaffeetasse und begann umzurühren. Zweimal unterbrach sie diese Tätigkeit, um sich mit der Rechten am linken Unterarm zu kratzen. Er machte eine vorsichtige Andeutung, ob sie vom unterwarteten Ableben eines

Promis in ihrer Gemeinde gehört hatte. Das vorsichtige Herantasten hätte es gar nicht gebraucht, sie wusste ohnehin schon alles.

»Was mich nur wundert, Pater Gwendal, dass noch nix in der Zeitung steht. Auch im Fernsehen kein Mucks dazu. Was sind denn das für Würschtel da bei den Medien? Der Adalbert hat mir zwar erzählt, die Polizei verhängt eine absolute Nachrichtensperre. Aber was ein g'scheiter Profi ist, der muss das doch längst geschnallt haben.«

Mit *Adalbert* war wohl Bezirksinspektor Adalbert Rindenborst gemeint, der stellvertretende Postenkommandant und Hobbygärtner, den Gwendal in der Mordnacht in der Galerie kennenlernte. Eine halbe Stunde später wusste er mehr.

Angelo Stassner hatte vor drei Jahren den alten Heustadel gekauft, renoviert und zur Galerie umbauen lassen. Vor zwei Jahren war er dann von München hierher umgezogen. Anfangs gab es viele Feste auf dem Anwesen, ausgelassene Partys und Promitreffen, wie sie sich erinnerte. Aber in letzter Zeit sei es ruhig geworden.

Das Ehepaar Gerstling kümmere sich seit etwa einem Jahr um das Anwesen. Das sei notwendig geworden, weil Stassner viel auf Reisen war, um Künstler zu besuchen und Bilder einzukaufen. Er erfuhr auch, warum Hartlef Gerstling hinkte.

»Eigentlich wollte der Hartlef ja Motorradrennfahrer werden. Aber dann hat's ihn aufdraht. Schwerer Unfall. Jetzt ist er halt Bauer, Obmann im Schützenverein und

Mechaniker für landwirtschaftliche Maschinen. Der Hof alleine bringt's net, da muss er was dazu verdienen.«

»Und die Frau?«

»Die kümmert sich um die zwei Kinder, den Hof und die Feriengäste. Ab und zu vermieten sie auch.«

Er dachte nach. »Sagt dir der Name Marinus Bodner etwas?« Sie schüttelte den Kopf, kratzte sich erneut am linken Unterarm. »Nein. Wer soll das sein?«

Er versuchte, den Mann zu beschreiben. Was nicht leicht war. Immerhin hatte er ihn nur kurz gesehen. Noch dazu in völlig derangiertem Zustand. Er rief sich das Gesicht in Erinnerung. Ihm fiel ein, dass Bodner auf der linken Backe eine Art Muttermal hatte, einen Leberfleck oder auch eine Narbe.

Sie schüttelte weiterhin den Kopf. »Nein, den habe ich noch nie gesehen. Aber falls der jemals hier in der Gegend war, dann kriege ich das raus.«

Davon war er überzeugt.

»Wem gehörte das Anwesen vorher, bevor Stassner es kaufte?«

»Dem Rindenborst Klaus.«

»Rindenborst?«

Sie schmunzelte. »Ja, dem Bruder vom Adalbert. War in jungen Jahren ein Feschak, hinter jedem Kittel her. Ich hätte ihn nicht von der Bettkante gestoßen, aber an mir hatte er kein Interesse. Naja, schließlich hat er die Traninger Hilde genommen, und ich bin hier gelandet.« Sie stand auf, um sich noch ein Stück Marillenkuchen zu holen. »Magst auch noch eines?«

Er winkte dankend ab. »Wird Klaus Rindenborst Haus und Grund wieder zurückkaufen?«

»Das glaube ich nicht.« Sie setzte sich wieder an den Tisch, stach mit der Gabel ein großes Stück Kuchen ab.

»Es ist ein schönes Anwesen. Und durch den luxuriösen Umbau sicher im Wert enorm gestiegen. Wer das wohl erben wird?«

»Na, die Schwester. Wer sonst?«

Er schaute sie verblüfft an. »Stassner hatte eine Schwester?«

Sie war über sein Staunen verwundert. »Hast du das nicht gewusst? Sie lebte früher auch in München, hat sich vor einem Jahr aber in der Nähe angesiedelt. Sie hat in Klattenhausen ein Geschäft aufgemacht. Irgendwas mit Mode, soviel ich weiß.«

Klattenhausen war die nächstgrößere Stadt, etwa 50 Kilometer entfernt.

»Kennst du ihren Vornamen?«

Sie kaute am letzten Stück Kuchen, während sie nachdachte. Wieder kratzte sie sich am Arm.

»Irgendwas mit Märchen …«

»Gretel?«

»Nein.«

»Rapunzel?«

»Nein, was anderes … mit Räubern …«

»Ronja?«

»Genau. So heißt sie.« Das war zwar nicht klassisches Märchen, sondern ein Kinderbuch von Astrid Lindgren. Aber die Räuber passten. *Ronja Räubertochter*.

»Weißt du sonst etwas über die Schwester?«

»Nein. Ich habe die beiden zusammen auch nur einmal gesehen. Anfangs dachte ich, das sei irgendeine seiner Betthasen, so wie die ihn angehimmelt hat. Und von der Jenny weiß ich, dass diese Ronja auch nicht seine richtige Schwester ist. Also keine leibliche. Seine Eltern haben sie als Kleinkind adoptiert.«

»Jenny?«

»Zeichenlehrerin am Gymnasium. Die war hie und da eingeladen bei den Vernissagen.«

Ja, das Informationsnetz des Dillingberger Geheimdienstcenters war breit gespannt, umfasste auch Akademikerinnen. Er sah auf die Uhr. Höchste Zeit, dass er sich auf den Rückweg machte.

»Aber bevor du fährst, schaust noch schnell in meinen Garten.«

Er folgte ihr hinaus. Sie öffnete die Gartentür, führte ihn vorbei an den Gemüsebeeten zum hinteren Teil.

»Da, schau dir das an!«

Sie wies auf ein paar Strünke, etwa einen halben Meter hoch, mit grünen länglichen Blättern. Die gelben Blüten waren verwelkt.

»Das ist Alant.«

»Alant? Noch nie gehört.«

»Der gehörte früher in jeden Bauerngarten. Heißt auch Gottesauge oder Helenenkraut. In manchen Gegenden auch Schlangenwurz.«

»Wenn der so weiter wuchert, deckt er mir bald den halben Garten zu. Also? Wachsen lassen oder ausreißen?«

Er schmunzelte und sah ihr in die Augen.»Manches Mal schenkt uns die Natur genau das, was wir gerade brauchen. Wir müssen es nur erkennen.«

»Wie meinst du das?«

Er deutete auf ihren linken Unterarm, an dem sie immer noch kratzte.

»Ja, das juckt mich. Seit zwei Monaten. Hab schon eine Salbe aufgetragen, aber es hört nicht auf.«

Er strich über die langen grünen Blätter. »Der Alant gilt als probates Hustenmittel. Aber er hat noch eine weitere wesentliche Heilwirkung. Er hilft bei Hauterkrankungen.

Frische klein gehackte Wurzeln mit Wasser aufkochen und damit die Haut abtupfen. Bewährtes Rezept.«

Sie hatte mit dem Kratzen aufgehört, starrte auf ihre Hand. Dann betrachtete sie die Pflanze.

»Also nicht ausreißen. Wachsen lassen. Und die Wurzeln verwenden.«

»Das könnte nicht schaden.« Er bedankte sich für Kaffee und Kuchen und machte sich auf den Weg zu seinem Motorrad.

Er wählte den Rückweg so, dass er am Bauernhof der Familie Gerstling vorbei musste. Aber ihm war kein Blick auf die junge Frau vergönnt. Auch nicht auf die beiden Kinder. Einzig Hartlef Gerstling konnte er ausmachen. Der war unter einem Flugdach damit beschäftigt, an einem Traktor herumzuschrauben. Auch heute zeigte er seine Muskeln. Vielleicht arbeitete er immer mit entblößtem Oberkörper.

Zurück im Kloster erfuhr er, dass ein Patient kurzfristig abgesagt hatte. Ihm blieb also eine zusätzliche freie Stunde, die er nützen wollte, um die eingegangenen Mailnachrichten zu kontrollieren. Dieses Mal hatte die Chefinspektorin Wort gehalten. Vor einer Stunde war ihr Mail mit dem Link für die Fotos eingetroffen. Er legte einen eigenen Ordner an und speicherte die Bilder auf dem Desktop. Die Bilddateien waren gemäß der dargestellten Szenen beschriftet. *Kain/Abel. Cäsar. Lennon. Kennedy. Salome. Wallenstein …*

Er wollte die Bezeichnungen um die Namen der abgebildeten Kräuter ergänzen. Dazu holte er zur Kontrolle den Zettel aus der Schreibtischschublade, den ihm der Bezirksinspektor gegeben hatte. Er war so in seine Arbeit vertieft, dass er das Klopfen an seiner Zimmertür gar nicht mitbekam. Erst als wiederholt gepocht wurde und eine Frauenstimme »Pater Gwendal!« rief, registrierte er, dass jemand zu ihm wollte.

»Herein!«

Es war Irina Stuck, die ins Zimmer rauschte wie ein Schwarm frischer Kirschblüten, den der Wind hereinfegte.

»Was ist das?« Sie deutete mit großen Augen auf den Bildschirm. Dort war eine Frauengestalt zu erkennen, die ein Kind im Arm hielt und ihm mit einem Dolch die Kehle durchschnitt. Ein zweites Kind lag blutüberströmt zu ihren Füßen.

»Das ist Medea aus der griechischen Mythologie. Sie tötet gerade ihre Kinder.

Und die Blätter mit den auffallend dunkeln Adern am Bachbett daneben gehören zu einem Knöterichgewächs. *Blutampfer. Rumex sanguineus.* Kann ich als Salatbeigabe sehr empfehlen. Äußerst schmackhaft. Wir haben Blutampfer im neuen Kräutergarten.«

Sie wirkte leicht angewidert.

»Und Sie glauben, ich könnte da einfach meinen Salat essen und müsste nicht ständig an das Bild mit den beiden Kindern denken? Was soll das Ganze überhaupt? Warum schauen Sie sich diese Grauslichkeiten an?«

Er erklärte ihr die Zusammenhänge. Anfangs wirkte sie irritiert, aber dann gewann die Faszination die Oberhand.

»Ich wusste gar nicht, dass es so viele Kräuter gibt, die in Zusammenhang mit Blut stehen.«

Gwendal musste zugeben, dass auch ihn die große Anzahl verblüffte. Er hatte sich auch nie damit speziell auseinandergesetzt.

»Die Gründe, warum eine Pflanze dem Namen nach mit Blut in Verbindung gebracht wird, sind unterschiedlich. Bei manchen erfolgt dadurch ein Hinweis auf die mögliche Anwendung, auf die Wirkungsweise.«

Er zeigte ihr einige Beispiele.

»Hier, sehen Sie. Hirtentäschel, das in der Literatur am öftesten *Blutkraut* genannt wird, regelt den Blutdruck, hilft bei Menstruationsbeschwerden. Blutroter Storchschnabel, gut für Wundbehandlung und Geschwüre.

Blutweiderich wirkt blutstillend, hilft bei Zahnfleisch-
bluten. Die Liste ist lang. Bei manchen Pflanzen ver-
weist das Blut im Namen auch nur auf die rote Färbung.
Johanniskraut …«

»Das kenne ich. Da muss man die Knospen zerreiben.«

»Ja, aber der Bluthinweis kann sich bei einigen Pflan-
zen auch auf andere Teile beziehen, auf die Farbe der
Blüten, der Blätter, der Wurzeln, der Maserung. Hier …«
Er öffnete die Datei mit der Bezeichnung *Lennon*.

»Der Künstler, der die Ermordung John Lennons als
Sujet wählte, hatte sich bei der Auswahl der Pflanze für
den Klatschmohn entschieden, der wegen der leuchtend
roten Blüten auch *Blutblume* genannt wird. Und es gibt
noch viele ähnliche Beispiele, die sich von der auffallen-
den Färbung ableiten: Sumpfblutauge, Blutwurz, Blut-
knopf bis hin zur Karthäusernelke …«

»Die kenne ich auch. Haben wir die nicht im Mariengarten?«

»Ja. Eine beliebte Pflanze in Klostergärten. Die Kart-
häuser haben sie im 16. Jahrhundert durch intensiven
Anbau bekannt gemacht.«

»Ich mag sie. Ich liebe das geheimnisvoll schimmernde
Rot ihrer Blüten.«

»Diesem Rot verdankt die Karthäusernelke auch die
zusätzliche Bezeichnung *Blutnelke*.« Er schloss den
Ordner mit den Bildern. »Aber Sie sind sicher nicht
gekommen, um sich mit mir über Blutkräuter zu unterhalten.«

»Nein, ich wollte Ihnen sagen, dass wir die Abrechnung fast fertig haben. Ich warte nur noch auf die Ertragsangaben von zwei Gastwirten. Aber so viel lässt sich jetzt schon festhalten: Das gestrige Fest war auch wirtschaftlich ein voller Erfolg!«

Er lächelte und klopfte ihr auf die Schulter. »Wenn wir Sie nicht gehabt hätten, Irina, und Ihr Organisationstalent, dann wäre es wohl zum Desaster geworden.«

Sie wischte seine Bemerkung mit einer Handbewegung weg. »Papperlapapp. Ich bin nur ein Rad im großen Getriebe. Es gibt nur einen Star, wegen dem die Leute in Scharen nach Stift Eulenberg strömen. Und das ist Pater Majoran. Ich bin so froh, dass ich hier mit Ihnen zusammenarbeiten darf.« Sie umarmte ihn und drückte ihm einen Kuss auf die Wange. Er kannte ihre spontane Art, ihrem überquellenden Herzen Ausdruck zu verleihen, dennoch fühlte er sich durch diesen Gefühlsausbruch ein wenig überrumpelt. Aber dass sie ihn *Pater Majoran* nannte, das freute ihn. So riefen ihn nicht nur die Kinder im Ort. Dieser Spitzname hatte sich auch unter Seminarteilnehmern breitgemacht, wenn er ihnen bei Kursabschlüssen sein berühmtes Malzbiergulasch mit Kümmel und Majoran servierte und manchmal auch noch Majoran-Birnenmus.

»Außerdem habe ich den Vertrag mit der Biokette fertig. Den schicke ich Ihnen heute Nachmittag per Mail, damit Sie ihn durchlesen können. Und dann brüte ich über ein paar neuen Marketingideen. Aber da komme ich erst zu Ihnen, wenn sie spruchreif sind.«

Sie drückte ihn noch einmal an sich. Dann verschwand sie wieder durch die Tür.

Er setzte sich aufs Bett. Er musste sich erst langsam von dieser eben erlebten Wirbelwindbrise erholen.

Im Internet fand er einen Hinweis auf das Geschäft von Stassners Schwester in Klattenhausen. *Jadetraum* las er. *Schmuckdesign. Inhaberin: Ronja Stassner.*

Die Boutique hatte bis 20 Uhr geöffnet. Das traf sich gut. Um 17 Uhr war er mit seinen Behandlungen im Ottilienzentrum fertig. Da schaffte er es locker, nach Klattenhausen zu kommen.

Das Geschäft lag im äußeren Bereich der Innenstadt, gleich neben einer Apotheke und einem Kindergarten. Es war nicht sehr groß. In drei Glasvitrinen lagen Ketten und Armreifen ausgebreitet zusammen mit Ringen und Anhängern. In einer weiteren Vitrine und einem daneben platzierten Regal erkannte er Amulette, färbige Glasherzen, Kristalle, Bänder mit Federn. Er kannte sich mit Modeschmuck nicht aus. Aber die Exponate machten auf ihn eher einen billigen Eindruck.

»Guten Abend, was kann ich für Sie tun?«

Hinter einem dunklen Vorhang erschien eine junge Frau. Sie war um einen Kopf kleiner als der Mönch. Ihr kurz geschnittenes Haar leuchtete in mehreren Farben.

Das grüne Kleid, das sie trug, war eher schlicht. Mindestens so auffällig wie ihre Haarpracht war die große dunkle Sonnenbrille in ihrem Gesicht.

»Grüß Gott, sind Sie Ronja Stassner?«

»Ja.«

Er konnte ihre Augen wegen der Sonnenbrille nicht sehen. Aber die Haltung ihres Kopfes deutete Neugierde an. Er stellte sich vor. Entschuldigte sich, dass er einfach so hereinplatze. Er wolle nichts kaufen. Er sei im Haus ihres Bruders gewesen, nur ein paar Stunden nach dessen brutalem Ableben.

Die Blässe ihrer Haut wurde um eine Nuance fahler. Dadurch stach ihm das grelle Rot ihrer geschminkten Lippen noch mehr ins Auge.

»Haben Sie Angelo die Sterbesakramente gespendet?«

»Leider nein, dafür war es schon zu spät.« Er erklärte ihr den Zusammenhang. Dass er über bescheidene botanische Kenntnisse verfüge und die Polizei an gewissen Fragen interessiert war, die mit Pflanzen aus einer Gemäldeserie in Zusammenhang stehen.

»Ja, ich kenne den Zyklus. *Blutkraut. Mordbilder.* Er war so stolz auf diese Idee.« Ihre Stimme versagte. Sie schluckte, biss sich auf die geschminkten Lippen. Ihr Gesicht begann zu zucken. »Entschuldigen Sie bitte.« Sie verschwand hinter dem Vorhang.

Er wartete, überlegte, ob er besser wieder gehen sollte. Er hatte sich schon abgewandt, da tauchte sie wieder auf, ein Taschentuch in der Hand. Die Brille hatte sie abgenommen. Ihre Augen waren geschwollen, als hätte sie schon seit Stunden geweint.

»Bitte bleiben Sie.« Sie wies auf einen kleinen runden Tisch mit zwei Stühlen gleich neben dem Eingang. »Sie müssen mir alles erzählen. Ich weiß fast nichts über

Angelos Tod. Die Polizei hat mir nicht viel Auskunft gegeben, nur andauernd Fragen gestellt. Darf ich Ihnen etwas anbieten? Kaffee, Tee, Wasser?«

Er bedankte sich. Er wolle nichts, nahm aber Platz. Auf dem Tisch lagen ein paar Prospekte. Auf einem war sie abgebildet. Sie präsentierte einige Exponate. Darüber stand *Ronja Design*. Offenbar entwarf sie auch Schmuckstücke.

»Sie können sich vorstellen, dass mich der Tod meines Bruders sehr mitgenommen hat. Dennoch bitte ich Sie, mich nicht zu schonen. Erzählen Sie mir alles, was Sie gesehen haben. Schildern Sie mir Ihre Eindrücke. Helfen Sie mir, ein Bild zu bekommen, so als sei ich selbst dabei gewesen.«

Er begann seine Ausführungen mit dem Streifenwagen, den ihm die Ermittlungsleiterin geschickt hatte, und der Ankunft in der Galerie. Er wollte sie nicht mit den schrecklichen Details belasten. Er erwähnte nicht das viele Blut, erzählte ihr nur, wo man ihren Bruder gefunden hatte. Er berichtete von seiner Verwunderung, als man ihm die Bilderserie zeigte. All die Szenen von Gewalt in Verbindung mit Blumen, Pflanzen, Kräutern. Als er das plötzlichen Auftauchen Marinus Bodners erwähnte, kam plötzlich Leben in sie.

»Marinus war dort?«

Er bestätigte das, schilderte dessen erbärmlichen Zustand, die Betrunkenheit.

»Er hasst Angelo. Er ist ein Widerling.« Sie schnellte hoch, fasste mit den Händen ihre Unterarme, presste sie gegen den Körper. »Er behauptet, Angelo hätte ihn vor Jahren bei einem Bilderkauf betrogen und zudem bei einem Galeristen in Berlin verleumdet. Aber das ist erstunken und erlogen. Angelo wollte mit ihm nichts mehr zu tun haben.«

Sie begann, in kleinen Schritten auf und ab zu stapfen.

»Glauben Sie, er könnte mit dem Tod Ihres Bruders etwas zu tun haben?«

Sie blieb stehen. In ihren Augen flackerte Abscheu. »Marinus traue ich alles zu.«

Sie setzte sich wieder an den Tisch.

»Was hat Ihren Bruder dazu bewogen, einen Bilderzyklus dieser Art in Auftrag zu geben?«

Sie beugte sich vor, berührte seine Hand. »Was halten Sie davon? Wie finden Sie die Bilder?«

Er räusperte sich, suchte nach den richtigen Worten. »Naja, auf den ersten Blick wirken sie ungewöhnlich. Befremdlich. Vielleicht sogar schockierend. Aber ich muss zugeben, dass die Komposition auf den Gemälden auch eine gewisse Faszination ausübt. Das hat vor allem mit den starken Gegensätzen zu tun, mit dem aufrüttelnden Kontrast zwischen der Brutalität der zentralen Szene und der fragilen Zartheit der pflanzlichen Geschöpfe. Natürlich sind nicht alle Bilder gleich. Die Wirkung wird schon sehr von der Kunstfertigkeit des Malers beeinflusst ...«

Zum ersten Mal lächelte sie. »Schade, dass Sie meinen Bruder nicht mehr kennenlernen konnten. Er hätte Ihnen gefallen. Und Sie hätten ihn fasziniert. Wenn er Sie so gehört hätte, wären Sie sicher Eröffnungsredner bei der Vernissage gewesen.« Sie hielt inne. Ihr Lächeln erstarb. Die Trauer kroch wieder in ihr Gesicht. Die Erinnerung an Angelo und die Gewissheit, dass er nie wieder eine Ausstellung eröffnen würde, waren zu viel für sie. Ein tiefes Schluchzen quälte sich aus ihrem Hals. Er legte seine Hand auf ihre und drückte sie sanft. Sie nahm das Taschentuch, wischte sich die Augen.

»Er war ein wunderbarer Mensch. Immer hellwach, stets neugierig. Schon als Kind hatte er sich für Botanik interessiert, für Blumen, Kräuter, Bäume. Und für Geschichten. Wir haben als Kinder unter seiner Anleitung immer Szenen nachgespielt aus Märchen, Sagen, Theaterstücken, Büchern. Er wusste so viel über Götter und Helden und Filmfiguren. Er kannte zu jedem Bild, zu jedem Symbol eine Geschichte. Er war als Galerist so erfolgreich, weil er mit seinen Ausstellungen immer ein außergewöhnliches Konzept verfolgte, immer eine faszinierende Idee anbot, immer auch ungewöhnliche Geschichten erzählen wollte. Das brachte ihn auch auf die Idee mit den Blutkrautbildern, mit denen er …« Sie hielt mitten im Satz inne, blickte nach draußen. Ein Polizeiwagen war vorgefahren. Auch Gwendal hatte es mitbekommen. Die Ladentür wurde mit Schwung geöffnet. Herein trat eine Person, die ihm gut bekannt war. Zuerst schüttelte sie nur den Kopf, dann verschränkte sie die Arme. Schließlich beugte sie sich weit vor, sodass ihre Nase fast das Gesicht des am Tisch sitzen gebliebenen Mönchs berührte.

»Warum wundert mich das jetzt nicht, ausgerechnet Sie hier zu finden, Pater Gwendal?« Sie begann den Satz leise, aber ihre Stimme wurde gegen Ende der Frage immer lauter. »Ist das Ihre Art sich herauszuhalten, ha?«

Er konnte sich nicht erinnern, je Derartiges in Aussicht gestellt zu haben. Die Idee, dass er sich heraushalten sollte, war ihre, nicht seine Idee gewesen. Doch darauf wollte er jetzt nicht eingehen. Viel mehr interessierte ihn der Grund für das plötzliche Auftauchen der Polizei. Die Ladenbesitzerin war vom Auftritt der Chefinspektorin und der sie begleitenden uniformierten Beamten mindestens so erstaunt wie Gwendal. Die Polizistin wandte sich an die junge Frau.

»Sie haben uns nicht die Wahrheit gesagt, Frau Stassner!«

Die Angesprochene starrte sie nur ungläubig an. »Was soll das heißen?«

»Sie haben uns gestern bei unserer Befragung erzählt, Ihr Laden hier gehe gut.«

Ronja Stassner schluckte. »Geht er auch.«

Die Stimme der Chefinspektorin schwoll an. »Geht er nicht! Sie stehen knapp vor der Insolvenz. Die Bank gibt Ihnen kein Geld mehr. Wir haben uns erkundigt!«

Die Designerin holte tief Luft. »Das ist eine Frechheit. Es handelt sich um eine augenblickliche geschäftliche Schwächephase. Aber ich bin gerade dabei, ein neues Design für meine Exponate zu entwerfen. Damit komme ich finanziell bald wieder nach oben.«

»Müssen Sie jetzt nicht mehr.«

»Wie meinen Sie das?«

Die Polizistin fixierte sie.

»Ihr Bruder war ein reicher Mann, Frau Stassner. Der Bilderkram hat offenbar viel abgeworfen. Und dazu das stattliche Anwesen in Dillingberg. Da kommt einiges zusammen. Und wie wir inzwischen ermittelt haben, gibt es nur eine einzige Erbin. Nämlich Sie!« Sie machte drohend einen Schritt auf die junge Frau zu, die erschrocken zurückwich und dabei gegen das Regal stieß. Eines der Amulette fiel klirrend zu Boden. »Der Tod Ihres Bruders kam für Sie wohl zum richtigen Zeitpunkt!«

Ronja Stassners Augen weiteten sich entsetzt. »Wollen Sie damit andeuten ...?«

Gwendal erhob sich vom Stuhl, um der jungen Frau beizustehen. »Also ich finde auch, das ist eine heftige Anschuldigung, die Sie hier in den Raum stellen!«

Die Ermittlungsleiterin fuhr herum, ihr Kopf schnellte nach vor wie der einer zuschnappenden Kobra. »Erstens hat die Dame kein Alibi. Zweitens hat sie uns nicht die Wahrheit gesagt, und drittens, geschätzter Pater Gwendal, ist es wohl besser, Sie gehen jetzt. Das ist eine polizeiliche Vernehmung. Unbeteiligte haben hier nichts zu suchen.« Sie deutete mit dem Kopf zur Tür. Einer der Uniformierten griff nach der Klinke und öffnete. Was Gwendal noch sah, als er das Geschäft verließ, war Ronja Stassners Gesicht. Darin spiegelte sich pure Angst.

Gwendal war wütend. Wegen der arroganten Polizistin und der Art, wie sie ihn abgekanzelt hatte. Aber am meisten war er wütend über sich selbst. Er mischte sich hier in Dinge ein, die ihn tatsächlich nichts angingen. Und wenn er es schon nicht fertigbrachte, seine Nase herauszuhalten, dann wäre es wohl zielführender, wenigstens einen kleinen Schritt weiter zu kommen. Aber er hatte nichts. Nada. Niente. Er wusste auf keine seiner Fragen eine Antwort. Das seltsame Verhalten des Sterbenden, die eigenartigen Motive auf den Gemälden, das überraschende Auftauchen von Bodner am Tatort, was bedeutete das alles? Er drehte sich im Kreis. Und das machte ihn noch zorniger.

Zu Beginn des Nachtgebets gelang es ihm immerhin, seinen schwelenden Groll beiseitezuschieben und sich auf die Texte und Psalmen einzulassen.

Alis suis obumbrabit tibi,
non timeris a timore nocturno

Mit Seinen Fittichen schirmt Er dich,
du brauchst den Schrecken der Nacht
nicht zu fürchten

Die Zuversicht, die aus diesen Zeilen sprach, tat gut. Je mehr er sich dem Gesang hingab, desto ruhiger wurde er. Am Ende der gemeinsamen Meditation fühlte er sich schon besser. Aber er war immer noch nicht ganz in Frieden mit sich selbst. Er fühlte sich ein wenig wie ein

Rennpferd, das in seiner Box eingesperrt war. Wie ein Tanzwütiger, dem man Bleikugeln an die Beine hängte. Er musste etwas unternehmen. Er brauchte Bewegung. Innere Bewegung. Er kannte diesen Zustand an sich. Und er wusste, wie er sich selbst am besten helfen konnte. Er verabschiedete sich von den anderen, wünschte eine geruhsame Nacht und hastete in sein Zimmer. Die Gitarre hing an der Wand gleich neben dem kleinen Kreuz. Eine »Red Special«. Er war ein großer Fan von Queen und hatte immer das Spiel von Brian May bewundert. Behutsam nahm er das Instrument in die Hand, strich ehrfürchtig über die Saiten und die rötlich gefärbte Holzdecke. Dann eilte er zurück zur Kirche. Er hatte mit den Ordensbrüdern vereinbart, dass er immer, wenn ihm danach war, im Gotteshaus des Klosters seine Gitarre erklingen lassen durfte.

Sein alter Marshall Verstärker stand dort jederzeit bereit. Er schaltete nur die Lichter am Seitenaltar ein, das genügte ihm. Er hängte das Instrument mittels Kabel an den Verstärker, stimmte kurz die Seiten. Dann war er bereit.

Er begann mit »While my Guitar Gently Weeps«. Das war nicht allzu schwer, gut zum Einspielen, gut zum Hineinfinden in den magischen Sog der Musik. Er hielt sich anfangs an die schlichte Fassung aus dem Jahr 1968, bei der George Harrison Akustikgitarre spielte. Doch bald wechselte er in eine der rockigeren späteren Fassungen, bei der auch Eric Clapton mitgespielt hatte. Und weil er schon beim jungen Eric Clapton war, hängte er gleich »Sunshine of your Love« an, in der Version von Cream, ehe er mit »Get your Own Way« von Fleetwood Mac das Portal weit aufstieß zur Rockmusik der späten 70er Jahre. Und dann durften natürlich seine anderen persönlichen Gitarrenheros der Rockgeschichte nicht fehlen: David Gilmour von Pink Floyd, Saul Hudson, genannt Slash, von Guns N'Roses, Carlos Santana und natürlich immer wieder Brian May.

Seine Finger wirbelten über die Saiten. Er vergaß seine Umgebung. Die altehrwürdige Stiftskirche verwandelte sich in die Rockbühne des Montreal Forums, auf der Queen 1981 knapp 20.000 Zuhörer in ihren Bann zogen. Die Gitarrenläufe, die er seiner »Red Special« entlockte, peitschten durch seinen Körper, schnalzten gegen die Kirchenwände, stiegen auf zum Dach, zogen jubelnd hinaus in den Kosmos.

Selten fühlte er sich Gott so nahe, selten wähnte er sich eins mit der gesamten Schöpfung als in den unvergleichlichen Momenten, in denen ihn sein eigenes Gitarrenspiel, die rockige Wucht der Musik, der alles umfassende Sound mitrissen und weit hinaustrugen, über alle Kirchendächer und Kräutergärten hinweg.

Der Schweiß rann ihm in Bächen über Brust und Schultern, seine Fingerkuppen begannen zu brennen, die »Red Special« dröhnte, die Saiten fühlten sich an, als glühten sie, aber er spielte weiter. So lange, bis er nicht mehr konnte.

Dann fühlte er sich leer. Und glücklich. Ausgelaugt und selig. Und ihm war eines klar: Wenn er bei all den

Fragen, die durch seinen Kopf gewirbelt waren, den entscheidenden Schritt weiterkommen sollte, dann musste das jetzt passieren. Jetzt war jede Zelle seines Körpers, jede Fuge seines Geistes eingestimmt darauf, die richtigen Antworten zu erhalten. Er wusste immer noch nicht, warum der schwer verwundete Angelo Stassner nicht zur Tür gekrochen war. Er wusste nicht einmal, ob das von Bedeutung war. Doch die richtige Antwort würde kommen. Es würde passieren. Bald. Davon war er überzeugt. Manchmal half ihm die richtige Teemischung seiner Kräuter weiter, manchmal der richtige Mix aus Gitarrenriffs. Oft auch beides. Er war erleichtert, bemerkte gar nicht, dass ihm Tränen über die Wangen rannen. Er schaltete den Verstärker aus, löschte das Licht und verließ die Kirche, die Gitarre immer noch umgeschnallt. Es war zwei Uhr morgens, als er ins Bett kroch.

Er schlief nur drei Stunden, aber er fühlte sich danach frisch, als hätte er eine dreiwöchige Kur hinter sich. Nach dem Frühstück arbeitete er zwei Stunden im Garten, besprach mit Bruder Friedhelm die Bestellung von neuen Samen und Setzlingen. Dann war es Zeit für seine Therapiesitzungen im Ottilienzentrum. Nach dem Mittagessen ruhte er sich etwas aus. Er nickte ein, aber die Nachmittagssonne, die durch das Westfenster seines Zimmers fiel, weckte ihn. Und das Klopfen an der Tür.

»Moment.« Er erhob sich, strich die Decke glatt, warf einen Blick in den Spiegel, ordnete seine Haare.

»Bitte herein.«

Es war Irina Stuck. »Haben Sie einen Moment Zeit für mich? Ich möchte gerne eine Idee mit Ihnen besprechen.«

Er bat sie herein und bot ihr Platz an.

Sie reichte ihm ein Blatt. Darauf war, stark vergrößert, eine Briefmarke abgebildet mit einem Blumenmotiv.

»Das ist eine Narzisse, aber das wissen Sie natürlich selber, Pater Gwendal. Die Marke ist aus der Blumenserie der Deutschen Post. Kennen Sie die?«

Ja, er kannte diese Dauermarkenserie. Er konnte sich auch an einige Motive erinnern. Maiglöckchen, Dahlie, Kaiserkrone, Malve. Er wusste nicht recht, worauf sie hinaus wollte.

»Im Grunde haben Sie mich auf die Idee gebracht, als Sie mir gestern die Bilder zeigten. Mit den blutigen Szenen und den hübschen Blumen. Da war auch die Kartäusernelke dabei, Sie erinnern sich. Und weil ich die Kartäusernelke so gerne mag, habe ich ein bisschen gegoogelt. Und dabei bin ich auf die Serie gestoßen. Denn es gibt auch eine Kartäusernelken-Briefmarke im Angebot im Wert von 70 Cent.«

Ihm wurde immer noch nicht klar, wohin ihre Erklärungen führen sollten.

»Da ist mir eine Idee gekommen. Wir überzeugen die Postgesellschaften davon, am besten alle drei, die deutsche, die österreichische und schweizerische, eine neue Serie aufzulegen. Mit Kräutermotiven. Kräuter, die der allseits bekannte Pater Gwendal höchstpersönlich ausgesucht hat und die man alle hier im Kräutergarten von

Stift Eulenberg bewundern kann. Und die gibt es auch als Tees, als Sirup, als Salben, als Motive auf T-Shirts und Kochschürzen. Und was uns halt noch alles einfällt. Was sagen Sie dazu?«

Sie strahlte ihn an, als würde sie an einem Sonnenblumen-Lächelwettbewerb teilnehmen.

Er fühlte sich ein wenig überfahren, hob abwehrend beide Hände. »Ich möchte Ihren Ideenfluss nicht mit einem Staudamm bremsen, Irina. Ich bewundere immer das Feuerwerk Ihrer Einfälle, aber ich denke, die Sache wird nicht so einfach laufen.«

Sie sprang auf. »Warum nicht? Ich sehe das schon alles sehr klar vor mir. Vielleicht sollten wir auch eine große überregionale Zeitung mit einbinden oder einen TV-Sender. Pater Majoran erzählt Geschichten zu Kräutern. Zu all jenen Kräutern, die man in Stift Eulenberg auch bestaunen kann und zu denen von den Postunternehmen dreier Länder eigene Briefmarkenserien aufgelegt wurden.«

Er versuchte erneut einen Einwand, aber sie war voll in Fahrt.

»Sie können das, Pater Majoran, das weiß ich.« Sie hielt ihm die Grafik mit der vergrößerten Briefmarke hin. »Hier, was fällt Ihnen zur Narzisse ein, ganz spontan?«

Er nahm das Blatt in die Hand. Im Gegensatz zu einigen anderen Briefmarkendarstellungen, die er kannte, war dieses Motiv nicht gezeichnet. Er blickte auf ein färbiges Foto. Die sechs weißen Blütenblätter und die gelbliche Kronenblüte strahlten im Sonnenlicht. »Weiße

Narzisse, Echte Narzisse, manchmal auch Dichternarzisse genannt. Gilt in der kulturellen Überlieferung als Symbol für Tod, Auferstehung und Wiedergeburt. In der mitteleuropäischen Gartenkunst seit dem 16. Jahrhundert präsent, als sie gemeinsam mit Tulpe und Hyazinthe aus dem Orient in die heimischen Gärten gelangte. Den Namen hat sie von Narkissos, einem schönen Jüngling aus der griechischen Mythologie. Der musste sich aus Rache für eine nicht erwiderte Zuneigung in sein eigenes Spiegelbild verlieben …«

Sie begann zu jubeln. »Genau das meine ich, Pater Gwendal. Sie sind einmalig.« Sie begann, im Zimmer auf und ab zu tanzen. »Man muss Sie nur anstupsen. Man hält Ihnen die Zeichnung einer einfachen Narzisse hin, und schon beginnt es zu sprudeln von Auferstehung und Wiedergeburt, von orientalischen Gärten und Jünglingen aus längst vergangenen Sagenwelten. Sie kennen zu jedem Bild, zu jedem Symbol eine Geschichte. Sie zeigen, dass da mehr dahintersteckt als nur eine Blume.«

Er riss beide Arme in die Höhe, brachte sie mit einer herrischen Bewegung zum Schweigen. Sie hielt erschrocken in ihrem Herumgehüpfe inne. »Habe ich etwas Falsches gesagt?«

Nein, sie hatte etwas Richtiges gesagt. Er hatte gewusst, dass es passierte. Zumindest gehofft. Und jetzt war es eingetreten. Am liebsten hätte dieses Mal er sie umarmt und geküsst, aber er hielt sich zurück.

Sie kennen zu jedem Bild, zu jedem Symbol eine Geschichte …

Ähnliches hatte er schon einmal gehört, gestern, aus dem Mund von Ronja Stassner.

Mein Gott, was war er für ein blinder Narr gewesen, dass er das Offensichtliche nicht erkannt hatte! Hastig trat er an den Schreibtisch. Der Laptop war eingeschaltet. Er öffnete die Datei mit den Blutkrautbildern. Er klickte auf *Salome*.

Irina stellte sich neben ihn. »Das haben Sie mir gestern schon gezeigt. Das ist Salome, die den Kopf des enthaupteten Johannes auf dem Tablett trägt.« Ihr Finger zeigte auf die gelben Blüten. »Und das ist Johanniskraut.«

Er nickte, seine Hände begannen zu schwitzen. »Ja, aber die Botschaft steckt nicht im Johanniskraut.«

»Welche Botschaft. Und wo steckt sie?«

»Da.« Sein Finger wies auf eine andere Stelle des Gemäldes. »Was sehen Sie, Irina?«

»Den Kopf des Johannes, den der arme Kerl verloren hat, weil diese Zicke von Salome sich als Lohn für ihren Schleiertanz ausgerechnet das Haupt des Propheten wünschte.«

»Ja, aber es dreht sich alles um eine bestimmte Stelle am Kopf.« Er vergrößerte die Abbildung.

Sie blickte erstaunt auf den Screen. »Das Auge?«

»Ja. Sehen Sie, wir haben einen geschundenen Kopf vor uns. Alles ist blutig, das Haar, das Kinn, die Wangen, der Mund, und wir haben die Augen. *Blutauge*. Das ist zugleich eine andere Bezeichnung für das Adonisröschen.«

Sie starrte ihn fassungslos an. »Das verstehe ich nicht.«

»Das müssen Sie auch nicht. Auch zum Adonisröschen gibt es eine alte Geschichte. Doch dafür bleibt jetzt keine Zeit.«

Er wühlte auf dem Schreibtisch, fand endlich sein Handy. »Ich muss sofort telefonieren. Bitte holen Sie mein Motorrad aus dem Schuppen und stellen Sie es zum Eingang. Ich habe es gleich sehr eilig.«

»Wird gemacht.« Sie huschte hinaus. Gott sei Dank hatte er sich inzwischen die Handynummer der Chefinspektorin geben lassen. Er hoffte, sie würde nicht so stur sein, seinen Anruf zu ignorieren. Seine Sorge war unbegründet, sie meldete sich nach dem dritten Freizeichen.

»Pater Gwendal, wollen Sie schon wieder …«

Er schnitt ihr das Wort ab, seine Stimme war hart, messerscharf.

»Frau Knaus, wir haben keine Zeit für Faxen. Ich muss Ihnen etwas von großer Tragweite mitteilen. Hören Sie bitte zu, bis ich fertig bin.«

Er kam sich vor, als hätte er ein Déjà-vu. Er hatte sie schon einmal angerufen, vor einem Jahr. Auch damals hatte er ihr seine Theorie zum Hergang eines Verbrechens erklärt. Sie hatte ihn ausgelacht, sich aber dennoch zu einem Polizeieinsatz entschieden. Schon allein, um ihn und seine Spinnereien bloßzustellen. Aber er hatte recht gehabt. Das hatte ihr schlussendlich Respekt abgenötigt, mehr, als sie wollte. Deshalb wusste er, dass sie ihm jetzt zuhören würde. Auch wenn die Umstände, aus denen er seine Erkenntnis ableitete, sich in ihren Ohren dieses Mal noch verrückter anhören mussten.

Sie unterbrach ihn tatsächlich nicht. Wartete, bis er fertig war. Für zwei Sekunden herrschte Stille. Es kam ihm wie eine Ewigkeit vor. Gemessen am Urknall, der so schnell vor sich ging, dass die Physiker die Nullen hinter dem Komma nicht zählen konnten, waren zwei Sekunden tatsächlich eine halbe Ewigkeit. Dann hörte er ihre Stimme.

»Gut, wir fahren hin. Ich will es wenigstens gesagt haben. Sie bleiben, wo Sie sind. Aber das werden Sie nicht tun. So gut kenne ich Sie schon. Brechen Sie sich wenigstens nicht den Hals.«

Das hatte er nicht vor. Er steckte das Handy ein und hastete nach unten. Irina hielt ihm seinen Helm hin. Das Motorrad hatte sie schon gestartet.

»Danke.«

»Kommen Sie heil zurück.« Noch jemand, der an seinem Fahrstil zweifelte.

Er hatte es die ganze Zeit vor Augen gehabt und nicht gesehen. Die Chefinspektorin auch nicht. Sie hatten das Offensichtliche nicht erkannt. Die einfachste Erklärung. Angelo Stassner war deshalb nicht zur Tür gekrochen, weil er das gar nicht wollte. Sein Ziel war der Platz am hinteren Fenster. Denn dort stand das Bild, das er brauchte, das Gemälde von Salome und Johannes. Das Bild war nicht zufällig durch die unabsichtliche Berührung eines Sterbenden auf den Boden gerutscht. Er hatte es mit voller Absicht herangezogen. Es war seine letzte Tat, bevor er starb. Er konnte gerade noch den Arm ausstrecken und die Hand auf den Kopf des Johannes legen. Ein Fingerzeig, im wahrsten Sinn des Wortes. Ein Hinweis auf seinen Mörder. Ein Sterbender, der hoffte, dass jemand diesen Fingerzeig richtig deuten würde.

Er wusste so viel über Götter und Helden und Filmfiguren. Er kannte zu jedem Bild, zu jedem Symbol eine Geschichte.

Wenn er früher das Offensichtliche richtig eingeschätzt hätte, dass es dem Sterbenden darum gegangen war, kriechend das Bild zu erreichen, dann hätte er vielleicht eher die richtigen Schlüsse gezogen. *Blutauge.* Ein anderer Name für das *Adonisröschen.*

Die Sage erzählt, diese Blume sei aus dem Blut des Adonis entstanden. Zum Tod von Adonis gibt es in der griechischen und römischen Mythologie mehrere Versionen. Eine besagt, dass der Kriegsgott Ares, der bei den Römern Mars hieß, einen Eber schickte, um Adonis zu töten. Eine Eifersuchtstat. Denn Adonis hatte sich mit der Gattin des Kriegsgottes, der Liebesgöttin Aphrodite, eingelassen, von den Römern Venus genannt.

Dieses Mal erwischte er die richtige Abzweigung. Er trieb das Motorrad um die erste Kurve, etwas zu eng und viel zu schnell. Er streifte die dicht belaubten Äste einer Haselnussstaude, konnte die BMW gerade noch verreißen, um nicht gegen den Stamm einer Buche zu knallen. Dann hatte er die Maschine wieder unter Kontrolle.

Aphrodite und Ares. Mars und Venus. Ein Ehepaar. Und dazwischen Adonis.

Mein Gott, er hatte es die ganze Zeit vor Augen gehabt.

Eine junge Frau, schön wie eine Göttin, und ein Koloss von Mann, ein zorniger, wütender Krieger. Er betete inständig, dass er nicht zu spät kam.

Die Polizei war schon da, als er am Hof abbremste. Er bemerkte drei Einsatzfahrzeuge. Er schnellte aus dem Sattel, ließ die Maschine einfach umkippen, rannte um das Gebäude. Er hörte Schreie von der Rückseite. Das Bild, das sich ihm bot, ließ seinen Herzschlag für eine Sekunde aussetzen. Mars stand breitbeinig in der Mitte des Hinterhofes, das Gewehr im Anschlag. Venus hatte sich schützend vor die Kinder gestellt, die an der Hausmauer kauerten. Auf der rechten Seite hatte sich die Chefinspektorin neben dem Birnbaum aufgepflanzt und hielt mit beiden Händen eine Pistole. Hinter ihr und auch auf der anderen Hausseite erkannte er Polizisten in schwarzen Drillichanzügen und Helmen. Auch sie richteten ihre Waffen auf den Mann mit dem Gewehr.

»Du verdammte Hure!«

Hartlef Gerstlings Schrei klang wie das Brüllen eines angeschossenen Hirsches.

»Herr Gerstling, lassen Sie die Waffe fallen!« Die Chefinspektorin rief zwar, versuchte aber, ihrer Stimme einen beruhigenden Klang zu geben.

Sie würden gleich schießen, das war Gwendal klar. Sie würden nicht zulassen, dass Hartlef Gerstling eine Kugel auf seine Frau abfeuerte, die Kinder gefährdete. Wenn der zornige Hausherr sich auch nur einen Millimeter bewegte, wenn er seinen Körper anspannte, bereit abzudrücken, würde ihn die Salve aus Polizeikugeln niedermähen.

Gwendals Angst raubte ihm fast den Atem. Er setzte sich langsam in Bewegung.

»Wollen Sie, dass Ihre Tochter für den Rest ihres Lebens von einem schweren Trauma gepeinigt wird?«

Gwendal war selbst überrascht vom Klang seiner Stimme. Es war, als hörte er einem Fremden zu. Einem Mann mit dunklem Timbre im Ausdruck, beruhigend, gefasst, was so gar nicht zum heftigen Herzklopfen in seiner Brust passte.

Aus den Augenwinkeln nahm er wahr, dass die Chefinspektorin den Kopf halb zur Seite drehte, ohne den Blick von dem Mann mit dem Gewehr zu lösen. Könnte sie eine Hand von der Waffe lösen, würde sie ihm wohl energisch winken. Weg mit Ihnen, hauen Sie ab! Auch in die Gruppe der Schwarzhelmträger auf der linken Seite war durch sein Auftauchen Bewegung gekommen. Einer der Polizisten schwenkte sogar seine Pistole in Gwendals Richtung.

»Wollen Sie, dass Ihre Tochter sich jeden Tag den Kopf an der Mauer blutig schlägt aus Verzweiflung, weil ihr Vater eine Kugel auf ihre Stiefmutter abfeuerte, und das Geschoss auch ihren keinen Bruder traf?«

Die Chefinspektorin hielt es nun doch nicht mehr aus. Mit der Rechten umklammerte sie nach wie vor ihre Schusswaffe. Die Linke machte eine abwehrende Bewegung. Stopp! Verschwinden Sie.

Er ließ sich nicht abhalten. Seine Bewegung war langsam, aber sein Tritt fest. So unbeirrbar wie der dunkle Klang seiner Stimme. Nur sein Herz raste weiterhin wie der Hufschlag eines verängstigten Fohlens.

Gerstling hatte bei Gwendals ersten Worten die Schultern gestrafft, eine Bewegung, die Überraschung ausdrückte. Gott sei Dank hatten die Polizisten nicht geschossen. Gwendal hatte es mit Erleichterung wahrgenommen.

Er ging langsam weiter.

»Oder wollen Sie, dass Ihre Tochter noch einen Rest an Achtung vor ihrem Vater hat?«

Jetzt kam Bewegung in den muskelbepackten Mann. Er wirbelte herum.

Gwendal riss instinktiv die Arme zur Seite, die Handflächen aufgestellt in Richtung der Polizisten. Bitte Gott, lass sie nicht schießen.

»Was wissen denn Sie schon?« Gerstling brüllte Gwendal an. Sein Gesicht war verzerrt, die Adern an seinem Hals drohten zu platzen. In seinem Blick war Wut. Und bodenlose Verzweiflung.

»Verschwinden Sie!«

Gwendal sah, dass die junge Bäuerin ihren kleinen Sohn hochriss. Sie hätte es wohl auch geschafft, sich und die Kinder in Sicherheit zu bringen, wenn Hartlef Gerstling sich nicht wieder schnell in ihre Richtung drehte, immer noch mit erhobenem Gewehr.

»Neiiiiiin!«

Gwendal brüllte, so laut er konnte. Und dieses *Nein* konnte viel heißen. Alles.

Schießt nicht, ihr Polizisten! Töte nicht, Hartlef! Lass es nicht zu, Gott! Ich will nicht, dass es so endet!

»Nein!«, wiederholte er und sprach gefasst weiter. Kein Schuss war gefallen. »Nein, ich weiß nicht viel. Ich weiß nur, dass ich auch manchmal Angst habe. Große Angst.

Angst, betrogen zu werden. Angst, dass sie hinter meinem Rücken über mich lachen. Angst, nicht mehr dazuzugehören. Das macht mich klein und verzweifelt und wütend.«

Er durfte jetzt nicht auslassen. Die Spannung lag wie ein vibrierendes Netz über dem Hof, umfasste alle. Den Mann mit dem Gewehr. Die Polizisten, die eine Bluttat zu verhindern hatten, indem sie gleich selbst töten mussten. Die zitternde Frau mit den verängstigten Kindern. Die Chefinspektorin. Ihn selbst. Ein Funke aus diesem Netz, und alles explodiert. Er setzte behutsam seinen Weg fort.

»Aber eines weiß ich genauso wie Sie. Dass Ihre Tochter nicht mit anschauen will, wie eine Kugel aus dem Gewehr ihres Vaters ein Menschenleben auslöscht. Wie vor ihren Augen die Frau erschossen wird, zu der sie Mama sagt, weil diese Frau in all den Jahren zu ihrer Mutter wurde. Und ihre Tochter will nicht, dass ihrem Bruder etwas passiert. Genauso wenig, wie sie mitansehen will, wie die Polizisten, die ihre Pflicht zu verrichten haben, ihren Vater töten. Diese schrecklichen Bilder würden sie zeit ihres Lebens verfolgen. Sie will keinen toten Vater, sie will einen lebenden. Einen, der nicht alles zerstört. Einen, der seiner Angst und seiner Wut dieses Mal nicht nachgegeben hat. Einen, den sie besuchen kann, dessen Hand sie halten kann, so wie er ihre Hände hält. So einen Vater will Ihre Tochter.«

Für einen Augenblick war es ganz still auf dem Hof. Sogar die Vögel, die sich in den Obstbäumen ringsum niedergelassen hatten, schwiegen. Kein Laut war zu hören, nur Schweigen. Und dann passierte etwas. Die 13-Jährige löste sich von der Hand ihrer Stiefmutter. Sie drückte ihrem Bruder einen Kuss auf die Wange. Dann ging Lona langsam auf ihren Vater zu. Sie blieb vor ihm stehen. Ihr Gesicht war ernst, das Lächeln zaghaft. Sie blickte hoch zu ihm, streckte beide Arme aus, wartete. Er legte das Gewehr in ihre Hände, brach in die Knie und begann heftig zu schluchzen. Das Mädchen ließ langsam die Waffe zu Boden gleiten und schlang die Arme um den Hals ihres Vaters. In die Gruppe der Polizisten kam Bewegung, die Beamten setzten zum Laufschritt an, um auf den Mann zuzustürmen. Die Chefinspektorin unterband mit energischer Handbewegung die Aktion. Die Männer hielten inne. Sybille Knaus näherte sich langsam der Mitte des Platzes, hob behutsam Gerstlings Gewehr auf und reichte es einem der Polizisten. Genauso ruhig, wie sie nach vorne geschritten war, bewegte sie sich wieder zurück. Fast eine Minute lang passierte nichts. Nur die Vögel begannen wieder zu zwitschern. Vielleicht blickten auch sie auf das tapfere Mädchen, das immer noch den Kopf des vor ihr knienden schluchzenden Mannes streichelte.

Sybille Knaus schaute zu Gwendal. Ihr leichtes Kopfschütteln war schwer zu deuten.

Verwunderung lag in diesem Ausdruck, vielleicht auch Anerkennung, in jedem Fall Erleichterung. Gwendal war es egal. Er fühlte sich erschöpft, leer. Aber auch beseelt von einem Gefühl der Dankbarkeit. Er ließ sich nieder, hockte sich auf den Boden. Seine Hände berührten die Grasbüschel, die zwischen den Kieselsteinen sprossen.

An der Hauswand sah er Venus, die ihren kleinen Sohn im Arm hielt. Tränen rannen ihr über die Wangen. Das Licht ihres Blickes wärmte ihn. In der Mitte des Platzes kniete immer noch Mars, muskelbepackt und schluchzend, die Arme um den schmalen Leib seiner liebevollen Tochter geschlungen.

Und noch etwas bemerkte Gwendal. Am Rand des Hofes, am Eingang zum Gemüsegarten, blühte ein Kleiner Wiesenknopf. *Sanguisorba Minor*. Bekannt auch als Pimpinelle und vor allem auch als Kleines Blutkraut, Blutstillerin, Blutströpfchen.

Er atmete tief aus, legte sich auf den Rücken, bettete den Kopf auf die von Kieseln und Gras durchsetzte Erde des Hofes. Noch ein Blutkraut, dachte er, ein kleines, Zeuge einer Szene, die Gott sei Dank unblutig endete. Er lauschte dem Gezwitscher der Vögel. Mischte sich tatsächlich der Gesang einer Goldammer in das Gefiepe?

Si-Si-Si-Süüüh. Si-Si-Si-Süüüh.

Er schloss die Augen. Ja, das war eine Goldammer.

Ihm kam vor, als würde der kleine Vogel an den Saiten seiner »Red Special« zupfen, und eine Melodie von Amanda McBroom durch den Äther schicken.

Some say love, it is a razor,
that leaves your soul to bleed
I say love, it is a flower,
and you, it's only seed ...

Wermut, *Artemisia absinthium*, auch: *Heilbitter, Wurmkraut, Magenkraut*
Schon in der Antike als Heilpflanze eingesetzt, zur Appetitanregung, gegen
Kopfschmerzen und Entzündungen.
Der jungfräulichen Artemis, Göttin der Jagd, geweiht; in Ägypten der Frucht-
barkeitsgöttin Bastet.
Wichtigster Bestandteil des Künstler-Kultgetränks *Absinth*.

WERMUT

Ich liebe Absinth. Und ich liebe die Frauen. Vor allem, wenn sie reich sind. Eigentlich nur, wenn sie reich sind.

Meine Vorliebe für Absinth begann schon während meiner Schulzeit. Mein Vater schickte mich von einer teuren Eliteschule zur anderen. Auf keiner hielt ich es lange aus. Besser gesagt, ich fand keine Schule würdig genug, mich länger als ein halbes Jahr in ihren Reihen zu haben. Die Zeit reichte auch locker, um von der einen oder anderen Tussi aus schwerreichem Haus angebaggert zu werden. Der Plan war einfach. Mit den Mädchen flirten und mich dann nach Hause einladen lassen. Nicht jede, aber die meisten Tussis hatten zu Hause eine vom Leben angeödete Mutter. Jede Menge Luxus, aber wenig Sinn. Keine Liebe, nur viel Bitterkeit. Es brauchte wenig, um die erloschene Glut dieser Frauen wieder zu entfachen. Ein kleines Geschenk, eine Rose, oft nur ein Kompliment. Sie gierten nach Zuwendung. Ich spielte den Aufmerksamen, den seufzend Verständnisvollen. Ich war zurückhaltend, tat so, als überließe ich ihnen die Initiative, aber in Wahrheit führte ich Regie. So halte ich es bis heute. Niemals die Fäden aus der Hand geben! Ich konnte es fast auf die Stunde voraussagen, wann sie mich im Bett haben wollten. Anderen verlangte es mehr nach langen Spaziergängen, nach Wochenendausflügen, nach kitschig romantischen Picknicks und Herzausschütten. Reden, reden, reden. Auch das habe ich auf Lager. Und ich hatte von Anfang an das richtige Gefühl für das optimale Timing. Ich roch förmlich den Zeitpunkt, wann ich ihnen irgendeine brühwarme Geschichte unterjubeln konnte, die sie dazu brachten, mir aus einer angeblichen Notlage zu helfen. Einige drängten mir das Geld förmlich auf. Mein Instinkt für das richtige Timing sagte mir auch, wann es Zeit war, mich wieder aus dem Staub zu machen. Einer dieser vom Leben angeödeten Frauen verdanke ich auch meine Begegnung mit Absinth. Sie hieß Madeleine. Sie faselte mir viel vor von irgendwelchen französischen Dichtern und Malern, deren Namen mir damals überhaupt nichts sagten. Und dazu goss sie mir aus einer Karaffe eine grünlich getönte Flüssigkeit ins Glas. Dieses Getränk hätte die Dichter und Maler begeistert, inspiriert, aufs Angenehmste berauscht, erzählte sie mir, bevor sie mich ins Schlafzimmer drängte. Wie gut sie im Bett war, weiß ich nicht mehr. Ich kann mich kaum an eine der Nächte mit Frauen erinnern. Das interessiert mich auch nicht. Ich weiß nur, dass sie verrückt nach mir sind. Aber ich habe bis heute den Geschmack dieses einmaligen Getränks auf der Zunge. Der Absinth, den sie mir servierte, war auch kein übler, eine Rarität aus dem Hause Pernod Ricard. Insgesamt entpuppte sich Madeleine als Enttäuschung. Ich hatte sie auf mindestens 100.000 taxiert, aber mehr als 15.000 waren ihr nicht zu entlocken. Dafür hatte sie mir wenigstens einen Trank kredenzt, der mich bis heute fasziniert. Ich mag den Geschmack von Wermut. Dieses bittere Aroma könnte ich ewig auf der Zunge spüren. Und Wermut ist der Hauptbestandteil von Absinth. Inzwischen weiß ich einiges über dieses Getränk, aber noch mehr weiß ich über Frauen.

Und so wusste ich auch von der ersten Sekunde an, wie ich Denise einzuschätzen hatte, als ich sie durch die Tür kommen sah. Eine zufällige Begegnung in einer neu eröffneten Bar. *La Fée Verte Nouvelle*, in Anspielung darauf, dass Absinth in Frankreich wegen der grünen Farbe oft auch »la fée verte« genannt wird, die »grüne Fee«. Es gibt auch ein berühmtes gleichnamiges Lokal in Paris. Dort war ich einmal mit einer Frau, der ich insgesamt 120.000 abknöpfte. Ich glaube, sie hieß Renata oder Ricarda. Italienisch auf jeden Fall. An Namen kann ich mich schwer erinnern, an die eroberten Summen umso besser. Die neu eröffnete Bar war auch der Grund, warum ich in diese Stadt gezogen bin. Ich hatte die Annonce zufällig in einem Magazin entdeckt. Und da ich ohnehin gerade im Begriff war, wieder einmal den Ort zu wechseln, dachte ich: warum nicht eine Stadt, die mir eine gemütliche Absinth-Bar bietet? Ich hatte nach meiner Ankunft überlegt, mich in einem Hotel einzuquartieren, dann aber doch ein kleines Appartement gemietet. Als Ausgangsbasis für meine Streifzüge.

Es gibt nicht viele Gaststätten, die sich auf Absinth spezialisieren. Die Inneneinrichtung des Lokals gefiel mir. Sie war der *Grünen Fee* nachempfunden, der schicken Absinth-Bar in Solothurn. Nicht ganz so originell wie das schweizerische Pendant, aber immerhin mit einem Absinthangebot der oberen Qualitätsklasse. Auch das ausgestellte Absinthbesteck und die Toulouse-Lautrec-Plakate an den Wänden machten einen erfreulichen Eindruck. Und als ich Denise erblickte, wuchs meine Freude noch um einige Grade an. In dieser Umgebung war offenbar mehr zu holen als nur der eine oder andere hervorragende Schluck Wermut.

Schon als sie das Lokal betrat, wagte ich eine Prognose, die sich später in den wesentlichen Details bestätigte. Mitte 50, aber Schminke, kurzer Rock und hohe Schuhe sollten sie weitaus jünger erscheinen lassen. Sie wollte als allerhöchstens Ende 30 gelten. Hier war viel Geld im Spiel, das sah man auf den ersten Blick. Die helle Diorjacke über der grauen Bluse kostete ein Vermögen. Sie blieb in der Nähe der Eingangstür stehen. Ihr Blick fiel auf den funkelnden Kristallleuchter. Sie betrachtete die Bilder mit den französischen Künstler- und Varietészenen, beäugte die vielen glänzenden Flaschen über der Bar. Dann klatschte sie in die Hände, begann freudestrahlend zu lächeln, führte sich auf wie ein Kind, das vor dem geschmückten Weihnachtsbaum steht. Ein bisschen zu viel an gespielter Begeisterung für eine Frau Mitte 50. Mir gefiel die Bar auch, aber da wollte sich vor meinen Augen jemand wohl selbst einreden, wie viel Spaß er am Anblick dieser schummrigen Glitzerwelt hatte. Die dunklen Ringe im Gesicht waren nicht zu übersehen, die Schminke wirkte abgestanden. Ihre Wangen waren eingefallen, da half auch das üppige

Rouge nichts. Und die kerzengerade Haltung, zu der sie sich nötigte, wirkte verkrampft. Diese Frau hatte einiges durchgemacht. Der Profi in mir sah das. Vielleicht hatte sie eine Scheidung hinter sich. Sie gab sich große Mühe, vergnügt zu wirken, und fühlte sich in Wahrheit trostlos, einsam. Diese Frau brauchte dringend Zuwendung. Und sie war offenbar reich. Damit passte sie genau in mein Beuteschema.

Ich stand an der Theke, sie nahm an einem der Tische Platz, winkte dem Kellner, der die Bestellung aufnahm. Sie saß hinter meinem Rücken, aber ich beobachtete sie im Spiegel über der Bar. Die meiste Zeit starrte sie auf ihr Glas, ließ die Schultern hängen. Ab und zu erlaubte sie sich, den Kopf zurückzulehnen. Sie wirkte müde, kraftlos. Doch kaum erschien ein neuer Gast in der Bar oder kam einer der übrigen Gäste auf dem Weg zur Toilette an ihrem Tisch vorbei, straffte sich ihr Körper. Sie verzog ihr Gesicht zu einem krampfhaften Lächeln. He Leute, seht ihr, wie gut ich mich fühle? Das Leben ist doch super, oder? Sie hatte sichtlich Übung darin, sich und anderen etwas vorzumachen. Das gefiel mir. Ich würde leichtes Spiel haben. Ich überlegte, welche meiner Methoden ich anwenden sollte, um mit ihr ins Gespräch zu kommen. Da erschien ein Rosenverkäufer im Lokal. Ich beobachtete, wie sie aufsah. Die Blumen in der Hand des Verkäufers entlockten ihr ein Lächeln. Dieses Lächeln war echt, nicht gespielt. Ich entschied mich für die zurückhaltend poetische Variante. Ich winkte den Mann herbei und kaufte die schönste Rose aus dem Strauß. Dann

bat ich den Barkeeper um eine der großen, elegant aus-
geführten Visitenkarten des Lokals. Auf die Rückseite
schrieb ich:

Das Leben, es scheint oft bitter wie Wermut.
Doch Wermut birgt in sich das Grün der Hoffnung,
des neuen Anfangs.
Goldenen Glanz trägt das oft Unscheinbare im
Leben, glänzt im Stillen wie des Wermuts Blüte.

Dann erhob ich mich, näherte mich langsam ihrem Tisch,
legte Karte und Rose neben das Absinthglas.

»Entschuldigen Sie, ich will Sie nicht belästigen. Ich
setze mich auch gleich wieder an die Bar. Aber ich dachte,
die Rose würde Ihnen Freude machen. Sie passt gut zu
Ihrem bezaubernden Lächeln.«

Sie schaute mich ein wenig verwundert an. Dann nahm
sie die Karte, sah lange auf den Spruch. Ihre Augen füllten sich langsam mit Tränen. Sie blickte auf.

»Das ist wunderbar. Woher haben Sie diese Zeilen?«
Ich druckste herum, spielte den Verlegenen.

»Haben Sie das selbst geschrieben? Sind Sie ein Dichter?«

»Nein, so würde ich das nicht sagen. Ich schreibe
manchmal ein paar Zeilen, wenn ich etwas auf dem Herzen habe …« Ich ließ den Satz im Raum stehen. In Wahrheit hatte ich den Quatsch von einem Blumensprüche-
kalender, in dem noch ähnliche Albernheiten stehen.

»Goldenen Glanz trägt das oft Unscheinbare im

Leben, glänzt im Stillen wie des Wermuts Blüte …«
Sie wiederholte den letzten Satz, seufzte leise. »Ja, das
stimmt. Diese Passage ist Ihnen wirklich schön gelungen. Sie mögen Wermut?«

»Ja. Sie doch auch …«

Sie schaute mich fragend an. Ich deutete auf ihr Glas
mit dem Rest des Absinth.

Wieder lächelte sie, naiv, als hätte ich sie bei etwas
ertappt. »Oh, ich habe keine Ahnung, was ich da trinke.
Aber es schmeckt …«, sie suchte nach dem richtigen
Ausdruck, »betörend.«

Großartig, ich würde noch leichteres Spiel haben.

So begann meine Begegnung mit Denise vor einem
Monat. An diesem ersten Abend tranken wir noch jeder
ein Glas Stromu, einen Absinth aus Tschechien. Der
Wermutanteil ist hoch, trotzdem schmeckt der Stromu
nicht allzu bitter. Ich dachte, das milde Aroma würde
ihr gefallen. Ich lud sie ein, bezahlte trotz ihres kurzen
Einwandes die Rechnung. Das mache ich anfangs immer,
mich großzügig zeigen. Sie war an diesem Abend noch
eher zurückhaltend, sprach wenig über sich, wollte mehr
von mir wissen. Ich stellte mich als Ronny Gutberg vor.
So heiße ich natürlich nicht wirklich. Auch nicht Pascal
Trögner, Axel Winter, Sascha Hennfried, Werner Zot-
ter oder Nicolas van Treuen. An viele Namen kann ich
mich gar nicht mehr erinnern, an meinen eigenen auch
nur verschwommen. Neue Stadt, neue Identität. Dieses Mal war ich freischaffender Marketingberater, der

viel herumreiste, aber die meiste Arbeit von zu Hause aus erledigen konnte. Das hörte sich gut an und gab mir jeden erforderlichen Spielraum.

Immerhin bekam ich am ersten Abend mit, dass ich mit meiner Einschätzung nicht schlecht lag. Sie sprach von der bitteren Erfahrung einer Scheidung, über die sie nicht näher reden wollte. Über abgebrochene Brücken, die sie hinter sich ließ. In die Bar sei sie zufällig gekommen, sie war ein wenig herumgestreunt. Mehr war nicht aus ihr herauszubekommen.

Ich gab mich damit zufrieden, wollte sie keinesfalls drängen. Es reichte mir, dass wir uns gleich für den nächsten Abend verabredeten. Wir könnten uns wieder in dieser Bar treffen. Der Vorschlag kam von ihr. Sie wollte auch mehr über den Absinth erfahren, über »das Betörende an diesem Getränk«, wie sie zum Abschied mit gurrender Stimme sagte und mir tief in die Augen schaute.

Dem ersten Abend folgten mehrere. Ich erzählte ihr manches über die Geschichte des Absinth. Im 19. und Anfang des 20. Jahrhunderts erfreute sich dieses alkoholische Bittergetränk großer Beliebtheit, vor allem in Künstlerkreisen. Toulouse-Lautrec, van Gogh, Degas, Gauguin waren genauso verrückt nach Absinth wie Picasso oder Hemingway. Ich las ihr aus der Getränkekarte vor, was Oscar Wilde Hymnisches über dieses Poesie beflügelnde Getränk geschrieben hatte. Ich erklärte ihr, dass die besondere Wirkung des Absinth, das »Betörende«, wie sie es nannte, vor allem am starken Thujongehalt des Wermuts lag. Dieses Nervengift erzeugt bisweilen Halluzinationen, Wahnvorstellungen, orgiastische Erlebnisse, wie sie Dichter und Maler frenetisch beschrieben.

Als ich merkte, dass sie meinen Schilderungen mit aufgeregtem Schaudern folgte, legte ich ein Schäuflein nach, erzählte von wilden Absinthgelagen aus dem Paris der Jahrhundertwende.

Bei Sabrina hatte ich mich tagelang in idiotische Fraueneliteratur einlesen müssen, die mich keinen Deut interessierte. Jane Austen, Die Wolfsfrau und ähnlichen Schwachsinn. Aber es hatte sich gelohnt. Fast eine halbe Million und eine Wohnung in der Schweiz.

»Wer aus der Reihe des Absinth-Fans ist Ihr Lieblingskünstler?« Da musste ich nicht lange nachdenken.

»Ernest Hemingway.« Ich hatte zwar noch kein Buch von ihm fertig gelesen, aber ich wusste, wie er mit Frauen umging. Er war Kriegsberichterstatter, Großwildjäger, Abenteurer. Das imponierte mir.

»Und er hat Absinth mit Champagner gemischt.« Das war auch für mich die einzige Art, Champagner zu ertragen. Ansonsten gehört dieses prickelnde Gesöff für Weicheier nicht zu meinen Lieblingsgetränken.

»Auf Hemingway!«, gluckste sie, hob das Glas und winkte dem Kellner, er möge eine Flasche Champagner bringen. Sie wollte diesen Mix auf der Stelle ausprobieren.

Es schmeckte ihr. Und mir auch. Wie gesagt, Champagner mit Absinth, wunderbar! Thank you, Ernest.

Alles in allem war Denise von meinen Absinth-Geschichten angetan. Sie brachte mir eines Abends sogar ein kleines Buch mit, Gedichte von Charles Baudelaire, »Les Fleurs du Mal.« Ich dankte ihr überschwänglich, weil ich sah, dass ihr das Freude machte. Ich konnte mit Literatur wenig anfangen, und mit Gedichten schon gar nichts. Mich interessiert überhaupt wenig. Im Grunde nur das, was mir hilft, mein angesteuertes Ziel zu erreichen.

Schon am ersten Abend war mir aufgefallen, dass Denise grüne Augen hatte. Sie war selbst eine kleine *fée verte.* Die Farbe ihrer Augen und ihr praller Hintern waren auch das Einzige, was mir an ihr gefiel. Der Rest war nicht so besonders. Vielleicht würde ich dennoch mir ihr Spaß im Bett haben. Aber so weit waren wir noch nicht.

Wenn du eine Frau flach legen willst, dann musst du meistens dafür bezahlen, sagte mein Vater immer. Aber bezahlen ist etwas für Versager, für Schwächlinge, für Idioten. Gib ihr das Gefühl, etwas Besonderes zu sein, dann kriegst du jede Frau ins Bett. Meinem Vater ging es immer nur um Sex. Geld hatte er selbst genug. Zumindest bis zum Konkurs der Firma. Danach folgten ein Besuch der Wirtschaftskripo und ein Herzinfarkt. Damals war ich gerade aus einer Eliteschule am Starnberger See rausgeflogen und hatte die Nase endgültig voll von pädagogischen Einrichtungen, präpotenten Lehrern und hirnschwachen Mitschülern.

Frauen flachlegen konnte ich schon. Ihnen das Gefühl

geben, etwas Besonderes zu sein, war mir angeboren. Auf dieses Talent konnte ich mich verlassen. Es brachte viel ein. Immer den Überblick bewahren, niemals die Zügel aus der Hand geben, das beherrschte ich aus dem Effeff. Deshalb war mir auch klar, dass ich Denise ein wenig Zeit geben musste, bis sie mehr Vertrauen fasste. Ich musste unsichtbare Bojen aufstellen und sie sanft dorthin dirigieren, wo ich sie haben wollte.

Aber es ging dann doch schneller, als ich erwartet hatte. Schon am dritten Abend waren wir per Du. Sie vertraute mir an, dass sie ebenfalls erst seit Kurzem in dieser Stadt lebte. Sie habe sich ein kleines Häuschen am Stadtrand gekauft. Als ich das *Häuschen* später sah, hätte es mich fast aus den Pantoffeln geworfen.

Eine Zwölfzimmervilla in bester Lage mit großem Garten und freiem Blick auf die Berge. Ich verdoppelte insgeheim die Summe, die ich aus ihr herauszuholen gedacht. Ich versuchte, ihr Lieblingsgericht herauszufinden. Eine Methode, die fast immer weiter hilft.

Bei Annika war das veganes Ratatouille gewesen mit viel Rosmarin und Paprikaschoten. Es war nicht schwer, die von vielen sinnlosen Schönheitsoperationen gezeichnete Annika zu beeindrucken. Ich kochte das Ratatouille in ihrer Küche, zauberte für sie ein Herz aus kleinen Kirschtomaten und dunklen Pfefferkörnern auf den Teller. Ab diesem Zeitpunkt war sie mir endgültig verfallen.

Noch leichter ging es bei Hannelore. Ich brachte sie zum Jauchzen, wenn ich sie auf der Terrasse ihrer Penthousewohnung vögelte. Davor und danach und dazwischen musste ich sie mit Riesengarnelen und Orangen-chutney füttern. Die Garnelen hatte ich in eine von mir zubereitete Ingwer-Curry-Marinade gelegt. Immer Garnelen. Hannelore war eine dumme Pute. Willig, aber mollig, hoffnungslos romantisch. Wenig im Hirn, aber viel auf dem Konto. Sie hat mir sogar handgeschriebene Liebesbriefe und schwülstige Gedichte zugesteckt. Hannelore gehörte zu denen, die ausgehungert waren nach Liebe. Ich kann mich nicht einmal mehr an ihr Gesicht erinnern.

Linda stand auf Innereien. Gebratene Nieren hatten es ihr besonders angetan.

Denise hatte keine ausgesprochene Lieblingsspeise, wie ich herausfand. Aber sie mochte jede Art von Currygemüse. Am besten mit herbem Beigeschmack. Ich wählte einen Blick zwischen leichter Schüchternheit und banger Hoffnung und fragte sie, ob ich für sie kochen dürfte. Sie strahlte mich an, wurde ein wenig verlegen. Darüber würde sie sich sehr freuen. Es hätte schon lange niemand mehr für sie gekocht. Sie bot mir ihre eigene Küche an, wenn ich nichts dagegen hätte. Hatte ich nicht. Vielleicht hätte sie mich dann auch gleich in ihrem Schlafzimmer, dachte ich. Aber ich wollte nichts übereilen. Durch diese Einladung sah ich zum ersten Mal ihre Villa und war mehr als beeindruckt. Sie wollte mir unbedingt zusehen, wenn ich das Essen für sie zubereitete. Ich hatte schon die Chilischoten, den Koriander und den Knoblauch vorbereitet, war gerade dabei, das Zitronengras zu waschen, als sie in der Küchentür stand. »Bitte lächeln, mein Meisterkoch!«, rief sie und hielt ihr

Handy in meine Richtung. Ich drehte mich schnell weg. »Bitte keine Fotos!«

Ich lugte vorsichtig unter meiner Achsel nach hinten. Sie stand immer noch in der Tür. Ihr Gesicht war ratlos. Aber sie hatte das Handy heruntergenommen.

»Ich verstehe nicht. Warum darf ich kein Bild von dir machen? Bist du kamerascheu?«

Ich wusste, wie ich mit dieser Situation umzugehen hatte. Es war nicht das erste Mal.

Ich kann es nicht gestatten, dass die Frauen, die ich um ihr Geld bringe, Fotos von mir machen. Keine Spuren hinterlassen. Immer die Fäden in der Hand behalten.

Ich schüttelte langsam den Kopf. Hoffte, dass die Haltung meines Körpers Hilflosigkeit und Kummer ausstrahlten.

»Was ist es dann?« Sie legte das Handy beiseite. Ich registrierte es mit Genugtuung.

»Ich will nicht darüber sprechen … Es ist … es hat mit etwas zu tun, das ich nicht …« Ich war so in meiner Rolle, dass ich fast versucht war, die Hände in einer Geste der Verzweiflung vors Gesicht zu schlagen. Aber ich unterließ es. Ich brauchte einen ungehinderten Blick, ich musste sie im Auge behalten. Doch sie machte gar keine Anstalten, sich über meine Ablehnung hinwegzusetzen. Sie ließ das Handy liegen. Stattdessen kam sie auf mich zu, nahm mich behutsam in die Arme.

»Und ich dachte, wir beide fangen eben an, Vertrauen zueinander zu finden. Uns nichts vorzumachen. Uns zu sagen, was uns freut, und genauso, was uns bedrückt …«

Das hörte sich gut an, ich hatte sie an der richtigen Stelle.

Ich zögerte eine Weile, mimte den, der mit sich kämpfte, der innerlich rang, ob er sein Geheimnis für sich behalten oder sich doch seinem Gegenüber öffnen sollte. Schließlich nahm ich ihre Hand, führte sie in den Salon, drückte sie sanft auf die helle Ledercouch. Dann holte ich ein Foto aus meiner Tasche im Flur. Ich legte es vor sie hin.

»Wer ist das?«

Ich kämpfte mit den Tränen. Manchmal war ich in meiner Rolle so gut, dass ich tatsächlich zu weinen anfing. Ich versuchte noch ein unterdrücktes Schluchzgeräusch, wiederholte es. Ein probates Mittel, um der Stimme ein natürlich klingendes Beben zu verleihen. Und dann erzählte ich ihr die Geschichte.

Meine Mutter wollte sich nie fotografieren lassen. Sie hatte sich immer standhaft geweigert. Sie hatte eine tiefe Angst davor, ohne es begründen zu können.

Aber mein Vater, meine Schwester und ich hätten sie bedrängt. Immer wieder.

Und weil sie uns liebte, hätte sie schließlich eingewilligt. Es war ein sonniger Sommertag. Wir fuhren zu einem bekannten Fotografen in die Stadt. Er machte mehrere Bilder von uns, Familienfotos in verschiedenen Posen. Danach verließen wir das Atelier. Meine Mutter und meine Schwester gingen voran. Ein betrunkener Busfahrer hatte die Kontrolle über seinen Wagen verloren. Der Unfall war grässlich. Meine Mutter starb noch auf dem Gehsteig, meine Schwester drei Tage später im Krankenhaus. Bis zuletzt hätten die Ärzte um ihr Leben gekämpft. Am Schluss meiner Schilderung versagte mir die Stimme, und ich stellte mit Erleichterung fest, dass mir tatsächlich Tränen aus den Augen quollen. Sie nahm meine Hand. Ich war gespannt, was nun kommen würde. Die Frauen reagierten nicht immer gleich auf diese Geschichte. Fayola wollte mich auf der Stelle trösten, indem sie mir die Kleider vom Leib riss und mir ihren Körper anbot. Die meisten hatten eher betroffen reagiert. Am schlimmsten hatten sich Linda und Hannelore aufgeführt. Die hatten hemmungslos mitgeweint, nahe am Kollaps. Naja, ich war ja auch sehr überzeugend. Die Aufnahme hatte ich in einem alten Fotoalbum gefunden, auf einem Flohmarkt. Es verblüfft mich immer wieder, was manche Leute bereit waren, herzugeben. Allerpersönlichste Dinge. Würde mir nie einfallen. Keine Spuren hinterlassen. Niemals.

Denise fing weder zu weinen an noch machte sie eine Andeutung, dass ich jetzt gleich Trost in ihren nackten Armen suchen sollte. Sie fasste nur meinen Kopf, drückte ihn gegen ihre immer noch erstaunlich festen Brüste und streichelte mir übers Haar.

Ich ließ sie eine Weile gewähren. Dann war ich bereit, noch eins draufzulegen. »Und meine Schwester ...« Wieder ließ ich meine Stimme abbrechen, verlegte mich aufs Flüstern. »Meine Schwester ... hieß genauso wie du.« Sie hielt inne, nahm meinen Kopf hoch. Nun begann es doch in ihren Augen zu schimmern. »Denise?« Ich nickte. Sie zog langsam meinen Kopf heran, presste ihre feuchten Lippen auf meine Stirn. Dann legte sie wieder behutsam meinen Kopf an ihre Brust, begann erneut, mein Haar zu streicheln. Ich wartete, überließ ihr die Initiative. Ich hatte genug Bojen ausgesetzt. Sie musste das Gefühl haben, alles, was sie tat, ginge von ihr aus. Aber ich würde darauf achten, dass sie auf Kurs blieb.

»Denise …«, flüsterte sie nach einer Weile. »Es kann kein Zufall sein, dass deine Schwester denselben Namen trug, wie ich.« Das hörte sich gut an. Etwas Ähnliches hatte auch Valentina gesagt. Die interessierte sich für irgendwelchen esoterischen Schwachsinn und glaubte an Seelenwanderung. Natürlich hieß meine Schwester ihr gegenüber nicht Denise, sondern eben Valentina. Die Schwester trug immer den Namen der jeweiligen Frau, um die ich mich gerade kümmerte.

Denise fasste sich nur schwer, meine Geschichte bedrückte sie. Sie bat, noch einmal das Foto sehen zu dürfen. Sie betrachtete es lange, strich mit dem Finger über den Kopf des kleinen Jungen, von dem sie annahm, das sei ich. Dann gab sie mir das Bild zurück.

Der Rest des Abends verlief nicht ganz nach meinen Vorstellungen. Ins Bett kamen wir nicht mehr. Die Geschichte über den Tod meiner Liebsten beschäftigte sie offensichtlich. Natürlich hatte sie größtes Verständnis für meine panische Angst vor Fotos. »Denn weißt du, Denise, wenn wir auf unsere Mutter gehört hätten, uns nicht fotografieren zu lassen, dann würden sie und meine kleine Schwester …«

Wieder ließ ich meine Stimme wegen eines mich ergreifenden Schluchzens versagen.

Dorothea wollte mir damals sogar eine Therapie finanzieren bei einem der teuersten Spezialisten. Geld spielte keine Rolle. Dazu kam es wohlweislich nicht mehr. Ich war schon vorher weg. Mit einem Drittel ihres Vermögens. Therapieren wollte mich Denise nicht, sie wollte mich nur trösten. Während des Essens streichelte sie immer wieder meine Hand. Ich fragte sie, ob sie schmecke, wie ich ihr zuliebe das Rezept abgewandelt hätte? Was ich statt Galgant genommen hätte? Sie lächelte, flüsterte: »Ja, Wermut. Habe ich sofort gemerkt. Du bist ein Lieber.« Dann schickte sie mir eine Kusshand.

Gleich darauf machte sie wieder ein ernstes Gesicht. Sie schien über etwas nachzudenken.

An der Tür nahm sie mich in den Arm. »Ich habe mich vom ersten Augenblick an in dich verliebt, als du mit der Rose und dem wunderbaren Spruch vor mir standest.«

Na endlich, sie war total auf Kurs. Das unterstrich auch der vibrierende Klang ihrer Stimme. »Ich habe noch nie einen Menschen getroffen, dessen Herz so eine wunderbare Tiefe hat. Und der zugleich die Tiefe meiner Gefühle spürt, wie ich immer mehr merke. Bitte gib uns Zeit.« Ich nickte. Dann zog sie mein Gesicht zu sich, gab mir einen Kuss in den Mundwinkel und schob mich sacht hinaus.

Am nächsten Tag überraschte sie mich. Wir hatten uns zu Mittag bei einem Italiener verabredet. Wir saßen an einem Tisch im hinteren Bereich des Restaurants, geschützt vor den Blicken der anderen. Sie legte eine kleine Schatulle vor mich hin.

»Ich möchte dir etwas schenken.« Ich war verwundert, das musste ich gar nicht spielen. »Ich kann dir das Liebste, das dir entrissen wurde, nicht mehr wiederbringen. Vielleicht erinnert dich mein Lächeln, das Lächeln der Denise, die hier vor dir sitzt, an deine liebevolle Schwester. Vielleicht kann es dich ein wenig trösten, anstatt in ihres, in mein Gesicht zu schauen.« Ich tastete gespielt unbeholfen nach ihrer Hand, zog sie hoch, drückte die Finger sanft gegen meine Lippen. »Und auf keinen Fall kann ich dir deine geliebte Mutter ersetzen. Aber ich möchte dir das schenken.«

Sie hob die Schatulle in die Höhe. »Ich habe dieses Kleinod von meiner Mutter. Bitte nimm es an.«

Sie klappte den Deckel auf. Caramba, was mir da entgegenfunkelte, war ein Diamantring in Goldfassung. Das Kleinod war mindestens 20.000 Eier wert. Vielleicht sogar mehr. Ich kenne mich mit Schmuck aus. Ich merkte, dass ich unwillkürlich den Mund aufgerissen hatte. Doch das passte. Erstaunt sein war gut. Dennoch durfte ich nicht aus der Rolle fallen.

»Nein, das kann ich nicht annehmen.«

»Doch, du musst. Es ist der Ring einer Mutter. Meiner Mutter. Ich bin sicher, er hätte wunderbar auf die Hand deiner Mutter gepasst. Bitte nimm ihn. Du würdest auch mir eine große Freude machen.«

Ich zauderte noch ein wenig herum, gab mich sprachlos ob ihrer Großherzigkeit, ihres Einfühlungsvermögens. Schließlich nahm ich das Geschenk an. Schweren Herzens, versteht sich, aber ich wollte ja auch ihr eine Freude machen. Ich beschloss noch am Abend, meinen für kommende Woche geplanten Besuch in München vorzuverlegen. Deshalb nahm ich schon am nächsten Morgen die gut gefüllte Frühmaschine, um meine Bank aufzusuchen.

Ich hatte dort einiges zu erledigen. Bei der Gelegenheit konnte ich auch gleich den Ring in meinem Schließfach deponieren. Dort liegen alle meine Wertgegenstände, einschließlich der Aktienpakte. Zuvor ließ ich den Ring noch bei einem Spezialisten schätzen, der mich schon von anderen Besuchen kannte. Ich war um einiges zu nieder gelegen. Das *Kleinod* war mindestens 35.000 Euro wert, wie er versicherte. Mir sollte es recht sein. Ich kaufte noch ein paar Hemden bei einem noblen Herrenausstatter und nahm die Abendmaschine, die mich wieder heimbrachte.

Ich war in bester Stimmung. Es ging los. Ich hatte diese einfältige Kuh endgültig am Haken. Während des Rückfluges überlegte ich, welche Geschichte ich Denise schlussendlich auftischen sollte, damit ich zu einem gehörigen Teil ihres Geldes kam. Es war sicher noch zu früh, schon jetzt mit einem gut ausgetüftelten Anliegen rauszurücken. Aber nachdenken schadete ja nicht. Verliebte Frauen, vor allem die älteren, deren Leidenschaft wieder erweckt wird, sind wie ein schlecht eingestellter Ofen. Voller Glut im Schenkelbereich, aber bei den Kacheln im Oberstübchen leer wie eine ausgeschüttete Fischdose. Sie sind so gierig nach Zuwendung, nach Zärtlichkeit, nach Sex, nach Wahrgenommenwerden, dass ihnen alle Sicherungen durchbrennen. Wenn sie richtig verliebt sind, wenn man sie dort hat, wo sie in ihrer Verzweiflung dachten, nicht mehr hinzukommen, wenn sie durch dich das flirrende Leben wieder in sich spüren, dann glauben sie dir alles. Weil sie das wollen. Weil sie nicht mehr aufgeben möchten, was sie durch dich erreicht haben. Sonst würden sie ins Bodenlose fallen. Was ihnen ja auch oft passierte, wenn ich weg war. Nicht mein Problem. Es hat ihnen keiner angeschafft, sich mit mir einzulassen. Man muss nur den richtigen Dreh finden, dann akzeptieren sie die absurdesten Vorschläge. Berenike hatte ich erzählt, mir wäre in Hamburg ein schreckliches Malheur passiert. Ich hätte mit meinem Mietwagen die Tochter eines Unterweltbosses angefahren. Die Kleine sei mir einfach vor den Wagen gelaufen. Der völlig durchgedrehte Vater drohte, mich umbringen zu lassen, wenn ich ihm nicht auf der Stelle eine halbe Million in bar rüberrückte. Natürlich könnte ich die Summe auftreiben, wie ich versicherte, mir bei Freunden Geld leihen. Davon wollte Berenike nichts wissen. Sie gab mir die halbe Million, ohne zu zögern.

Bei anderen Frauen reichte auch eine weniger haarsträubende Geschichte. Vielleicht kam ich an Denises Vermögen auch auf einfachere Art. Aber ich begann, über verschiedene Versionen nachzudenken. Ich bin gerne gut vorbereitet, wenn es so weit ist. Nur nichts dem Zufall überlassen.

Nach meiner Rückkehr aus München sah ich Denise zwei Tage nicht. Danach nahmen wir unseren Rhythmus wieder auf. Wir trafen uns fast täglich. Sie erzählte mir manches aus ihrer Kindheit. Auch ihre Mutter war früh gestorben. Der Vater führte ein strenges Regiment. Über ihre Ehe redete sie nicht. Aber ihr Mann hatte sie nach der Scheidung mit einem beträchtlichen Batzen Geld ausgestattet. So viel stand fest. Ich achte bei den Erzählungen der Frauen immer auf die kleinen unausgesprochenen Dinge zwischen den Zeilen, um daraus meinen Vorteil zu ziehen. Cordula hatte ich herumgekriegt, weil sie mir gestand, sie hätte als Kind immer davon geträumt, ein Adler zu sein, hoch in die Lüfte zu steigen, sich vom Wind treiben zu lassen. Ihre Geschwister hatten sie deswegen immer ausgelacht. Ich überraschte sie mit einer Einladung zu einem Hängegleiter Tandemflug. Ich organisierte ihr einen erfahrenen Fluglehrer. Bis dahin war ihr gar nicht bewusst gewesen, welch großen Spaß Drachenfliegen und Paragleiten machen können. Selbst wäre sie nie auf die Idee gekommen. Der Hängegleiter war der »Sesam öffne dich!« zu Cordulas tiefstem Herzenswunsch und schlussendlich auch für mich zu ihrem Vermögen.

Bei Denise sollte es der Rummelplatz sein. Während ihre Schulfreundinnen jede Kirmes, jede Zirkusvorstellung besuchen durften, verhängte ihr Vater über Denise ein Ausgehverbot, wie sie mir bei einer ihrer Kindheitserinnerungen eher nebenbei erzählte. Für solchen sinnlosen Schnickschnack hatte er nichts über. Zufällig wusste ich, dass vier Tage, nachdem sie diese Episode im Gespräch streifte, eine große Schaustellertruppe in die Stadt käme. Mit Zirkus, Varietézelt und riesigem Vergnügungspark. Ich bereitete diesen Coup präzise vor. Ich war überzeugt, sie würde vor Glück strahlen, weil sie in meinen Augen offenbar so etwas Besonderes war, dass ich sogar ihre geheimsten Herzenswünsche erfasste. Und genauso war es. Sie fiel mir um den Hals, als ich ihr ein Flugblatt mit dem Programm des Jahrmarktspektakels hinlegte. Sogar eine Stunde später weinte sie noch hemmungslos vor Freude. Mein Plan funktionierte. Drei Tage danach war es soweit. Sie wollte alles ausprobieren. Geisterbahn, Kettenprater, Looping Karussell, jede Art von Hochschaubahn. Wir waren im Wahrsagerzelt. Auch ich musste mir dort aus der Hand lesen lassen. Wir tauchten in die Überraschungswelt des »Magic Cabinet« ein, wo man in alle möglichen Spiegel blicken musste und von Lichteffekten, Lasershows und blinkenden Farbkaleidoskopen überrascht wurde. Wir fütterten Affen, bejubelten Jongleure und ließen uns mit Hunderten anderen Verrückten von einer Art Riesenfaust durch die Luft wirbeln, nur um danach gleich mehrmals auf einer großen Plattform aus 25 Meter Höhe ins Bodenlose zu rasen.

Ich musste dreimal kotzen, aber der Einsatz war es wert.

Ich sah es am Glitzern in ihren Augen.

»Danke, danke, danke!«, keuchte sie. »Das war der schönste Tag meines Lebens.«

Dann presste sie sich an mich und küsste mich. Mit Zunge und allem Drumherum. Das volle Programm. Endlich hatte ich sie soweit. Der Kick, ihr den Rummelplatzkindheitstraum zu erfüllen, war eine geniale Idee gewesen. Perfekte Planung ist der Schlüssel zum Erfolg. Sie hatte keine Ahnung, dass ich sie steuerte. Sie glaubte, alles aus eigenem Antrieb zu machen. Niemals die Fäden aus der Hand geben, immer auf Kurs bleiben. Man darf sie ruhig tanzen lassen, so viel sie wollen, aber nur nach der eigenen Pfeife. Sie schlug meine Wohnung vor. Sie fand es aufregend, unsere erste gemeinsame Nacht an einem Ort zu verbringen, den sie noch nicht kannte. Mir war es recht. Ich spürte ihre Glut und tat meinerseits alles, dass sie mir meine Verliebtheit abnahm. Es war längst Nacht geworden. Mein Appartement liegt im 6. Stock, mit Ausblick auf die Stadt. Doch das interessierte sie nicht. Sie wollte sofort ins Bett. Aber zuvor sagte sie: »Ich hoffe, du hast Absinth in der Bar.« Hatte ich natürlich, und das nicht zu knapp. Ich schnappte eine neue Flasche und zwei große Gläser, trug alles hinüber ins Schlafzimmer.

Sie gurrte: »Ich will das Ritual!« Ich ging zurück zur Bar, nahm zwei Absinthlöffel, holte Eis und kaltes Wasser aus dem Kühlschrank. Ich wusste nicht, wie schnell sie aus ihren Kleidern geschlüpft war, aber als ich zurückkam, lag sie bereits nackt auf dem Bett und hatte auch schon die Gläser gefüllt. Sie machte keine schlechte

Figur. Ich überlegte, ob ich mich gleich zu ihr legen sollte, um ihre Scham zu streicheln, oder was sie sonst gerne wollte, aber sie nahm mir die Entscheidung ab.

»Zuerst das Ritual!« Ihre Augen glitzerten. Zwischen den Zähnen schimmerte die Spitze ihrer Zunge. Es gibt die unterschiedlichsten Trinkrituale bei Absinth. Wir hatten uns bei unseren Besuchen im *La Fée Verte Nouvelle* die französische Version angeeignet. Dazu gießt man Absinth in die Gläser, was Denise schon erledigt hatte.

Dann gibt man ein Stück Zucker auf den Absinthlöffel. Man findet dafür die unterschiedlichsten Besteckformen. Meine Absinthlöffel schauen aus wie silbrige Blätter, deren kunstvolle Äderung ausgestochen wurde, wodurch feine Öffnungen entstehen. Ich legte die Löffel mit dem Würfelzucker auf die Gläser. Denise hatte schon die Flasche in der Hand und schüttete ein wenig von der grünen Flüssigkeit auf die Zuckerstücke. Ich drückte auf den Knopf des mitgebrachten Feuerstabes. Der Strahl leckte kurz an den übergossenen Würfeln, dann begann der Absinth in hellen Flammen zu brennen. Wir warteten, bis der Zucker karamellisierte, dann tauchten wir ihn mit dem Löffel ins Glas und gossen eiskaltes Wasser darüber!

»Santé!« Ihre grünen Augen leuchteten wie die Strahlen des vorhin aktivierten Feuerstabes. Ja, sie war eine grüne Fee, eine fée verte.

Wir tranken in einem Zug aus.

»Noch mal!«, bettelte sie und klatschte in die Hände.

Sie war wieder das kleine Mädchen, das sich heute schon den ganzen Tag über auf dem Rummelplatz getummelt hatte. Wir wiederholten das Ritual noch zwei Mal. Dann zog ich mich aus und warf mich zu ihr aufs Bett. Sie hatte sich auf den Bauch gedreht. Also begann ich langsam, ihren Nacken zu massieren und die Schulterblätter zu küssen.

Es wurde eine wilde Nacht. Nehme ich zumindest an. Ich kann mich nur mehr an Bruchteile erinnern. Das Herumwirbeln auf dem Rummelplatz, das in die Luft geschleudert, im Kreis gedreht und kopfüber geschüttelt werden, hatte mir in Verbindung mit dem dreimaligen Absinthritual doch mehr zugesetzt, als ich erwartet hatte.

Ich schlief lange, wachte erst gegen Mittag auf. Ein leichter Schreck erfasste mich, als ich das Bett neben mir leer sah. Wenn sie gegangen war, ohne mir eine Nachricht zu hinterlassen, würde alles vielleicht ein wenig schwieriger werden.

Sie hatte mir keine Nachricht hinterlegt. War auch nicht nötig. Sie saß in meiner Küche, trug eines meiner Hemden und hatte Spiegeleier für uns gebraten.

Sie strahlte mich an. »Ach Ronny, was für eine fantastische Nacht. Du warst großartig!« Na immerhin, ich wusste es doch. Sie servierte die Spiegeleier, ließ sich mit einem Jauchzen auf ihren Sessel plumpsen. Dann stützte sie das Kinn auf ihre Handrücken und sah mir in die Augen. »Du hast die Fähigkeit, mich glücklich zu machen. Wie noch kein Mann vorher.« Dann stand sie auf, ging um den Tisch herum, stellte sich hinter mich und drückte sanft meinen Kopf gegen ihren Körper. Wir kamen weiter, entscheidende Schritte. Das spürte ich.

»Ich trau mich gar nicht zu träumen. Aber ich wünsche mir so sehr eine wunderbare Zukunft für uns.« Das wünschte ich mir auch. Also für mich zumindest.

»Bitte lass uns nichts falsch machen. Ich sehe ein Leben vor uns, das glücklich sein kann, mit dir an meiner Seite. Ich habe genug Geld für uns beide.« Sie drückte mir einen Kuss auf den Kopf. Dann tanzte sie durch die Küche. »Ach, ich möchte die ganze Welt umarmen.« Und ich deine Millionen, Baby. Sie glaubte immer noch, sie handle nach ihrem Willen. Dabei zappelte sie in meinem Netz. Mit einem Ruck hielt sie inne, sah auf die Uhr an der Wand, erschrak.

»Ach Gott, schon so spät. Ich habe einen Termin im Kosmetikstudio. Den darf ich keinesfalls versäumen.« Sie wirbelte hinaus, verschwand im Badezimmer. Fünf Minuten später kam sie fertig angezogen und flüchtig geschminkt zurück. »Tut mir leid, Liebling. Ich muss weg.«

Sie küsste mich auf den Mund. Ich brachte sie zur Tür.

»Wann sehen wir uns wieder, morgen?«

»Morgen kann ich nicht, ich muss zu meiner Schwester nach Köln. Da bleibe ich zwei Tage. Ich rufe dich an.« Und schon war sie draußen, eilte auf den Lift zu.

Sie hatte mir noch gar nicht erzählt, dass sie eine Schwester hatte. Sei's drum. Sie hatte heute zum ersten Mal von Geld gesprochen. Allein das zählte.

Den gestrigen Tag verbrachte ich am See. Ich hatte schon gleich nach meiner Ankunft in dieser Stadt Gefallen an dem kleinen Moorsee gefunden. Aus mehreren Gründen. Er lag sehr idyllisch am Ende eines breiten Tals mit schroffen Felsen an der einen und sanften Hügeln auf der anderen Seite. Von der Stadt aus war der See bequem mit dem Auto in einer knappen halben Stunde zu erreichen. Und zudem befand sich am Nordufer des Gewässers das »Diana«, ein 5-Sterne-Hotel. Dieser Luxustempel präsentierte sich mit einem exclusiven Angebot, das Wellness, Kosmetik und »Ästhetische Chirurgie« umfasste. Das ideale Ziel also für reiche Frauen, die jede Menge Geld aufboten, um weiterhin als begehrenswerte Objekte im Blickfeld der Männer zu gelten. Für mich und meine Pläne ein vielversprechendes Biotop.

Ich hatte mich gleich bei meinem ersten Besuch am See umgeschaut. Und wenn mir nicht Denise durch die zufällige Begegnung in der Absinth-Bar über den Weg gelaufen wäre, hätte ich wohl auch in diesem Teich einen lohnenswerten Fang gemacht. Auch gestern hatte ich mich auf die Hotelterrasse gesetzt. Zu meinem Verdruss musste ich feststellen, dass das Haus keinen Absinth führte.

»Bedaure, mein Herr. Darf ich Ihnen einen anderen Drink anbieten, der Wermut enthält?« Der Kellner hatte wenigstens Manieren. Da ich Martini und Cinzano nicht besonders schätze, entschied ich mich für einen weißen *Vermouth Reserva* von *Yzaguirre*. Der war nicht einmal schlecht. Noch besser war die Aussicht, die ich genoss. Die Terrasse war schwach besucht. Nur ein turtelndes

Paar in Tenniskleidung schlürfte seine Smoothies, und ein völlig unscheinbarer Mann mit rotem Sonnenhut vertiefte sich in seine Zeitung. Von meinem Platz aus konnte ich einen Teil des Pools einsehen. Das Hotel verfügt über einen Bootssteg zum Anlegen der Ruderboote und einen Swimmingpool. Vier der Liegen in meinem Blickfeld waren belegt. Drei der vier Frauen hoben in regelmäßigen Abständen den Kopf, um zu mir herüberzuschauen.

Ich legte für mich eine Rangordnung des Damenquartetts fest. Ganz oben auf die mögliche Beuteliste kam die Dunkelhaarige im trägerlosen Einteiler. Das Haar war gefärbt, kein Zweifel, aber alles andere an ihr war echt. Sie war die Einzige, die nicht herschaute. Ich kenne diesen Typ, ist mir oft untergekommen. Managerin oder erfolgreiche Unternehmerin. Gönnt sich und den anderen keine Verschnaufpause. Selbstdisziplin bis in die Haarspitzen. Vollbepackt mit Pflichten. Analytisch. Nüchtern. Erfolgsorientiert. Weiß gar nicht, was ihr fehlt. Bis ich komme und es ihr sage. Ich habe kein Mitleid mit diesen Frauen. Sie sind einfach zu blöd. Sie wollen nicht anerkennen, dass sie mir schlussendlich alle auf den Leim gegangen sind. Keiner hat sie gezwungen, das zu glauben, was ich ihnen vorgaukle.

Verletzte Gefühle? Davon verstehe ich nichts. Und ich war mir sicher, ich würde auch die Dunkelhaarige auf der Liege schlussendlich knacken.

Aber jetzt war vorerst einmal Denise an der Reihe.

Sie rief mich gestern noch spätabends aus Köln an. Ihrer Schwester gehe es gut.

»Ich kann es kaum erwarten, dich wiederzusehen, mein Liebling. Was hältst du davon, wenn wir die morgige Nacht bei mir verbringen? Ich kann auch kochen. Dieses Mal möchte ich dich verwöhnen. Ich ruf dich morgen an, wenn ich ankomme.«

Ich bestätigte ihr, dass ich ein Wiedersehen auch kaum erwarten könne, und wie glücklich ich wäre, weil ich weiß, dass wir so viel gemeinsam haben.

Es ist 18 Uhr. Der Flieger aus Köln müsste bald landen. Einen großen Strauß roter Rosen habe ich schon besorgt, er steht in der Küche. Ich habe den ganzen Tag überlegt, wie ich sie am besten lenken könnte, dass wir wieder über Geld redeten. Am besten erst nach dem Sex. Da sind sie immer am empfänglichsten für subtile Hinweise. Mein Mund ist trocken. Ich hole mir ein Glas Wasser aus der Küche. Wo liegt nur das Motorjournal, das ich mir gestern gekauft habe? Ich finde es im Schlafzimmer. Auf dem Board neben dem Bett. Dort liegt auch das Buch mit den Gedichten. Ich habe es für Denise gut sichtbar platziert, damit sie annimmt, ich würde jeden Abend darin lesen. Sollte ich es einmal versuchen? Schon um klug antworten zu können, falls sie mich danach fragt? Ich lasse das Motorjournal liegen, nehme den Band mit hinüber ins Wohnzimmer. *Charles Baudelaire. Blumen des Bösen. Les Fleurs du Mal,* steht auf dem Einband. Also dann. Ich schlage die erste Seite auf.

Lorsque, par un décret des puissances suprêmes ...

Shit. Das ist ja Französisch! Denkt sie echt, ich könne das verstehen? Ich blättere weiter, entdecke, dass nach jedem Gedicht gleich die deutsche Übersetzung steht.

Na Gott sei Dank! Ich blättere wieder zurück. *Bénédiction* heißt das erste Gedicht.

Lorsque, par un décret des puissances suprêmes,
Le Poète apparaît en ce monde ennuyé,
Sa mère épouvantée et pleine de blasphèmes
Crispe ses poings vers Dieu, qui la prend en pitié

Ich verstehe nur Bahnhof. *Dieu* heißt Gott, das weiß ich. *Mon Dieu* hat meine Mutter immer geflüstert, wenn sie Migräne hatte. Ich suche die Übersetzung.

Wenn nach des Himmels mächtigen Gesetzen
Der Dichter kommt in diese müde Welt,
Schreit seine Mutter auf, und voll Entsetzen
Flucht sie dem Gott, den Mitleid selbst befällt.

Mama mia, was ist denn das für eine Kacke? Ich kann die Mutter verstehen. Bei Dichtern, die derartiges Gewäsch hervorbringen, kann man nur schreien. Nein! Wenn Denise mich auf das Buch anspricht, werde ich geschickt ausweichen. Mir wird schon was einfallen. Das Handy läutet. Sie ist es, wie ich am Display erkenne.

Endlich.

»Hallo Liebling, ich bin schon gelandet.« Ihre Stimme klingt freudig erregt. »Ich nehme mir ein Taxi. In zwei Stunden erwarte ich dich zu Hause! Ich liebe dich!«

»Ich dich auch. Ich kann es kaum erwarten, dich in die Arme zu nehmen!«

»Oh, es wird eine wunderbare Nacht.«

Nun, ich werde alles dazu beitragen, dass sie das Gefühl hat, alle ihre geheimsten Wünsche werden erfüllt. Ich nehme ein Bad. Eine gute Stunde später mache ich mich auf den Weg. In der Tiefgarage bemerke ich, dass etwas fehlt. Die Rosen.

Also wieder zurück in den 6. Stock. 30 rote Rosen grüßen mich aus dem Abwaschbecken in der Küche. Ich nehme sie aus dem Wasser, wickle sie in Papier ein und mache mich ein zweites Mal auf den Weg.

Ich bin schon gespannt, was sie mir vorsetzen wird. Über ein Lieblingsessen von mir haben wir nie geredet.

∾ઔ∾

Mein Kopf pocht. Höllisch. Ich bekomme die Augen nicht auf. Es kostet mich enorme Kraft, die Lider in die Höhe zu schieben. Wo bin ich? Was ist das für ein Raum?

Das ist nicht die Küche von Denise. Das ist auch nicht mein Schlafzimmer. Mir ist übel. Es fällt mir schwer, den Kopf zu drehen. Graue Wände. Kein Fenster. Eine große Tür. Mein Schädel wird gleich platzen. Und diese Übelkeit. Diese bodenlose Übelkeit …

∾ઔ∾

Ich muss wieder eingeschlafen sein. Oh, ist mir schlecht. Alles dreht sich. Eine zerrende Schwäche im ganzen Körper. Erinnerungsfetzen. Die Villa. Denise in ihrer Küche. Salatblätter auf Tellern. *Zuerst das Ritual!* Sie lacht. Ein großes Kind, das sich freut. Die kleine Stichflamme. Braune Blasen am Zucker. Verdammt, ich halte das nicht aus. Ich muss die Augen aufkriegen. Ich muss! Geschafft! Noch immer derselbe Raum. Dieselben nackten Wände. Wo bin ich? Was, um alles in der Welt, ist hier ….

⌁

Etwas tropft. Ein Wasserhahn? Nein. Es pocht. An der Tür? Im Schrank? Ein kleiner Hammer. Roter Stiel, goldener Kopf. Das Schusterhämmerchen meines Urgroßvaters. Es saust nieder. Auf einen Knochen. Was für ein grässliches Pochen.

Immer und immer wieder. Erste Fasern beginnen sich am Knochen zu lösen. Wer führt den Hammer? Ich sehe keine Hand. Ein Schrei. Laut. Das bin ich. Ich reiße die Augen auf. Munter! Endlich wieder wach. Das Pochen bleibt, es ist in meinem Schädel, hinter den Schläfenknochen. Aber die Übelkeit ist weg. Ich spüre sie kaum noch.

Wo bin ich?

Ich erinnere mich. Ich habe schon früher die Augen geöffnet und diesen Raum gesehen. Ich liege auf einer Pritsche, einem Feldbett. Das sind meine Kleider, die ich trage. Der blaue Blazer mit den Goldknöpfen, den ich anhatte, als ich mich auf den Weg zu Denise machte, mit 30 Rosen. Verflucht, wo bin ich? Das gibt es doch nicht! Ich sehe die Rosen. Sie stehen auf einem Tisch, mitten im Raum. Sie sind halb verwelkt, die Köpfe hängen von den Stängeln. In der Glasvase ist kein Wasser.

Neben den Rosen liegt ein aufgeklapptes Notebook. Dahinter stehen eine Flasche und ein Glas.

Denise?

Habe ich das jetzt gedacht oder gesagt?

»Denise …«

Ich erschrecke. Meine Stimme hört sich schwach an, ein Krächzen. Ich muss mich zusammenreißen. Tief einatmen. Brüllen.

»Denise!!!!!«

Kein Echo, obwohl die Wände kahl sind. Keine Antwort. Die Tür! Mein Herzschlag setzt aus. Für einen Moment. Die Tür hat keine Schnalle! Ich hämmere gegen das Metall. Meine Fäuste schmerzen. Die Schläge klingen wie das Pochen in meinem Schädel.

Was soll das? Wer treibt hier ein Spiel mit mir?

Umdrehen. Die Wände absuchen. Den Boden. Die Decke. Nichts.

Nur das Feldbett, der Tisch und eine Lampe mit einer Glühbirne an der Decke.

Das Notebook? Vielleicht ist das die Erklärung. Es ist auf *Stand-by* geschaltet.

Ich drücke auf eine der Tasten.

Denise!

Ihr Gesicht erscheint auf dem Bildschirm. Sie lächelt.

Eine Sekunde, zwei Sekunden, drei Sekunden. Dann verschwindet das Gesicht vom Schirm. Der Screen wird schwarz, und zugleich verlöscht das Licht an der Decke. Dafür ist jetzt ihre Stimme zu hören. Sie kommt aus dem Notebook.

Dunkelheit.

Und ihre Stimme. Ruhig. Kühl. Fremd.

»Hallo, Ronny. Ich weiß, dass das nicht dein richtiger Name ist. Ich nenne dich der Einfachheit halber so, wie du dich mir vorgestellt hast. Dein richtiger Name spielt keine Rolle. Auch ich heiße nicht Denise. Ich habe für dich einen Namen gewählt, von dem ich annahm, dass er dir gefällt. Etwas Französisches schien mir passend. *Angelique* klang etwas zu melodramatisch. *Colette* zu intellektuell. *Denise* hatte den richtigen Klang. Das vermittelt Sanftheit, fühlt sich weich an. Wer *Denise* heißt, erweckt schon durch den Klang des Namens den Eindruck, fern jeder Härte zu sein, keinen Widerstand zu leisten. Der Eindruck ist entscheidend. Das weißt du. Du bist ja ein Profi darin, Eindrücke zu bewerten, daraus Schlüsse zu ziehen und dann dein Verhalten danach zu richten. Also *Denise*. Und sie musste natürlich so ausgestattet sein, dass ein geübter Beobachter sofort in ihr eine Frau erkannte, die krampfhaft versuchte, ihre Schwächen zu überspielen. Die ihr Alter kaschiert. Alles daran setzt, wie Ende 30 zu wirken, um nicht einzugestehen, dass sie bereits weit die 50 überschritten hat. Kurzer Rock und Schuhe, die um mehr als nur einen Tick zu jugendlich wirken. Die Schminke verführerisch, um den Eros der Enddreißigerin zu betonen. Was ihr aber nicht gelang, wie der erfahrene Beobachter sofort erkannte. Eine Frau, die vor Freude in die Hände klatscht, als sie den glitzernden Luster und die hübschen französischen Bilder erblickt. Und der man es doch ansieht, dass sie ihre Begeisterung nur spielt. Ein großes Kind mit schlecht übertünchender Schminke. Der erfahrene Beobachter würde sich vielleicht jetzt abwenden, aber sein geübter Blick hat noch etwas ausgemacht. Die sündteure Jacke von Dior. Das verriet Geld. Und das krampfhafte Bemühen der Frau, attraktiv zu erscheinen, lebenslustig, souverän. Das roch nach Schwäche, nach Einsamkeit, nach dem Angewidertsein von der Öde des Lebens, nach Verzweiflung. Der Geruch von Schwäche ist für den erfahrenen Beobachter wie die Ausdünstung eines angeschossenen Rehs für den Bluthund. Leichte Beute.

Die Rose, die du mir auf den Tisch legtest, war okay. Der Spruch war kompletter Schwachsinn. Pseudoromantik, aus deren Zeilen das falsche Pathos troff. Aber Denise hat es gefallen. Und das war das Wichtigste. Denise hat ja viel gefallen. Das Betörende am Wermut. Der prickelnde Champagner im Absinth. Das umsichtige Verhalten des erfahrenen Beobachters, der zum Zuhörer wurde, zum Vertrauten, zum Allesverstehenden, zum Frauenflüsterer, der ihr immer mehr das Gefühl gab, die Tiefe ihrer Seele zu erkennen, weil er ihr vorgaukelte, dass er über dieselbe Tiefe verfüge. Sogar der kleine Junge auf dem Foto hat Denise gefallen, der Mutter und Schwester auf so tragische Art verlor. Das hat ihr Herz berührt. Darüber hat sie geweint. Und angefangen, sich in den mittlerweile erwachsenen Jungen zu verlieben.

So ist eben Denise. Jede Regung ist vorhersehbar.

Du fragst dich sicher, warum ich dir das erzähle, wo du das ja alles selbst viel besser weißt. Du hättest lieber eine Antwort darauf, was du noch nicht weißt. Wie du in diesen Raum gekommen bist? Nun, ich werde dir eine Antwort geben.

Erinnerst du dich an Hannelore? Das ist die Frau, die sich von dir so gerne mit gebratenen Garnelen füttern ließ. Sie hat zum Rasiermesser gegriffen, nachdem du verschwunden bist mit der Hälfte ihres Vermögens. Aber nicht wegen des verlorenen Geldes hat sie sich mit Tabletten vollgestopft und die Pulsadern aufgeschlitzt. Sie hat es getan, weil sie dich liebte.

Sie hat einen Abschiedsbrief hinterlassen. Ich lese ihn dir vor. ›Ich habe ihm das Kostbarste gegeben, das ich hatte. Ein Herz voll Liebe. Er hat es mit beiden Händen genommen und zerrissen. Und mit einem Sack Geld erschlagen‹.

Für sie war eine Welt zusammengekracht. Ein Sturz ins Bodenlose.

Ihr Bruder, der unerwartet zu Besuch kam, fand sie. Der Notarzt überstellte sie in eine Spezialklinik für Komapatienten. Ich saß die ersten drei Wochen täglich an ihrem Bett, in der Hoffnung, dass sie wieder aufwacht. Sie hat ein Tagebuch verfasst. Ich entdeckte es in ihrer Wohnung. Es fing mit dem ersten Tag eurer Begegnung an. Ab da hat sie alles aufgeschrieben, was sie mit dir erlebte. Über alles, was du ihr erzähltest, über jede Stunde eures Zusammenseins, hat sie Buch geführt. Ich habe es gelesen, von der ersten bis zu letzten Seite.

Sie war meine liebste Schulfreundin. Wir waren damals unzertrennlich. Ich kenne keinen liebenswerteren Menschen als Hannelore. In den letzten Jahren haben wir uns kaum mehr gesehen. Ich war viel im Ausland. Sie hat mir von dir geschrieben. Sie war überglücklich mit Sascha Hennfried, ihrer großen Liebe. Als ich zurückkam, lag sie schon im Koma.

In Hannelores Aufzeichnungen las ich auch über das Foto, auf dem deine angeblich verstorbene Mutter samt Schwester abgebildet war. Das hat mir sehr geholfen. Ich habe gewartet, bis du den Trick mit der Lieblingsspeise auspackst. Ich musste vortäuschen, dich fotografieren zu wollen, denn es war wichtig, dass du auch mir diese Schauergeschichte auftischst. Nur so konnte Denise sich tief betroffen zeigen. Auf diese Weise würde sie dir glaubhaft machen können, wie sehr dein gespielter Kummer ihr Herz berührte. Denn sie musste dir ein Geschenk anbieten. Einen Diamantring im Wert von 35.000 Euro. Deine Rolle war es vorzugeben, dass du ein derartiges Präsent nie und nimmer annehmen würdest, und sie musste alle Überzeugungskraft aufbieten, dass du es doch tatest. Es war wichtig, dass du etwas Wertvolles in die Hand bekamst, das man nicht einfach zu Hause herumliegen lässt. Dass du in deiner Wohnung einen

Wandsafe haben würdest, schloss ich eher aus. Leute wie du müssen oft von der einen auf die andere Sekunde Hals über Kopf verschwinden. Wer weiß, ob da noch genug Zeit bleibt, die eigenen vier Wände aufzusuchen. Ich tippte auf ein Bankschließfach. Und ich hatte recht.

Es war mir klar, dass es in einer großen Stadt sein würde, in der man nicht auf Jagd geht. Die aber dafür taugt, anonym zu bleiben und seine Beutestücke aufzubewahren. Ein wenig überrascht war ich, dass du bereits in den frühen Morgenstunden des nächsten Tages aufbrachst. Aber auch darauf waren wir vorbereitet. Etwas schwieriger schien mir bei meiner Planung der nächste Schritt. Wir hatten mehrere Varianten in Aussicht, aber die Methode, die wir fanden, machte es schlussendlich einfacher. Ich hatte schon vor Wochen eine Vorankündigung entdeckt, dass eine große Schaustellertruppe samt Vergnügungspark in die Stadt kommen würde. Es galt nur mehr, dem aufmerksamen Beobachter den richtigen Köder hinzuwerfen. Man musste ihm das Gefühl geben, alle Ideen seien aus seinem genialen Kopf geboren. Man musste ihn in der Sicherheit wiegen, er halte die Fäden in der Hand. Er dirigierte und alles passierte, weil er es so wollte. Ich stattete also Denise mit einem unbarmherzigen Vater aus, der ihr verbot, sich mit ihren Freundinnen auf dem Rummelplatz zu vergnügen. Die Bemerkung über dieses kummervolle Kindheitserlebnis musste eher flüchtig fallen gelassen werden. So konnte der einfühlsame Beobachter eine Witterung aufnehmen, von der er annahm, es wäre die seine, und eine Überraschung aus dem Hut zaubern. Er würde Denise einen ihrer tiefsten Herzenswünsche erfüllen: den Besuch des Vergnügungsparks. Ich genoss es, dass du dir die Seele aus dem Leib gekotzt hast. Mir machte das Herumgewirbeltwerden nichts aus. Ich habe jeden Looping genossen. Mein Vater hat mich oft auf Rummelplätze mitgenommen. Ich bin geeicht. Aber dir hat es fast den Magen zerrissen. Erinnerst du dich an eine der Hauptattraktionen, an das *Magic Cabinet* mit den vielen Spiegeln? Hinter einem steckte ein Spezialgerät, eine Kamera in Verbindung mit einem weiter entwickelten Refraktometer. Wir mussten deine Iris vermessen. Bei unserem Besuch in deiner Münchner Bank eruierten wir, welche Sicherungsstufen es zu überwinden galt, um an das Depot zu kommen. Der Zugang war nur über einen Irisscanner möglich. Folglich brauchten wir deine biometrischen Augendaten, um eine Spezialkontaktlinse anfertigen zu lassen. Zur Sicherheit haben wir auch deine Fingerabdrücke genommen. Darum kümmerte sich die auf Zigeunerin geschminkte Frau im Wahrsagerzelt. Dein Fingerprofil war jedoch schlussendlich für den Zugang gar nicht nötig. Aber man muss immer gut vorbereitet sein. Nichts dem Zufall überlassen. Perfekte Planung ist der Schlüssel zum Erfolg. Hannelores Bruder ist leitender Ingenieur einer Elektronikfirma für computerunterstützte Steuerungstechnik. Nennen wir ihn Mike. Er ist dir nach München gefolgt, saß in derselben Frühmaschine. Das *Magic Cabinet* gab es schon vorher. Mike hat es softwaremäßig nur etwas aufpoliert und das Lasergerät hinter dem Spiegel installiert. Seiner Frau hast du persönlich in die Augen geschaut. Sie hat dir aus der Hand gelesen. Das Zelt und die magische Spiegelwunderwelt haben wir den Besitzern abgekauft und ihnen beides danach wieder verpachtet. So hatten wie als Eigentümer jederzeit Zugang. Was uns neben den biometrischen Angaben für das Öffnen deines Schließfaches noch fehlte, waren die Bankdaten für deine Konten. Die vermutete ich, in deinem Laptop zu finden. Doch den hattest du selten dabei, der lag offensichtlich in deiner Wohnung. Ich beschloss, die Beschaffungsaktion gleich an den Rummelplatzcoup anzuschließen.

Absinth ist ein vorteilhaftes Getränk. Sein bitteres Aroma übertüncht den Geschmack von K.o.-Tropfen. Du hast dich sehr ins Zeug gelegt, mir das Trinkritual beizubringen. Aber ich kannte es schon aus meinen Vorbereitungsrecherchen. Dass du mich ohne Einwand in deine Wohnung mitnehmen würdest, davon ging ich aus. Einer Frau, die man abzocken will, erfüllt man jeden Wunsch. Das Schlimmste für mich war der Gedanke, mit dir schlafen zu müssen. Ich war mir nicht sicher, ob ich diese Ekelhürde überwinden könnte. Glücklicherweise sind wir nicht so weit gekommen. Das dreimalige Trinkritual, der Kreislaufstress im Vergnügungspark und reichlich K.o.-Tropfen im ersten Absinthglas waren eindeutig zu viel. Du bist rechtzeitig weggekippt.

Wenn es darum geht, Frauen hereinzulegen, gibst du dich listenreich. Aber sonst scheinst du wenig Fantasie zu haben. Ein bisschen mehr Kreativität beim Erfin-

den eines Passwortes für den Laptop hätte ich mir
schon erwartet. Es brauchte nicht viel, um zu erkennen, dass einem Möchtegernmacho wie dir aus der Riege
der Absinth-Trinker vor allem der Macho Hemingway
imponieren würde. Aber ausgerechnet die Bezeichnung
für dessen Absinth-Champagner-Cocktail als Codewort
für deinen Computer zu nehmen, zeugt nicht von großer Originalität. *Death in the afternoon.* Und auch nicht
beim Hinzusetzen einer vierstelligen Zahlenkombina-
tion war der gute Ernest in deinen Gedanken nicht weit.
Zuerst tippte ich auf das Todesjahr, aber dann war es
doch Hemingways Geburtsjahr. *1899.*

Auch Edgar Allan Poe war ein begeisterter Absinth-
Trinker. Den hast du in der Aufzählung deiner Wermut-
Heroen nicht erwähnt. Vermutlich kennst du auchnicht
seine Geschichte *Die Grube und das Pendel.* Würde dir
gefallen: Dort wartet ein Mann in seinem Kerker auf
seinen Tod.

Du hast dich sicher inzwischen längst gefragt, was passiert wäre, wenn du mich damals nicht zufällig in der Bar
getroffen hättest. Dann würdest du jetzt nicht im Dunkeln sitzen vor einer versperrten Tür. Dann wärst du frei
und hättest dich vielleicht längst im Hotel ›Diana‹ an eine
der trostlosen reichen Frauen herangemacht. Ich kann
fast die leichte Verblüffung in deinem Gesicht sehen.
Woher weiß sie davon? Selbstverständlich wurdest du
nicht aus den Augen gelassen, auch wenn ich weg war.
Mike – wir wollen ihn weiterhin so nennen – hat sich
extra für den Ausflug an den See einen passenden Stroh-

hut gekauft. Es gab leider in seiner Größe nur mehr ein Modell in schrecklichem Rot. Die Farbe passte zumindest zur Rose, mit der deiner Meinung nach alles angefangen hat. Aber es begann in Wahrheit schon früher. Wenn du an diesem Abend nicht in die Bar gekommen wärst, dann wäre es an einem anderen Abend passiert. Wir sind uns begegnet, weil ich auf dich gewartet habe. Katzen harren oft stundenlang vor einem Mauseloch. Aber kein Vergleich zu Krokodilen. Wenn es sein muss, lauern Echsen tagelang vor ein und demselben Wasserloch, bis endlich Beute kommt. Ich habe es gesehen, ich war lange in Afrika. Ich bin wie ein Krokodil. Ich habe Ausdauer. Und Geduld.

Es war mir von Anfang an klar, dass es nahezu unmöglich sein würde, dich zu finden. Ein falscher Name, eine falsche Lebensgeschichte, und dann von einem Tag auf den anderen verschwunden. Spurlos. Mit Hannelores Geld in der Tasche. Wo trieb sich dieser Mann herum? Im Ausland? Im Inland? In welcher Stadt? In welchem Ort? Welche Hotels suchte er auf? Millionen Möglichkeiten. Jede Initiative, sich auf die Suche zu machen, war von vornherein zum Scheitern verurteilt. Ich brauchte ein anderes Konzept. Wenn ich dich nicht finden konnte, dann würde ich es eben umgekehrt probieren. Nicht ich würde dir hinterherlaufen. Du musstest mich finden.

Du hast Hannelore einiges über dich erzählt. Sie hat alles aufgeschrieben. Ich glaubte kein Wort davon. Bis auf eine Ausnahme: deine Vorliebe für Absinth. Die hielt ich für echt. Darauf setzte ich. Ich brauchte einen

Köder. Einen großen. Einen, den man nicht übersehen konnte. Einer meiner Freunde betreibt eine Reihe einträglicher Restaurants in einer anderen Stadt. Ich bat ihn, mir zu helfen, eine Absinth-Bar einzurichten. Nicht irgendeinen kleinen Laden mit zwei Stehtischen, sondern ein attraktives Lokal, das auf jeden Wermutfreund großen Reiz ausüben würde. Wir machten viel Aufhebens um die Eröffnung des Lokals. Ich investierte große Summen in die Werbung. In der Hoffnung, du würdest irgendwo eine der Zigtausend Anzeigen wahrnehmen. Es hat gedauert. Fast drei Monate. Aber es hat geklappt.

Ich fand in Hannelores Tagebuch ein Foto von dir. Sie hat es heimlich aufgenommen und ausgedruckt. Nicht sehr scharf, aber es hat gereicht. Der Barkeeper hat dich auf Anhieb erkannt und mich, wie ausgemacht, verständigt. Ich war seit dem Tag der Eröffnung immer in der Nähe, bereit zum Sprung, jeden Abend.

Ich verfüge im Gegensatz zu dir über wenig Geld. Es reichte gerade einmal für den Diamantring, die Diorjacke und ein paar weitere schicke Klamotten. Aber ich habe Freunde. Echte, keine erfundenen. Einer davon war sofort bereit, mir eine unglaublich hohe Summe vorzustrecken, ohne danach zu fragen, wofür ich das Geld brauchte. Es kostet schon etwas, eine Luxusvilla mit zwölf Zimmern zu mieten, eine Jahrmarktsattraktion wie das *Magic Cabinet* zu kaufen, einen Barbetrieb zu finanzieren samt Einrichtung, Personal und horrenden Werbekosten. Ganz abgesehen von dem Mercedes Cabrio, dem Schmuck und anderem sündteurem Schnickschnack, mit dem Denise dich beeindrucken musste. Wärst du nicht aufgetaucht, hätte ich mich bis an mein Lebensende heillos verschuldet. Aber dieses Risiko war es mir wert.

Gestern habe ich deine Konten leergeräumt und das Depot aufgelöst. Du kannst stolz auf dich sein. Du hast etwas geschafft, was nur wenige zuwege bringen. Du hast deinen eigenen Untergang selbst finanziert. Wenn du es so sehen willst, gehört dir auch das Stück Land mit dem unterirdischen Bunker, in dem du jetzt sitzt und aus dem du nie wieder hinauskommen wirst.

Der Freund, der mir die Summe vorstreckte, hat sein Geld schon bekommen. Es ist noch einiges übrig. Ich will keinen Cent davon. Ich werde vermutlich keine der Frauen auftreiben, denen du die Millionen abgeknöpft hast. Aber es gibt genug andere Menschen, denen damit geholfen ist.

Hannelore ist aus dem Koma nicht mehr aufgewacht. Sie starb vor einer Woche, an dem Tag, als du mir die Einladung zum Rummelplatz vorlegtest. Eine Stunde später bekam ich die Nachricht auf mein Handy. Ich konnte meine Tränen nicht mehr zurückhalten. Du hast sie für Freudentränen gehalten.

Vor drei Tagen war ich nicht in Köln. Ich habe keine Schwester. Denise auch nicht. Ich war auf Hannelores Begräbnis.

Ich habe nie daran gezweifelt, meinen Plan durchzuziehen. Nur der Ausgang war immer ungewiss. Mehrere Varianten waren offen. Auch eine, dich am Leben zu lassen.

Hannelores Tod half mir, eine Entscheidung zu fällen.

Wir werden die Bar wieder schließen. Wir werden das Interieur verkaufen, der Erlös fließt in den Fond. Es kommt alles weg. Bis auf eine Flasche. Ich habe sie dir mitgebracht. Sie steht auf dem Tisch. Du wirst sie auch im Dunkeln finden.

Ach ja, auch deine Geschichten über den Absinth stimmen alle nicht. Die legendäre berauschende Wirkung, von der manche Künstler faselten, kam nicht vom Thujon. Nicht der Wirkstoff des Wermuts war schuld an den Halluzinationen, sondern die hohe Konzentration an billigem Alkohol. Deine Absinth-Helden waren Opfer von billigem Fusel. Das ist inzwischen längst erwiesen, man kann es nachlesen. Aber du liest ja nicht viel. Schon gar keine Gedichte. Nicht einmal die von deinem Absinth-Kumpanen Baudelaire. Du hättest im Buch blättern sollen. Es steht eine Warnung drin.

Le vin sait revêtir le plus sordide bouge
d'un luxe miraculeux ...

Der Wein verwandelt oft die schmutzigsten
Spelunken
in Schlösser voller Märchenpracht ...

Es muss keine heruntergekommene Spelunke sein, manchmal trifft es auch auf eine schlichte Absinth-Bar zu. Der Titel des Gedichtes lautet übrigens *Le Poison*. Das Gift.

Tout cela ne vaut pas le poison qui découle
de tes yeux, de tes yeux verts,
Lacs où mon âme tremble et se voit à l'envers...

Nichts aber gleicht dem Gift
aus deinen grünen Augen,
den tiefen Seen, drin gramerfüllt,
verzerrt und zitternd malt sich meiner Seele Bild ...

Du hättest das Gedicht lesen sollen. Der Absturz beginnt mit Gift aus grünen Augen und endet mit einer Höllenfahrt.

Ich werde meine grünen Kontaktlinsen nicht mehr brauchen. La fée verte hat ihren Auftrag erfüllt.«

Und jetzt?

Nichts mehr.

Stille. Gespenstisches Schweigen.

Die Stimme ist verstummt. Die Dunkelheit bleibt.

Und die Flasche auf dem Tisch mit dem Geschmack von Wermut.

Und meine Angst.

Die grässliche Furcht.

Vor dem, was mit mir passiert.

～∾～

Oregano, *Origanum vulgare,* auch: *Wohlgemut, Echter Dost, Bergminze, Wilder Majoran*
Wichtiges Gewürz in der mediterranen Küche, in der Antike auch als Heil-
kraut verwendet: der berühmte Arzt Hippokrates nutzte Oregano als
Geburtsbeschleunigung und zur Heilung von Hämorrhoiden.
Ein ›Marienkraut‹ (Kräuterweihe zu Mariä Himmelfahrt), das früher auch
in jeden Brautstrauß gehörte.

OREGANO

Zwei Kameras waren an den Säulen montiert. Die hohen Marmorgebilde hatten die Form antiker Tempelpfeiler. Peppino trat ins Blickfeld, lüftete den Strohhut. Die heiße Vormittagssonne brannte auf sein Gesicht. Er schickte ein fröhliches Lächeln in Richtung Kameraobjektive. Mit dumpfem Surren öffnete sich das große Metalltor, gab den Blick auf die lang gezogene Einfahrt frei. Hinter dem Tor erwartet ihn ein Mann in schwarzem Outfit. Schwarzes Hemd, schwarze Hose, dunkle Sonnenbrille, schwarzes Haar im Bürstenschnitt.

»Guten Morgen, Ricardo, heißer Tag heute, was?«

Der Dunkelgekleidete brummte etwas. Er kontrollierte Peppinos Umhängetasche, dann wies er mit dem Kopf in Richtung Villa.

»Danke, ich kenne den Weg.«

Peppino ging die breite Einfahrt hinauf, den Strohhut in der Hand. Helles Gekreische drang an sein Ohr. Im Swimmingpool tollten drei Kinder, zwei Buben und ein Mädchen. Sie versuchten, einander von der Luftmatratze zu stoßen.

Im Schatten eines Sonnenschirms waren zwei weitere schwarz gekleidete Männer zu sehen. Einer ließ seinen Blick über die Umgebung streifen, der andere hatte die

Kinder im Auge. Beide trugen Schulterholster mit Pistolen und Magazintaschen.

»Guten Morgen, Peppino. Der Patron erwartet dich schon.«

»Danke, Rosetta.« Er reichte der Haushälterin die Hand. Neben der Tür war ein weiterer Securityguard postiert. Peppino kannte ihn. Er war der Cousin des Mannes an der Toreinfahrt.

»Ciao, Mario, wie geht es deiner Mutter?«

»Viel besser. In zwei Tagen darf sie aus dem Krankenhaus.«

»Das freut mich zu hören. Richte ihr bitte meine besten Grüße aus.«

»Das mache ich, Peppino.«

Der Patron saß hinter seinem Schreibtisch. Er studierte aufmerksam ein Dokument in einer Ledermappe. Dann setzte er mit Schwung seine Unterschrift auf das Blatt und reichte es dem Sekretär. Der hatte schon darauf gewartet.

»Du hast zehn Minuten, Peppino.« Er wies auf einen Stuhl. »Was gibt es so Dringendes?«

Peppino nahm Platz, legte den Strohhut auf den Boden.

»Grazie gentile, Don Alberto. Es ist wirklich großzügig von Ihnen, dass Sie Zeit für mich finden. Aber mein Vorschlag wird Sie interessieren, dessen bin ich mir sicher.« Er öffnete die Tasche, zog eine Zeitung hervor. »Sie haben sicher mitbekommen, dass die Neapolitaner einen neuen Rekord aufgestellt haben. Es war ja in allen Medien. Die ganze Region brüstet sich damit, die längste Pizza der Welt gebacken zu haben!«

Er legte dem Patron die Zeitung auf den Tisch. Der warf einen Blick auf die fett gedruckte Überschrift und die großformatigen Bilder. »Ja, habe ich.« Seine Antwort war ein Knurren. Er hatte sich schon geärgert, als er den Jubelbericht im TV verfolgte. In fast jeder Einstellung war Galotta zu sehen. Er stand mit breitem Grinsen an der Seite des Bürgermeisters, des Presidente della Regione und des überregionalen Tourismuschefs. Galotta war einer der wenigen Camorrabosse, die bei der jüngsten Säuberungswelle durch die Justiz nicht ins Gefängnis gewandert waren. Es wurde immer schwieriger, mit Drogenhandel allein die üppigen Umsätze früherer Jahre zu erzielen. Der schlaue Galotta hatte seine Finger längst im gewinnträchtigen Tourismusbereich. Die Ferienbranche boomte. Gerade jetzt, da durch die Häufung von Terroristenanschlägen und Kriegshandlungen viele Urlaubsdestinationen wegbrachen. In der Türkei, in Ägypten und in anderen nordafrikanischen Mittelmeerstaaten. Italiens Ferienregionen waren bei Touristen mehr gefragt denn je. Und die weltweite Gratiswerbung durch einen blöden Pizzarekord half mit, die Umsätze zu steigern.

»Wozu zeigst du mir das, Peppino? Willst du mich ärgern?«

Der Mann auf dem Besucherstuhl hob rasch die Hände. »Nichts steht mir ferner, als Ihren Unmut zu erregen, Don Alberto!« Den mächtigsten Mafiachef von Südsizilien zu ärgern, hatte noch keinem gutgetan.

»Was Neapel zuwege bringt, schafft Sizilien noch

lange. Wir knacken den Rekord. 1,8 Kilometer mögen für die *Napoletani* reichen. Aber die *Siciliani* werden eine Pizza backen, die mindestens zwei Kilometer lang ist!« Peppino war von seinem Stuhl aufgesprungen. Jeder im Raum konnte seine Begeisterung spüren. Der Sekretär mit der Ledermappe, der Bodyguard an der Tür und vor allem der korpulente Mann am Schreibtisch. Hinter der Stirn des Patrons arbeitete es. Er entließ den Sekretär mit einer Handbewegung. »Wir machen später weiter, Ilario. Sag Rosetta, sie möge für unseren Gast eine Granita bringen.« Die hoch aufgeschossene Gestalt des Sekretärs verschwand durch die Tür. Peppino nahm wieder Platz. Don Alberto lehnte sich zurück. Hinter dem Mafiaboss prangte ein Gemälde an der Wand. Es zeigte einen Mandolinenspieler neben einer Säule. Ein roter Vorhang schob sich an der rechten Seite ins Bild. Im Hintergrund bot sich dem Betrachter der Ausschnitt einer sonnigen Landschaft mit Zitronenbäumen. Viele im Ort hatten dieses Bild schon mit eigenen Augen gesehen. Don Alberto hatte es vor zehn Jahren eine Woche lang in der Galerie des Rathauses ausgestellt. Die Bevölkerung von St. Michele di Roccia sollte für ein paar Tage Anteil haben am Meisterwerk des spanischen Barockmalers Diego Velázquez. Eine noble Geste, wie auch der Bürgermeister damals in jeder seiner Reden betonte. Don Alberto hätte auf vieles verzichtet. Auf die Hälfte seines Vermögens, auf die Zuneigung seiner Kinder, aber niemals auf dieses Bild. Ein Blick auf den Musiker zu werfen, der in die Saiten seiner reich verzierten Mandoline greift, erfüllte den mächtigsten Mann der Region jeden Tag mit Freude. Die Besucher, die er in seinem Arbeitszimmer empfing, schauten stets mit Bewunderung auf die meisterhaft gemalte Szenerie. Das erfüllte den Patron mit Besitzerstolz, selbst wenn er nur einen kleinen Pizzabäcker vor sich hatte wie in diesem Moment.

»Wie stellst du dir das vor, Peppino?«

Der Pizzabäcker zog ein Blatt Papier aus seiner Tasche.

»Die Neapolitaner verwendeten für ihre Pizza 2000 Kilogramm Mehl, 1600 Kilogramm Tomaten, 2000 Kilogramm Käse, 200 Liter Öl und 30 Kilogramm Basilikum. Sie brauchten sechs Stunden und 21 Minuten. Wir schaffen das in derselben Zeit. Aber unsere Pizza wird mindestens zwei Kilometer lang. Damit übertreffen wir die 1840,12 Meter!«

»Was brauchst du?«

»Nur Ihre Zustimmung, Don Alberto. Ich habe schon mit den Kollegen aus der Region Kontakt aufgenommen. In einem Monat können wir der Öffentlichkeit eine neue längste Pizza der Welt kredenzen! Am Festtag von San Michele.«

Damit war der 29. September gemeint. Der Erzengel Michael war der Namenspatron des Ortes. Zu seinen Ehren gab es alljährlich ein großes Fest, an dem auch Don Alberto die Villa verließ, um mit seiner Familie an der Messe teilzunehmen.

Die Haushälterin erschien mit einem silbernen Servierwagen im Raum. Darauf befand sich ein Glas mit einer halbgefrorenen Flüssigkeit, die an Schnee erinnerte.

Auf einem Teller lag eine *Brioche*, ein feines Gebäck aus Hefeteig.

»Danke, Rosetta.« Peppino kostete von der *Granita*. Die sorbetähnliche eiskalte Süßspeise aus Zuckersirup und Zitronensaft war eine ideale Erfrischung an einem heißen Sommertag wie heute.

»Wir werden den Besuchern und den Vertretern der Medien einiges bieten, Don Alberto. Sie werden staunen über unsere Musikanten, unsere Sänger, unsere Tänzer. Es treten die besten Fahnenschwinger der Region auf. Die Kinder werden ein eigenes Lied einstudieren, das von den Genüssen der sizilianischen Küche erzählt. Wir liefern stimmige Bilder für die TV-Teams aus aller Welt. Der Höhepunkt wird sein, wenn wir am späten Nachmittag auf der Piazza vor der Kirche die Weltrekord-Pizza anschneiden, die sich quer durch den Ort, über den Strand bis zur Hafeneinfahrt zieht.«

Er hatte sich in Eifer geredet. Seine Wangen waren gerötet.

»Da werden die Neapolitaner große Augen machen!« Der Mann hinter dem Schreibtisch lachte, was nicht oft vorkam.

»Es wäre allen Pizzabäckern der Region und der Bevölkerung unserer Heimatgemeinde eine unaussprechliche Ehre, wenn Sie, Don Alberto, beim großen Vorhaben an unserer Seite stehen. Darf ich so vermessen sein, Sie zu bitten, als Ausdruck Ihrer Verbundenheit mit diesem Ort der Weltrekord-Pizza von San Michele di

Roccia die geschmackliche Krönung zu verleihen? Wir rollen den Teig aus, wir beträufeln mit Olivenöl, wir greifen zu Käse und Tomaten, aber Sie würzen!«

Ein kurzes Leuchten erschien in den Augen des Hausherrn. Er pflegte zwar schon seit Jahren das Patronatsfest bald nach dem Messebesuch zu verlassen, doch heuer würde er eine Ausnahme machen.

»Aber nicht mit Basilikum! Das vertrage ich nicht!«

Der kleine Mann auf dem Stuhl schüttelte den Kopf.

»Wo denken Sie hin, Don Alberto, selbstverständlich mit Oregano!«

»Aus deinem Anbau! Wie mir Luisa immer wieder versichert, gibt es im weiten Umkreis keinen besseren Oregano als deinen!«

Peppino musste schmunzeln. Er schätzte die Köchin dieses Hauses. Luisa hatte ihm schon öfter einen Rezepttipp gegeben, im Austausch mit Gewürzen aus seiner Produktion.

»Va bene!«, bestätigte der Patron noch einmal. »So machen wir es. Ilario wird den Bürgermeister anrufen, der soll sich um die Medienarbeit kümmern.«

Peppino fühlte sich entlassen. Er nahm seinen Hut und stand auf. Der Mann im breiten Stuhl vor dem Gemälde nickte anerkennend.

»Ich habe immer schon gesagt, du bist ein heller Kopf, Peppino. Du hast Grips in der Birne. Anders als dein störrischer Vater.«

Der kleine Mann deutete eine Verbeugung an. »Grazie mille für die wunderbare Granita, Don Alberto.«

Der Mafiaboss hob generös die Hand. »Wie geht es Gina und deinen Kindern?

Ich habe gehört, deine Tochter treibt sich im brasilianischen Urwald herum.«

Peppino setzte ein Lächeln auf. »Ja, Raffaela hat sich vor einem Jahr als Freiwillige für ein Naturschutzprojekt im Amazonasgebiet gemeldet. Und Domenico ist sehr fleißig an der Universität.«

»Ich hoffe, die beiden kommen auch zum Fest, genauso wie deine Frau.«

Wieder deutete der Pizzabäcker eine Verbeugung an. »Domenico hat es von Mailand ja nicht so weit, und Raffaela hat versprochen, extra heimzukommen.« Der Patron hatte nichts anderes erwartet. Das Fest von San Michele war für alle Familien des Ortes der Höhepunkt des Jahres. Das ließen auch die erwachsen gewordenen Kinder nicht aus. Selbst wenn sie sich inzwischen in den abgeschiedensten Regionen der Weltgeschichte herumtrieben. Zum San-Michele-Fest erschienen sie. Andernfalls hätten die betroffenen Familien eine üble Nachrede. Und das konnte sich keiner leisten.

Don Alberto lehnte sich zurück. Er würde sich genüsslich eine *Montecristo* anzünden. Sein Arzt hatte ihm zwar das Rauchen strikt verboten. Aber er wollte den Vormittag mit einer kubanischen Zigarre feiern. Der Besuch des Pizzabäckers hatte seine Laune gehoben. Die Weltrekordidee war genial! Er schnippte mit dem Finger. Der Bodyguard verschwand. Gleich darauf kehrte er mit einer Zigarrenkiste zurück.

Don Alberto würde die Zigarre genießen und vor dem Mittagessen noch wichtige Arbeiten erledigen. Die Welt hatte sich verändert. Sie war anders als vor über 30 Jahren, als er ins Geschäft eingestiegen war und bald halb Sizilien unter seiner Kontrolle hatte. Ihm behagte vieles nicht an den modernen Zuständen. Aber einen großen Vorteil hatte die digitale globalisierte Welt von heute: Er konnte seine Geschäfte vom Schreibtisch aus erledigen. Dazu brauchte er nur ein Notebook. Und gab es Probleme, dann hatte er genug Leute. Die klärten im Handumdrehen jede unliebsame Angelegenheit. Dazu musste der Patron schon längst nicht mehr selbst eingreifen.

Auch Peppinos Laune war blendend. Die Zusage des Patrons ließ sein Herz höher schlagen. Ihm blieben genau 30 Tage Zeit für die Vorbereitungen. Die grundlegenden organisatorischen Arbeiten hatte er längst erledigt. Die Neapolitaner hatten den Weltrekord mit rund 250 Pizzabäckern geschafft. So viel würde er auch aufbieten. Die wichtigsten Kollegen hatte er schon verständigt. Und die hatten sich bereit erklärt, ihre Kontakte zu nützen. Man würde die erforderliche Zahl an Helfern zusammenbekommen. »Aber mit Don Alberto reden, das musst du, Peppino!« Ohne die Einwilligung des mächtigsten Paten ging nichts im Süden von Sizilien.

Mit fünf Jahren hatte Peppino seine erste Pizza gebacken. *Salami* als Bestandteil ließ er sich von seinem Vater einreden. Aber statt der *funghi* wollte er lieber *pesche*. Pfirsiche aß er schon damals für sein Leben gern. Sein

Vater hatte nur gelacht und den Teig mit der eigenwilligen Kreation in den großen Ofen geschoben. Es schmeckte herrlich.

Für Peppino wäre nie etwas anderes infrage gekommen, als Pizzabäcker zu werden. Wie sein Vater. Und sein Großvater. Und die vielen Pizzabäcker der Familie Furbatore zuvor. Seit der ersten Klasse Volksschule hatte er in der Bäckerei ausgeholfen. Er war seinem Vater stets zur Hand gegangen, besonders als dieser wegen der steifen Finger nicht mehr jede Arbeit verrichten konnte. Wie viele Pizzateige hatte Peppino in seinem Leben schon geknetet? Er hatte nie nachgezählt. Die Zahl wird sicher in die Hunderttausende gehen, dachte er oft. Vielleicht sogar in die Millionen. Mit 25 hatte er das Familiengeschäft übernommen. Bald erweiterte er die Bäckerei um eine kleine Osteria. Im »La Volpe« hatte seine Frau Gina das Sagen. Er kümmerte sich vor allem um die Herstellung der verschiedenen Pizzakreationen und um den Anbau der Gewürze. Vor 15 Jahren hatte er ein sanft ansteigendes Grundstück erworben, am Ausläufer des Ibleigebirges. Sonnige Hänge mit kalkhaltigem Untergrund waren das ideale Territorium für Oregano. Dieses Gewürzkraut brauchte viel Platz. Nur so konnte es ungehindert seine stark wuchernden Zweige dem Sonnenlicht entgegenstrecken. Je mehr Freiraum der Pflanze gewährt wurde, um genügend Nährstoffe aus dem Boden zu ziehen, sie in Blüten und Blätter zu lenken, desto intensiver gestaltete sich das Aroma. So simpel war das Geheimnis, das hinter der besonderen

Qualität von Peppinos Oregano steckte: genügend Platz und die richtige Lage. Sein Oregano war wie Peppino selbst. Auch er brauchte Freiheit, um seine besten Eigenschaften zur Entfaltung zu bringen.

Seine Begeisterung für Oregano hatte er auch auf seine Kinder übertragen. Oft war er mit ihnen zu Sommerbeginn zum Grundstück geradelt. Dann hatten sie beobachtet, wie die Insekten die blühenden Rispen umschwirrten. Die Kinder waren jedes Mal aufs Neue erstaunt über die vielen Schmetterlinge und Bienen in einem wogenden Meer aus violetten Blüten.

Inzwischen waren die beiden erwachsen. Raffaela war 19, Domenico 20. Er freute sich auf seine Lieben. In drei Wochen würden er und Gina sie wieder in die Arme schließen können.

Die nächsten Tage waren ausgefüllt mit intensiven Vorbereitungen. Alles musste für den großen Tag passen: die enorme Menge an Zutaten, die Anzahl der Helfer, das richtige Timing. Allein die 1000 Tische zu transportieren und in einer Reihe auf einheitlichem Niveau aufzustellen, war eine logistische Herausforderung. Glück brauchten sie auch. Es durfte nicht regnen. Und sie brauchten sieben große eigens konstruierte Öfen.

Die Marketingabteilungen der Stadt und der Tourismus-Regionalverwaltung arbeiteten auf Hochtouren. Wenn Don Alberto befahl, dann rotierte das Räderwerk.

Rund 300 Medienleute hatten ihr Kommen zugesagt, darunter 31 Fernsehteams.

Eine Woche vor dem Ereignis trafen Peppinos Kinder ein. Domenico war mit der Bahn von Mailand nach Rom gefahren, hatte dort auf seine Schwester gewartet, die aus Manaus kam. Beide flogen dann gemeinsam nach Catania-Fontanarossa, dem Heimatflughafen im Süden Siziliens. Gina holte sie mit dem Auto ab. Der erste Weg führte die Geschwister zu ihrem Großvater. Giacomo Furbatore wohnte in der Nähe des Elternhauses. Es gab viel zu erzählen. Raffaela hatte ihren Großvater seit Weihnachten nicht gesehen, Domenico seit den Osterferien.

Dann war der große Tag da. San Michele di Roccia hatte sich für den Festtag fein herausgeputzt. Aus den Fenstern hingen Fahnen mit dem Stadtwappen. Straßen und Plätze waren mit prächtigen Blumengebilden geschmückt. Die Gärtnereien der Region hatten sich mit ihren fantasievollen Kreationen gegenseitig überboten. Zur Festmesse um acht Uhr morgens wurden die Flügeltüren des Hauptportals zur Piazza hin geöffnet. Die kleine Kirche konnte die Menge der Besucher nicht fassen. Hunderte Menschen nahmen außerhalb des Gebäudes am Gottesdienst teil. Nach der Messe hielten der Bürgermeister und der Regionalpräsident Reden auf der Ehrentribüne. Sie begrüßten das Schiedsrichter-Team der Guiness-Redaktion und die vielen Vertreter der internationalen Presse. Beide überboten sich in ihren Dankbarkeitsbezeugungen, dass Don Alberto Batrace als Ehrengast die Schirmherrschaft über den Weltrekordversuch übernommen hatte. Nach den Rednern sang ein Chor.

Eine Blaskapelle spielte eine Tarantella. Don Alberto zeigte sich mit seiner gesamten Familie. Die Enkelkinder fragten zum tausendsten Mal, ob sie später auch Oregano auf die Rekordpizza streuen durften. Der Patron begrüßte einige der wichtigsten Persönlichkeiten. Vier Bodyguards sicherten unauffällig nach allen Seiten. Dann steuerte er auf Peppino und dessen Familie zu. Er machte Gina ein Kompliment für ihr Kleid, erkundigte sich bei den Kindern nach deren Befinden. Domenico erzählte, dass ihm das Studium am Politecnico di Milano großen Spaß machte.

»Und du, Raffaela? Wie ergeht es dir mit den Wilden im südamerikanischen Urwald?«

»Man kann viel von ihnen lernen.«

»Sollte es nicht eher umgekehrt sein?«

»Es herrscht ein reger Austausch an Erfahrung und Fertigkeiten.«

Ein Fotograf näherte sich. Einer der Bodyguards hielt ihn auf. Don Alberto sah sich um. »Wo ist Giacomo?«

»Er hilft den Arbeitern, die Mehlsäcke abzuladen«, gab Gina Auskunft.

»Kann er das mit seiner Hand?«

Sie lächelte ihn an. »Mein Schwiegervater ist ein zäher Mann.«

Dann musste der Patron sich abwenden. Der Fotograf wollte unbedingt eine Bildserie mit Don Alberto Batrace und dessen Familie für den »Corriere della Sera« schießen.

Um Punkt zehn Uhr ertönte ein heftiger Knall. Die

alte Kanone an der Wehranlage gab den Startschuss für den Wettbewerb. Wenn alles nach Plan verlief, dann würde gegen 16 Uhr die längste Pizza der Welt auf der Strecke von der Piazza bis zur Hafeneinfahrt zum Verzehr bereit stehen.

Tausende säumten die Tischreihe, die sich wie eine gigantische Schlange vom Zentrum bis zum Ende des Strandes zog. Absperrgitter hielten die Schaulustigen auf Distanz, damit die 248 Köche ungehindert ans Werk gehen konnten. Peppino stand an der Spitze der Armada. Er übernahm die ersten zehn Meter der Pizzastrecke. Der Himmel meinte es gut mit ihnen. Ab und zu schob sich ein Wolkenband vor die Sonne, machte die spätsommerliche Hitze erträglicher. Die Medienleute fotografierten, interviewten, kommentierten, filmten. Die Helfer schleppten Kisten, reichten Zutaten, versorgten die Köche mit erfrischenden Getränken. Die Pizzabäcker kneteten und walkten Teig, verarbeiteten Tomaten, Pecorino und Oliven. Die Schaulustigen feuerten an, schossen Erinnerungsfotos. Die Musikanten flöteten, die Tänzerinnen stampften, die Tamorraspieler trommelten, was das Zeug hielt. Und Don Alberto, flankiert von seinen Enkelkindern, streute eifrig Oregano auf das immer länger werdende Band aus Teig und Zutaten. Die sieben Spezialöfen auf Rädern lieferten die passende Glut. Um exakt 16.07 Uhr meldete die Vorsitzende der Guiness-Schiedsrichterabteilung: »Congratulazione! Wir haben einen neuen Rekord. Zwei Kilometer und 18 Zentimeter! San Michele di Roccia hat mit heutigem Tag die längste Pizza der Welt!«

Die alte Kanone meldete sich mit einer Serie von Schüssen. Die Kirchenglocken läuteten. Die Menge tobte. Bewohner und Presseleute fielen einander um den Hals.

Die Musikanten holten das Letzte aus ihren Instrumenten, und Peppino wischte sich zufrieden den Schweiß von der Stirn.

Wohlgemut ist ein alter deutscher Name für Oregano. Das griechische Ursprungswort leitete sich von »*òros*", ab, von »Berg«. Origanum bedeutete so viel wie »Zierde der Berge«. Peppino wusste viel über sein Lieblingsgewürz. Und diese *Zierde* von seinem Grundstück bedeckte das Meisterwerk, das sie an diesem Nachmittag geschaffen hatten. Auch Don Alberto, der Mafiapatron der Region, hatte sich vom magischen Aroma betören lassen.

Gina reichte Peppino ein Glas *Cataratto*. Er trank es in einem Zug aus. Raffaela und Domenico erschienen auf der Piazza. Endlich! Ihre Gesichter leuchteten, sie nickten ihm zu. Er umarmte seine Kinder. Plötzlich stand Don Alberto neben ihnen. Er reichte Peppino die Hand, klopfte ihm auf die Schulter.

»Bravo, Peppino. Du darfst stolz sein auf deinen Mann, Gina. Er wird es noch weit bringen. Er hat nämlich Grips in der Birne.« Gina küsste ihren Mann auf den Mund. Ja, sie war stolz auf ihn. Und auf ihre Kinder. Sie hatten heute Großartiges geschafft.

In einer halben Stunde würden sie das Rekordstück anschneiden. Knapp sechs Tonnen Pizza würde für die riesige Menge der Schaulustigen reichen. Don Alberto versprach, noch bis Sonnenuntergang zu bleiben. An einem Jubeltag wie heute konnte man sich nicht schon am frühen Abend verabschieden. Auch er war in den vergangenen Wochen nicht untätig gewesen. Er hatte über Strohmänner Druck auf Immobilienfirmen gemacht, sich billig in Hotelketten eingekauft. Bald würde er die Tourismusbranche in großen Teilen Siziliens kontrollieren. Er hatte nicht umsonst in der Hitze der Septembersonne 35 Kilogramm Oreganokraut auf die Riesenpizza gestreut. Die dadurch gewonnene Publicity war es ihm wert für seine künftigen Geschäfte.

Die Sonne verschwand gegen halb acht. Der Patron wartete noch, bis es endgültig dunkel wurde. Dann ließ er sich und seine Familie von der Garde seiner Leibwächter zu den abgestellten Autos eskortieren. Kurz vor 21 Uhr erreichten sie das Anwesen. Don Alberto staunte nicht schlecht, als sie von einer Spezialeinheit der Carabinieri erwartet wurden. 20 Mann mit Maschinenpistolen umringten die Ankommenden. In ihrer Mitte erkannte der Patron den leitenden Oberstaatsanwalt des Anti-Mafia-Pools aus Palermo. Der zeigte ihm einen Haftbefehl. Don Alberto erteilte seiner Frau die Weisung, auf der Stelle seine Rechtsanwälte über die Verhaftung zu informieren. Er gedachte, keine Sekunde in einer Untersuchungszelle zu verbringen. Er wollte jedoch an Ort und Stelle keinen Widerstand leisten. Er bat den Staatsanwalt, ein paar persönliche Sachen aus dem Haus holen zu dürfen. Der Jurist willigte ein. Zwei der schwerbewaffneten Polizisten begleiteten ihn. Im Arbeitszimmer blieb er in der geöffneten Tür stehen. Er starrte auf die Wand hinter dem Schreibtisch. Dann griff er sich an die Brust. Ihm wurde übel. Die Wand war leer. Nur einen hellen Fleck konnte man darauf erkennen. Dort hing bis zum heutigen Morgen sein Velázquez. Doch der »Mandolinenspieler« war weg.

Die Uhr der Pfarrkirche San Michele schlug elf. Giacomo Furbatore öffnete die Tür seiner Wohnung, ließ seine Familie herein.

»Buona sera, nonno!« Die Geschwister umarmten ihren Großvater. Gina küsste ihn auf die Wange und verschwand in der Küche. Peppino drückte seinen Vater an sich, hielt ihn lange.

»Tanti auguri, padre! Alles Gute zum Geburtstag.« Giacomo Furbatore war vor 70 Jahren auf die Welt gekommen, am Festtag des Erzengels Michael, dem Namenspatron des Ortes. Die Familie hatte vereinbart, spätabends den Geburtstag des Jubilars zu feiern. Zum krönenden Abschluss des gelungenen Manövers »Unternehmen Oregano«.

Peppino drückte seinem Vater ein großes Paket in die Hand.

»Das gehört zu deinem Geburtstagsgeschenk. Ich habe dir vor 30 Jahren etwas versprochen. Heute konnte ich es einlösen.«

Die Augen des alten Mannes wurden nass. Sein Gesicht zeigte Spuren von Wind und Wetter, von harter Arbeit und dem Kummer vieler Jahre. Er schaute seinen Sohn an. Er dachte an den elfjährigen Peppino. Er sah wieder den kleinen Jungen, dem die Tränen über die Wangen strömten. Und der mit zusammengebissenen Zähnen hervorpresste: »Dafür wird er eines Tages büßen! Das schwöre ich dir!«

Peppino wurde erwachsen. Giacomo machte sich oft Sorgen. Er hoffte inständig, sein Sohn bliebe vernünftig, würde seinen aus dem Schmerz des Augenblicks geborenen kindlichen Schwur vergessen. Und es sah all die Jahre über auch so aus.

»Mach es auf, Papa.«

Der alte Mann schnitt die Schnur entzwei, wickelte die Stoffhülle ab, die um das Paket geschlagen war. Zum Vorschein kam ein Bild. Es zeigte einen Mann in der höfischen Tracht des 17. Jahrhunderts. Er stand neben einer Säule und spielte Mandoline.

»Ihr habt es tatsächlich entwendet?« Der alte Mann schaute erstaunt. »Ihr könnt euch doch nicht mit denen anlegen!« Seine Miene wurde betrübt.

»Mach dir keine Sorgen, nonno. Es wird nichts passieren.« Domenico holte eine Weinflasche aus dem mitgebrachten Korb und stellte sie auf den Tisch.

»Unser Geschenk kann niemals ausgleichen, was er dir angetan hat, Papa. Aber es tut gut zu wissen, dass er etwas verloren hat, das ihm Freude machte, und dass er endlich büßen muss.«

Die schrecklichen Bilder hatten Peppino bis in den Schlaf verfolgt. Anfangs nahezu jede Nacht. Manchmal träumte auch der Erwachsene noch davon, schreckte im Bett hoch, schweißüberströmt. Er sieht sie kommen. Es ist ein Nachmittag, draußen schien die Sonne. Sie sind zu viert, an der Spitze der junge Alberto. Von dem sagt man, er würde bald zum großen Boss aufsteigen. Sie fordern Geld. Giacomo soll endlich die Schutzgebühr zahlen so wie alle. Der Vater weigert sich. Da pressen sie seine linke Hand auf den Tisch und schlagen mit einem Hammer zu. Der Elfährige hört die Knochen krachen, sieht das Blut spritzen. Aber das Schlimmste sind die Schreie. Die vier lachen nur und hauen ab. Einen ganzen Monat liegt der Vater im Krankenhaus. Die Ärzte retten die Hand, sie muss nicht amputiert werden. Aber die Finger bleiben steif, für immer gelähmt. Nach drei Monaten kann der Vater wieder arbeiten. Peppino hilft ihm, so oft es die Schule zulässt. Er arbeitet mit doppeltem Eifer. Der Hammer hat nicht nur die Hand des Vaters getroffen. Es war ein Schlag tief in die Seele. Giacomos Freude war seit jeher das Mandolinenspiel. Schon als Kind war er der eifrigste Schüler. Als junger Mann musizierte er bei Festen und Tanzvergnügungen, in der Kirche und im Freundeskreis. Pizzabacken war sein täglich Brot, damit fristete er sein Einkommen. Aber Mandolinespielen war Nahrung für seine Freude, sein Gemüt, sein Lebensglück.

»Mit dem Manolinenspiel habe ich auch deine Mutter bezirzt! Sonst hätte sie nicht mich, sondern den Schuster genommen!«, hatte er immer wieder gescherzt. Und die Mutter hatte bestätigt, dass Giacomos Werben mit der Mandoline tatsächlich ihr Herz berührt hatte. Mit den gelähmten Fingern konnte er nie wieder Mandolinensaiten erklingen lassen.

»Nein«, sagte der alte Mann mit dem Bild in der Hand. »Was passiert ist, kann man nicht ungeschehen machen.« Er räumte eine der hüfthohen Kommoden frei, stellte das Gemälde darauf und lehnte es an die Wand.

»Aber der Anblick des Musikantenkumpels in meiner Wohnung macht mir zumindest Freude.«

Er nahm ein Weinglas und prostete seiner Familie zu. Dann wandte er sich an die Enkelkinder.

»Wollt ihr mir erzählen, was passiert ist?«

Sie setzten sich an den Tisch.

»Im Grund war es leichter als wir dachten«, begann Raffaela. »Don Alberto hat nur zwei Wachen zurückgelassen. Sie waren auf der Terrasse am Swimmingpool.«

Sie griff in ihre Handasche und zog einen kleinen Pfeil hervor. »Die indigenen Bewohner, die mit uns beim Naturschutzprojekt zusammenarbeiten, gehören zu den Yanomami. Das Wort bedeutet schlicht und einfach ›Menschen‹. Viele von ihnen sind immer noch geschickte Jäger. Sie haben mir den Umgang mit dem Blasrohr beigebracht.«

Sie hob den kleinen Pfeil hoch. »Das Gift für die Pfeilspitzen gewinnen meine Amazonasfreunde aus bestimmten Lianenarten.« Sie schaute auf die Uhr. »Inzwischen dürften die beiden Bodyguards am Swimmingpool wieder aus ihrer Betäubung erwacht sein. Die Schlüsselkarten fürs Haus haben wir ihnen wieder in die Taschen gesteckt.«

Giacomo schaute mit Bewunderung auf seine Enkel-
tochter. »Bist du deshalb im vergangenen Sommer nach
Südamerika aufgebrochen, um die Jagd mit Blasrohren
zu erlernen?«

Raffaela lachte. »Aber ein, nonno. Als ich zu Weihnachten hier war, erzählte ich von der Blasrohrtechnik,
die ich kennengelernt hatte. Domenico berichtete gleichzeitig, er wäre bald soweit mit seiner Spezialsoftware.
Da reifte in Papas Kopf der große Plan.«

»Was für eine Software?«

Domenico stellte sein Glas nieder. »Du weißt, Großvater, dass ich am Politecnico in Milano Kommunika-
tionstechnologie studiere. Wir beschäftigen uns vor
allem mit Computersicherheit. Einige meiner Kollegen
kommen aus der Hackerszene. Sie haben mir geholfen,
ein Programm zur Dechiffrierung von Passwörtern zu
entwickeln. Wir fanden Don Albertos Notebook im
Arbeitszimmer. Um die Datenzentrale eines Mafiabos-
ses zu überwinden, hätte ich mir eigentlich mehr Widerstand in den Programmen erwartet. Aber meine Software schaffte es, sämtliche Sicherheitscodes innerhalb
einer Stunde zu knacken.«

Er griff in seine Jackentasche und legte einen recht-
eckigen schwarzen Gegenstand auf den Tisch. »Das
ist eine externe Festplatte, Speicherkapazität ein Tera-
byte. Da ist alles drauf. Die wichtigsten Daten hat heute
Nachmittag auch die Anti-Mafia-Staatsanwaltschaft in
Palermo erhalten.« Er lächelte. »Falls Don Alberto herauszufinden versucht, wer die Daten an die Justiz weiter-

gegeben hat, wird er staunen. Sie sind von seinem Computer aus seinem Büro geschickt worden.«

Der alte Mann schüttelte den Kopf. »Was für eine raffinierte Brut habe ich da in meiner Familie herangezogen!« Er drückte erst Raffaela an sich, dann seinen Enkelsohn.

»Wie viel wird er bekommen?«

Domenico zuckte mit den Schultern. »Schwer zu sagen. Toto Riina bekam damals lebenslänglich, sogar mehrmals. Don Alberto hat auch ziemlich viel Dreck am Stecken. Also 20 Jahre wird er schon ausfassen. Vielleicht auch mehr.«

Der alte Mann schaute auf seinen Sohn. »Und das alles hast du dir ausgedacht? Warum hast du mir nichts davon gesagt?«

Peppino hob das Glas. »Du weißt, warum.«

Giacomo nickte. »Ja, ich hätte versucht, es dir auszureden. Einen derartigen Rummel um einen idiotischen Pizzaweltrekord zu inszenieren, war wohl der einzige Weg, Don Alberto für längere Zeit aus dem Haus zu locken.«

Peppino nickte. Der Aufwand hatte sich gelohnt. Das Schlimmste war, dem Mafiaboss in aller Unterwürfigkeit entgegenzutreten. Ihm in den Arsch zu kriechen. Begeisterung vorzuheucheln, statt ihm voll Ekel ins Gesicht zu spucken. Aber er musste seine Rolle perfekt spielen. Den Neapolitanern den Weltrekord wegzuschnappen – mit dieser Aussicht würde er ihm auf den Leim gehen! Davon war Peppino von Anfang an überzeugt gewesen. Mit Speck fängt man Mäuse, und mit Befriedigung der Eitelkeit sogar Unterweltcapos.

»So, genug gequatscht. Jetzt wird gefeiert.« Gina erschien aus der Küche und stellte eine dampfende Schüssel mit Nudeln auf den Tisch.

»Oh, pasta alla Norma!«, jubelte Raffaela. Sie liebte diese Mischung aus Makkaroni, Melanzane, Tomaten und Schafskäse. Für gewöhnlich gab man bei diesem typischen sizilianischen Gericht Basilikum in die Soße. Aber in der Familie Furbatore bevorzugte man Oregano. Peppino kostete, genoss den Geschmack der frisch verarbeiteten Blätter.

Im Mittelalter galt Oregano als beliebte Abwehrpflanze. Dem magischen Kraut schrieb man Schutz vor jeglicher Form des Bösen zu. Peppino hob das Glas. Er dachte an sein Grundstück mit den duftenden Pflanzen, deren Blätter heute auf der Rekordpizza gelandet waren. Offenbar half Oregano nicht nur gegen altertümliche Hexen, Teufel, und Dämonen. Man konnte ihn auch gegen skrupellose Mafiabosse einsetzen, um sie in die Knie zu zwingen.

»Salute!« Die anderen hoben ebenfalls die Gläser. »Lasst uns auf Papas Wohl trinken!« Es wurde noch ein fröhliches Fest bis in die Morgenstunden.

Mehr als einmal wurde auch der alte Mandolinenspieler auf dem Gemälde in die Trinksprüche mit einbezogen.

Petersilie, *Petroselinum crispum*, auch: *Bockskraut, Geilwurz, Peterle, Silk*
Gehört zu den bekanntesten Küchenkräutern; der Name bedeutet etymologisch so viel wie *Steinsellerie.*
In der Antike wurden Siegern von Wettkämpfen Kränze aus Petersilie überreicht.
Heilwirkung: gegen Frühjahrsmüdigkeit (belebend hoher Vitamin-C-Anteil), förderlich für Niere, Blase u.a.

PETERSILIE

Das ist die Geschichte einer jungen Frau, die auszog das Fürchten zu lernen. Doch sie wusste nichts davon. Anders als im Märchen der Brüder Grimm, in dem der jüngste Sohn sich mit der Absicht aufmachte, freiwillig das Gruseln zu erkunden, war der Beweggrund unserer Heldin, fortzugehen, ein anderer. Sie machte sich auf die Suche nach einem nahen Verwandten, und lernte dabei das Grauen kennen.

Für Nelly begann alles damit, dass sie eines Tages ein Bild zugeschickt bekam.

Doch in Wahrheit hatte die Geschichte schon viel früher begonnen.

Das Bild langte via Messaging-Dienst auf Nellys Handy ein. Es zeigte ein altes Haus. Dem Foto war eine Nachricht ihres Onkels angefügt. Darüber freute sich Nelly, umso mehr, da der Onkel versprach, sie bald zu besuchen. Doch er kam nicht. Nach Wochen vergeblichen Wartens fasste die junge Frau den Entschluss, sich auf den Weg zu machen, um ihren Onkel zu suchen. Und wie im Märchen war auch für Nelly die Reise lang und beschwerlich, bis sie ans Ziel kam. Gute Geister mussten ihr beistehen. Einer sogar in Gestalt eines freundlichen, in die Jahre gekommenen Immobilienhändlers. Und so kam es, dass die junge Frau, Wochen nach ihrer Abreise, tatsächlich vor einem sehr alten Haus stand.

Konnte das tatsächlich das gesuchte Haus sein? Man kann sich vorstellen, dass das Herz der jungen Frau beim Anblick des Gebäudes anfing, schneller zu schlagen. War sie endlich am Ende ihrer langen Suche angekommen? Der Novembernebel zog einen düsteren Vorhang über das Anwesen und trübte ihr den Blick. Die Konturen des alten Hauses verschwammen wie hinter einer feuchten grauen Folie. Nelly zog, wie schon oft auf dieser Reise, ihr Handy aus der Tasche. Sie öffnete die Fotodatei. Das Bild auf dem Screen zeigte ein von Kletterpflanzen über- wuchertes Gebäude. Auf die Dachschindeln des alten Turms fiel helles Licht, festgehalten an einem sonnigen Septembertag. Aber es bestand kein Zweifel. Das von dichten Nebelschleiern umhüllte Haus, das sie durch die Gitterstäbe des verrosteten Eingangstores ausmachte, war zweifellos dasselbe wir auf dem Foto! Ihre Augen wur- den feucht. Endlich! In den vergangenen Wochen hatte sie viele Phasen der Verzweiflung durchgestanden, in denen sie nahe daran war, aufzugeben. Aber jetzt stand sie hier! Sie steckte das Handy ein, presste ihr Gesicht zwischen die Gitterstäbe, um mehr von der Umgebung hinter dem Gartentor zu erkennen. Der Nebel reichte bis zum Boden. Ihre Augen streiften über das Grund- stück, versuchten, etwas hinter dem grauen Vorhang zu erkennen. Sie erschrak. War das ein Galgen? Ein dump- fes Gefühl kroch durch ihren Magen. An welch seltsa- men Ort war sie hier geraten? Und die dunklen Flecken, die sich in Bodennähe bewegten? Waren das Tiere? Ihr Blick huschte zurück zum Haus. Der Eingang war nun vollends vom Nebel verhüllt. Wer mochte hier wohnen? Sie suchte am verwitterten Torpfeiler nach einer Klingel. Sie konnte keine finden. Vorsichtig drückte sie den schweren Riegel nach unten. Verschlossen. Das Tor ließ sich nicht aufdrücken.

»Hallo! Ist da jemand?« Sie erschrak. Zwei dunkle Schatten jagten auf sie zu. Ein eigenartiges Knattern war zu vernehmen, dann ein Krächzen. Die Schatten stoben über die Gartenmauer und wurden in der nächsten Sekunde wieder vom Nebel verschluckt. Ihr Herz pochte wie wild. Waren das Fledermäuse? Wohl eher Krähen.

Zumindest hatte sie jetzt eine plausible Erklärung für die dunklen Flecken, die sie vorhin ausgemacht hatte.

»Entschuldigung! Ist jemand im Haus?«

Keine Antwort. Sie wartete noch eine Weile. Der Nebel war inzwischen so dicht geworden, dass selbst der Umriss des Turms kaum mehr zu erkennen war. Sie fror. Die Kälte kroch in ihre Knochen. Sie würde es morgen erneut versuchen. Sie kehrte zurück zum Wagen. Sie erinnerte sich, vorhin an einem Hinweisschild zu einer Pension vorbeigefahren zu sein. Vielleicht konnte sie dort übernachten.

Wir sehen Nelly durch den dichten Nebel fahren, langsam, um das Schild nicht zu verpassen. Auch wenn sie niemanden angetroffen hatte, fühlte sie sich dennoch in guter Stimmung. Sie hatte das Haus gefunden! Alles, was ihr für die Suche zur Verfügung stand, war das Bild, das ihr Onkel Hermann geschickt hatte.

– *Hallo Nelly. Denkst noch manchmal an die Gruselgeschichten, die ich dir früher immer erzählen musste? Von Geistern, Hexen, Zauberern und Schlossgespenstern … Schau, was ich entdeckt habe. Sieht der alte Kasten nicht aus wie ein richtiges Hexenhaus?*

An die Nachricht waren ein Smiley angefügt und ein grinsender Totenkopf. Sie hatte sofort zurückgeschrieben.

– *Oh ja! Toll! Wo hast du es entdeckt?*

Onkel Hermanns Antwort war prompt gekommen.

– *Das erzähle ich dir, wenn ich dich das nächste Mal besuche.*

– *Wann?*

– *In zwei Wochen.*

– *Wunderbar, das freut mich!*

Aber er war nicht gekommen. Sie hatte ein paar Tage gewartet, ihm dann eine weitere Nachricht geschickt. Es kam keine Antwort. Nicht nach drei Wochen, nicht nach vier. Keine Reaktion auf ihre wiederholten Mitteilungen. Bei ihren Anrufen meldete sich nur die Mobilbox. War Onkel Hermann etwas zugestoßen?

Zuerst wandte sie sich an die Polizei. Sie konnte wenig Auskunft über die Gewohnheiten ihres Onkels bieten. In den vergangenen drei Jahren hatten sie sich kaum gesehen. Wenn sie die Anzahl der Begegnungen zusammenzählte, kam sie auf vier. Der junge Beamte hatte ihre

Angaben pflichtbewusst aufgenommen. Aber sie hatte nicht den Eindruck, also würde die Polizei augenblicklich alle Hebel in Bewegung setzen, um Onkel Hermann zu finden. Am Beginn der fünften Woche beschloss sie, sich selbst auf die Suche zu machen. Ein Tapetenwechsel würde ihr guttun. Die letzten Wochen waren nicht leicht gewesen. Sie hatte endlich mit Konstantin Schluss gemacht, auf keine seiner kindischen Wutausbrüche mehr reagiert. Die Quälerei hatte sich drei Jahre lang hingezogen. Sie hatte ihren Job gekündigt, zwei Wochen, bevor das Callcenter in Konkurs ging.

Sie hatte sich beim Arbeitsamt für eine Umschulung beworben. Laborassistentin war schon gleich nach der Schule ihr Berufswunsch gewesen. Damals hatte sie die Ausbildung leider abgebrochen. Sie hatte eine Flasche Sekt aufgemacht, als die Zusage vom Arbeitsamt eintraf. Der Kurs würde im Jänner beginnen. Es blieb ihr also genug Zeit, um nach Onkel Hermanns Verbleib zu forschen.

Onkel Hermann war der einzige Bruder ihrer Mutter. Er kam oft zu Besuch. Und er konnte wunderbar gruselige Geschichten erzählen. Nelly hatte schon immer Geschichten gemocht, in denen sich Hexen, Zauberer und Gespenster herumtrieben, die in verborgenen Gemäuern spukten. Sie wollte auch immer alles über die alten Häuser, über die gruseligen Schauplätze der Geschichten wissen. Onkel Hermann verstand es, die Beschreibungen besonders fantasievoll auszuschmücken. Jedes Haus in seinen Erzählungen hatte einen besonderen Giebel, keines dasselbe Dach. Türen und Fenster waren verwunschen, man konnte sie nur mithilfe eines Zauberspruchs öffnen. Und Türme wurden lebendig, entpuppten sich als hilfreiche Freunde oder bedrohliche Riesen, je nachdem, mit welchem Fluch sie belegt waren.

Und jetzt hatte er ihr ein Bild von einem ›Hexenhaus‹ geschickt. Ein Fingerzeig?

Sie begann ihre Suche, indem sie im Internet recherchierte, welche Immobilienfirmen sich auf alte Häuser spezialisierten. Irgendwo musste sie ja anfangen. Sie kontaktiere verschiedene Maklerbüros erklärte gefühlte tausend Mal, dass sie nicht ein Haus suchte, das jenem auf dem Foto ähnlich war. Sie wollte genau dieses Haus finden. Viele der angebotenen Häuser gefielen ihr zwar, würden sich prächtig als Kulisse für Gruselmärchen oder Fantasyabenteuer eignen, aber keines entsprach dem Bild. Oft dachte sie daran, aufzugeben. Die Spitze einer Nadel in einem Heuhaufen auf einem Fußballfeld zu finden, erschien ihr um einiges leichter. Doch dann bekam sie nach einer Woche einen Anruf. *Immobilien Maximilian Gutfeld.* Der Chef persönlich meldete sich, ein freundlicher älterer Herr. So hatte Nelly sich immer in ihrer Kindheit die gütigen Könige im Märchen vorgestellt, die mit ruhiger, tiefer Stimme sprachen.

»Hören Sie, junge Dame. Ich glaube, mich an dieses Haus zu erinnern. Zumindest an eines mit großer Ähnlichkeit. Das ist gewiss 20 Jahre her. Es lag irgendwo nahe der tschechischen Grenze, wenn mich mein auch schon leicht betagtes Gedächtnis nicht täuscht. Spiegelau, Grafenau, vielleicht auch Neureichenau. Ich habe schon Auftrag erteilt, nachzusehen, aber wir haben keine Unterlagen mehr aus dieser Zeit.«

Sie bedankte sich artig. Sie machte sich sofort auf den Weg. Zwei Wochen lang lenkte sie ihren alten Fiat Cinquecento über kurvenreiche Straßen im Bayerischen Wald. Sie tingelte von Erholungsort zu Erholungsort, von Marktgemeinde zu Marktgemeinde, von abgelegenem Nest zu abgelegenem Nest. Es war schlussendlich nicht Spiegelau oder Grafenau, auch nicht Neureichenau, wie der alte Immobilienkönig vermutet hatte. Es war Trappenau. Dort hatte sie endlich im dichten Novembernebel das Haus entdeckt. Wir sehen Nelly abbremsen. Beinahe wäre sie am Hinweisschild vorbeigefahren. Sie legte den Rückwärtsgang ein, setzte den Fiat zurück, nahm die Abzweigung. *Pension Luna.* Sie folgte dem schmalen Weg, der sie durch den Wald führte.

Nach drei Minuten war sie am Ziel. Die Haustür des kleinen Gebäudes leuchtete. Die Nachmittagssonne schickte ein paar wärmende Strahlen durch die sich auflösenden Nebelbänke. Nelly fasste es als Zeichen des Himmels auf, dass das öde Grau blasser wurde, und die Sonne die Welt ringsum freundlicher erscheinen ließ. Das schmucke kleine Haus gefiel ihr auf Anhieb. Der Balkon war aus hellem Holz, die Fensterbalken mit den Herzen erinnerten sie an die Farbe von Erdbeeren. Auch der Garten, der sich rechts des Hauses bis zu den Bäumen zog, war ein erfreulicher Anblick. Sie sah Gemüsebeete und Sträucher. Einige blühten sogar. Eine weißhaarige Frau im dunklen Wollkleid kam aus dem Garten und verschwand im Eingang des Hotels. Nelly schnappte sich den kleineren ihrer Koffer und folgte ihr. Sie entdeckte die Frau an der Rezeption, sie steckte blühende Zweige in eine Vase.

»Guten Tag. Die sind aber schön. Ich wusste gar nicht, dass im November noch Sträucher im Freien blühen.«

Die alte Frau blickte auf. Freundliche Augen hinter runden Brillengläsern wurden sichtbar.

»Das ist eine Hamamelisart. Weil sie zum Erstaunen vieler Menschen auch im Winter blüht, nennt man sie auch *Zaubernuss*. Die Engländer sagen *Witch Hazel* dazu, *Hexenhasel*.«

Die Bezeichnung gefiel Nelly. Das passte zu den Geschichten ihrer Kindheit. Auch wenn eine *Hexenhasel* dem Namen nach vielleicht besser in die Umgebung des seltsamen Hauses gehörte, vor dem sie vorhin gestanden war. Die Blütenfäden der Zaubernuss in der Vase hatten jedoch nichts hexenhaft Bedrohliches. Sie schimmerten goldfarben und passten gut in das einladende Ambiente dieses freundlichen Hauses.

»Ich suche ein Zimmer. Haben Sie eines frei?«

Die alte Frau kam hinter der Rezeption hervor.

»Junge Dame, selbstverständlich geben wir Ihnen gerne ein Zimmer in unserer Pension. Aber ich weiß nicht so recht, ob unser bescheidenes Haus Ihren Bedürfnissen entspricht. Vielleicht möchten Sie sich lieber nach einer Unterkunft mit mehr Komfort und Verwöhnangebot umsehen. Da könnte ich Ihnen guten

Gewissens das Sporthotel »Trenger« empfehlen. Mit einer *Wellnessoase,* wie man heutzutage sagt. Dort gibt es auch Tennis- und Reithalle.«

»Aber liebe Frau Zilber, verscheuchen Sie doch die junge Dame nicht. Wer braucht schon eine Reithalle? Ein wenig frisches Blut zwischen uns älteren Semestern würde ganz guttun.«

Nelly sah eine kleine Frau im Kostüm auf sie zukommen, mit grauen Strähnen im kastanienbraunen Haar. Die guten Feen in Onkel Hermanns Geschichten, die am Ende stets die bösen Unholde besiegten, hatten auch immer kastanienbraunes Haar. Nelly schätzte die aparte Erscheinung vor ihr auf Anfang 60.

»Hadelinde Sommer«, stellte sich die Dame vor. »Ich bin schon fast drei Wochen hier. Und bis auf die Tatsache, dass ich anfange, allmählich Winterspeck anzusetzen, fühle ich mich hier pudelwohl.« Sie strich mit einem schelmischen Lächeln über die Wölbung ihrer Hüften. »Unsere gute Frau Zilber ist einfach eine fabelhafte Köchin.« Die weißhaarige Frau bekam rote Wangen. Es war ihr anzusehen, dass sie dieses Lob ein wenig verlegen machte.

Nelly beteuerte eifrig, dass sie nur vorhabe, zwei, vielleicht drei Tage zu bleiben, dass ihr das Haus schon von außen gut gefallen habe, und sie gern ein Zimmer hätte.

»Das freut mich, dann heiße ich Sie herzlich willkommen bei uns.« Frau Zilber reichte ihr das Anmeldeformular und den Schlüssel.

Nellys Zimmer lag im ersten Stock. Die Einrichtung war schlicht, aber geschmackvoll. Durch das Fenster konnte sie einen Teil des Gartens einsehen. Die Sonne hatte offenbar nur Nellys Ankunft mit ihren Strahlen erhellt. Jetzt hingen wieder Nebelfetzen über den Sträuchern. Die gelben Blüten an den Zweigen der Zaubernuss schimmerten wie kleine Sterne in einer milchigen Suppe. Nelly packte ihre Sachen aus und stellte sich unter die Dusche. Sie zog sich an, wählte einen dickeren Pullover. Dann begab sie sich nach unten.

Hinter der Rezeption entdeckte sie einen Mann, groß gewachsen, in leicht verkrümmter Haltung. Der weißhaarige Kopf zeigte kahle Stellen. Auch seine Stimme war angenehm, ähnlich jener des freundlichen Immobilienkönigs.

»Arvid Zilber. Meine Frau hat mir schon erzählt, dass wir jetzt eine hübsche junge Dame in unserem Haus beherbergen.«

Er schob seinen Körper hinter dem Tresen der Rezeption hervor und gab ihr die Hand. Mit der Linken stützte er sich auf einen Stock.

»Wenn der Nebel aufzieht, dann spüre ich immer meine Hüfte. Heute ist es besonders schlimm.« Er lachte. »Entschuldigen Sie, alte Leute müssen dauernd über ihre Wehwehchen reden. Da kann sich eine junge Dame wie Sie nur verwundert zeigen.«

»Naja, so jung auch wieder nicht«, entgegnete Nelly. »Immerhin seit dem Frühjahr schon 30.«

Er winkte lachend an. »An meinen Dreißiger kann

ich mich nicht einmal mehr erinnern.« Er humpelte auf ein Sofa zu, das in der kleinen Lounge neben dem Treppenaufgang stand. Ächzend nahm er Platz, streckte das linke Bein aus.

»Was führt Sie in unsere Gegend, wenn man fragen darf? Zum Wandern ist es nicht mehr die allerbeste Zeit.«

Nelly setzte sich auf den Plüschstuhl gegenüber dem Sofa und erzählte vom Grund ihrer Reise. Sie habe lange ein ganz bestimmtes Haus gesucht und es jetzt endlich gefunden.

Sie zeigte ihm das Bild auf dem Handy.

»Dieses Haus liegt ja nicht weit von hier. Sie werden es ganz sicher kennen.«

Er betrachtete das Bild.

»Natürlich kenne ich es.«

»Wissen Sie, wer dort wohnt?«

Der alte Mann nickte. »Ja, der Besitzer heißt Richard Ostrotny.«

»Ich war vorhin dort«, schildete Nelly ihre erste Begegnung mit dem alten Haus.»Das Gartentor ist verschlossen. Auf mein Rufen hat sich niemand gemeldet. Der Besitzer war wohl nicht zu Hause.«

»Das kann man nicht genau sagen. Sie müssen wissen, junge Frau, Herr Ostrotny ist ein Eigenbrötler, lebt sehr zurückgezogen. Man bekommt ihn kaum zu Gesicht. Vielleicht war er zu Hause, wollte aber nicht gestört werden. Darf man fragen, was Sie von ihm wollen?«

Nun erzählte Nelly von ihrem Onkel und dass er ihr ein Foto von diesem Haus geschickt hatte. »Und obwohl er ankündigte, mich zu besuchen, ist er nicht gekommen. Seit zwei Monaten habe ich kein Lebenszeichen mehr.« Ein wenig wurden ihre Augen feucht. Ihr Onkel war vor dem Haus gestanden, das, wie sie eben erfahren hatte, einem gewissen Herrn Ostrotny gehörte. Er hatte ein Foto gemacht und gleich darauf war er verschwunden. Sie wischte sich kurz mit der Hand über die Augen.

»Wenn mein Onkel hier ganz in der Nähe dieses Haus fotografierte, dann haben Sie ihn vielleicht gesehen.«

Sie öffnete eine weitere Fotodatei auf ihrem Telefon, suchte das Bild, das sie an Onkel Hermanns Geburtstag vor drei Jahren aufgenommen hatte. Herr Zilber betrachtete es aufmerksam. Sein Kopf begann langsam hin und her zu wiegen.

»Ja. Wenn mich nicht alles täuscht, hatten wir diesen Herrn sogar als Gast in unserem Hause.« Nellys Herz hüpfte. Die Sonne wusste schon, warum sie ausgerechnet dieses Haus bei ihrer Ankunft hell erstrahlen ließ.

»Ich bin mir nicht ganz sicher, aber wir können das gleich überprüfen.«

Er richtete sich auf.

»Ruth!«

Auf seinen Ruf hin erschien die weißhaarige Frau, die Nelly empfangen hatte. Sie trug eine Schürze umgebunden.

»Ja, Arvid. Was kann ich für dich tun? Aber fass dich bitte kurz, mein Lieber, ich bin beim Gemüseputzen.«

Er zeigte ihr das Bild auf dem Handy. »Das ist der Onkel der jungen Dame. War der Herr nicht hier bei uns?«

Sie nickte. »Ja, das muss so Anfang September gewesen sein. Wie ist der Name Ihres Onkels?«

»Hermann Gräutner.«

»Ja, ich kann mich an den Namen erinnern. Einen Moment …« Sie eilte zur Rezeption, blätterte in einem Buch.

»Das ist unser Computer«, zwinkerte der alte Mann Nelly zu. »Ein Buch mit 100 Seiten.«

»Ja«, rief die alte Frau hinter der Rezeption. »Hermann Gräutner. Angekommen am 7. September, abgereist am 11.«

11. September, das war einen Tag, nachdem Nelly das Bild erhalten hatte.

»Was hat mein Onkel hier gemacht?«

Ruth Zilber kam zurück. »Das weiß ich leider nicht. Er war viel unterwegs. Hier in der Gegend kann man ja schön wandern. Wir haben ihn selten gesehen. Soviel ich mich erinnere, immer nur zum Frühstück.«

Schade, dachte Nelly, dass die freundliche Frau nicht mehr über Onkel Hermanns Aufenthalt wusste. Aber immerhin hatte sie endlich eine Spur. Frau Zilber war wieder in der Küche verschwunden.

»Sind noch Gäste hier, die schon Anfang September in Ihrem Haus waren?«

Der Hausherr bedauerte. So lange blieben die Leute selten.

»Außer Ihnen haben wir derzeit drei Gäste. Die sind alle viel später angekommen.«

Es wurde Abend. Wir sehen Nelly die mit ockerfarbenem Teppich überzogenen Treppenstufen hinuntersteigen. Im Speisezimmer ist für vier Personen gedeckt. Auf den Tischen stehen kleine Vasen mit blühenden Zaubernusszweigen.

»Möchten Sie sich nicht zu mir setzen? Dann könnten wir uns nett unterhalten.«

Auch das Lächeln der Frau mit dem kastanienbraunen Haar erinnerte Nelly an die hilfreichen Feen aus Onkel Hermanns Geschichte. Sie hatte das helle Kostüm gegen eine Hose mit bequemer Bluse getauscht.

»Gern«, sagte Nelly, nahm ihr Gedeck auf und setzte sich zu der Frau, deren Name Hadelinde Sommer war, wie sie sich erinnerte.

Die Pensionsinhaberin servierte die Suppe. Sie schmeckte herrlich. Nelly ließ die cremige Substanz langsam auf ihrer Zunge zergehen.

»Was essen wir da?«

Die Fee ihr gegenüber blickte auf. »Wonach schmeckt es?«

»Ich habe keine Ahnung.« Nelly musste sich eingestehen, dass Kochen für sie ein Fremdwort war. Ihr Speiseplan daheim bestand aus Dosensuppen, Salaten in Frischhaltepackungen und anderen Fertiggerichten.

Frau Sommer legte den Löffel zur Seite und erklärte in freundlichem Ton:

»Das ist eine Petersilienschaumsuppe. Ich glaube, unsere Köchin hat neben den Blättern auch die Wurzeln der Petersilie verwendet.«

Petersilie sagte Nelly natürlich etwas, gehörte zu der Handvoll Kräuter, die sie vermutlich auf den ersten Blick erkannte. Genauso wie Schnittlauch, Dill und Basilikum.

»Na, Sie kennen sich ja aus, Frau Sommer. Da habe ich ja eine wahre Küchenexpertin am Tisch!«

Die Frau hob lächelnd die Hand. »Nein, Küchenexpertin wäre zu viel gesagt. Ich interessiere mich ein wenig für Kräuter. Ich war Biologielehrerin. Seit diesem Sommer bin ich in Rente.« Sie hob ihr Glas mit frisch gepresstem Tomatensaft. »Auf die Freiheit! Nach 35 Jahren Schuldienst.« Nelly prostete ihr mit Apfelsaft zu.

Dann aß sie weiter. »Ich wusste gar nicht, dass Petersilie so wunderbar schmecken kann.«

»Und dazu ist sie auch noch gesund«, betonte die ehemalige Lehrerin. »Hilft bei Verdauungsstörungen. Und ist ein hervorragendes Mittel zur Stärkung der Nieren. Genauso wie die Blätter der Brennnessel, gut für die inneren Organe.«

Sie deutete mit dem Löffel auf den Salat, der von Anfang an auf dem Tisch gestanden war. Nelly hatte ihn noch nicht angerührt.

»Brennnessel? Kann man die essen?« Mit Schaudern dachte sie an ihre Kindheit, wenn sie beim Fangen spielen oder auf der Flucht vor den Nachbarbuben unabsichtlich in das Gestrüpp mit den brennenden Strünken geraten war.

»Keine Angst. Unsere Köchin weiß, was sie tut. Sie hat die Triebspitzen in kochendes Wasser getaucht. Dadurch werden die Brennhärchen zerstört. Aber nicht zu lange eintauchen, nur ein paar Sekunden. Nur so bleiben die Blätter knackig. Andernfalls schmecken sie matschig. Sie können den Salat getrost probieren.«

Nelly aß ihre Suppe fertig, dann machte sie sich an das Grünzeug. Den ersten Bissen führte sie ein wenig zaghaft zum Mund, tastete mit der Zunge nach den Blättern. Es fühlte sich gut an. Die Köchin hatte den Salat wunderbar angerichtet. Mit kleinen Tomatenstücken, Balsamicoessig, gehackten Nüssen und Sesam.

Als Hauptgericht gab es gefüllte Teigtaschen mit schmackhaftem Fisch und Gemüse.

Beide Frauen verzichteten auf die Nachspeise. Nelly bat um einen Espresso. Hadelinde Sommer bestellte einen Malventee.

»Sie sagten heute, Sie wollen nur zwei oder drei Tage bleiben. Vielleicht überlegen Sie es sich doch anders. So eine gute Küche wie hier in der Pension ›Luna‹ finden Sie selten. Und ich hätte weiterhin eine nette Tischgesellschaft.«

Nelly nippte an ihrer Tasse.

»Wie sind Sie auf dieses Haus gekommen, Frau Sommer?«

»Durch reinen Zufall. Ich war schon einmal in der Gegend, um zu wandern. Ich wohnte allerdings im Nachbarort.«

»Wann war das?«

»Anfang September.«

Nelly horchte auf. Da war auch Onkel Hermann hier. Sie griff nach ihrem Handy.

In einer gerafften Schnellfassung erklärte sie den Grund ihres Hierseins. Dann zeigte sie das Foto her. Hadelinde Sommer betrachtete es.

»Tut mir leid. Ich kann mich nicht erinnern, diesen Mann gesehen zu haben.«

Nelly war enttäuscht. Es wäre zu schön gewesen, wenn ausgerechnet ihre Tischnachbarin etwas zur Aufklärung über das mysteriöse Verschwinden von Onkel Hermann beigetragen hätte.

Der nächste Tag brachte zumindest eine Wetterbesserung. Es war nicht mehr ganz so kalt wie am Vortag. Die Sonne schaffte es zwar nicht, die Wolkenmatte zu durchdringen. Aber es gab auch keinen Nebel.

Gleich nach dem Frühstück machte sich Nelly erneut auf den Weg zum alten Haus.

Sie parkte an derselben Stelle und näherte sich langsam dem eisernen Tor. Sie warf einen Blick durch die Stäbe. Ja, so hatte sie sich in ihrer Kindheit die Häuser vorgestellt, in denen geheimnisvolle Dinge vor sich gingen. Von dem alten Gemäuer ging eine seltsame Faszination aus, anziehend und ziemlich befremdlich. Krähen fühlten sich hier offenbar heimisch. Sie entdeckte eine ganze Schar. Es mochten an die 20 Vögel sein. Einige hockten auf der Gartenmauer, andere in den Ästen der Bäume. Nur drei von ihnen stocherten mit den Schnäbeln im harten Boden. Nelly fühlte eine gewisse Erleichterung, als sie sah, dass sich auf dem Anwesen doch kein Galgen befand. Einer der Bäume streckte einen weit ausladenden Ast von sich, dessen eingenwillige Form man im Nebel schon für den schauderhaften Teil einer Hinrichtungsstätte halten konnte.

Die Hausmauern waren fast zur Gänze von wuchernden Pflanzen überzogen. Die Blätter waren dunkel gefärbt, wirkten düster. Wenn sie sich auf ihre spärlichen Botanikkenntnisse verlassen konnte, dann war der große Baum auf der linken Seite eine Eiche. Sie streckte ihren verzweigten Stamm samt den mächtigen Ästen über das Haus. Es sah aus, als wollte eine riesige braune Hand nach dem Dach greifen.

Nelly untersuchte das Gartentor und die Mauereinfassung. Aber auch bei Tageslicht konnte sie keine Klingel entdecken.

Wieder begann sie zu rufen. »Hallo? Ist jemand im Haus?« Sie probierte es mehrmals, ohne Erfolg. Sie versuchte, um das Haus herumzugehen. Die Gartenmauer war hoch, man konnte nicht drüberschauen. Bald versperrte ihr ein Bach den Weg, der offenbar hinter dem Haus vorbeifloss. Sie kehrte um, stellte sich wieder an das eiserne Tor. Noch einmal rief sie. Dann gab sie auf. Bevor sie sich abwandte, nahm sie hinter einem der oberen Fenster eine Bewegung wahr. Sie machte schnell wieder einen Schritt auf das Tor zu, begann hektisch zu winken.

»Hallo!« Sie starrte nach oben. Ihre Augen prüften auch die anderen Fenster.

Gut fünf Minuten verbrachte sie mit Starren, Winken und Rufen. Dann gab sie endgültig auf. Hinter den Fenstern hatte sich nichts mehr ausmachen lassen. Vielleicht hatte sie sich auch vorhin getäuscht. Vielleicht hatten die Sinne ihr einen Streich gespielt, weil sie sich so sehr wünschte, dass jemand im Haus wäre.

Wir sehen Nelly in den Fiat Cinquecento steigen und losfahren. Sie wollte noch nicht in ihr Quartier zurückkehren, sondern sich in der kleinen Ortschaft umsehen. Das Haus von Richard Ostrotny befand sich abseits, noch weiter vom Ort entfernt als die ebenfalls abgelegene Pension. Nelly musste etwa drei Kilometer fahren, bis sie den Dorfplatz erreichte. Eine kleine Kirche, ein Dutzend Häuser, das Gemeindeamt, ein Café und eine Bank. Mehr bot sich ihrem Blick nicht.

Sie steuerte auf das Dorfcafé zu. Das Lokal war zugleich Laden für Gebäck, Zeitungen, Zigaretten und ein paar Lebensmittel. In einer Vitrine ruhten zwei unberührte Torten. Hinter der Theke hatte eine blonde Frau die Hand an der Kaffeemaschine.

»Guten Tag, nur herein in die gute Stube.« Die Frau trug ihr Haar offen. Für die Form der blondierten Locken schienen Wickler und ein probates Wellmittel im Einsatz gewesen zu sein. Über rundlichen Wangen und einer Stupsnase blickten zwei aufgeweckte Augen neugierig in die Welt.

»Weil ich gerade dabei bin, darf es ein Kaffee sein?«

Nelly nickte, bestellte einen Cappuccino und nahm

an einem der drei freien Tische Platz. Der vierte war von einem Mann besetzt, der von seiner Zeitung aufblickte und sie anstarrte, als hätte er noch nie eine Frau mit sportlicher Figur Anfang 30 gesehen. Nelly blickte ihm unverwandt ins Gesicht. Das hielt er nicht lange aus. Er widmete sich wieder den Sportergebnissen. Die Frau stellte ihr den Kaffee hin.

Nelly kostete vorsichtig. Der Cappuccino schmeckte viel besser, als sie erwartet hatte. Die Frau musste ihr Erstaunen beobachtet haben, denn sie grinste von der Ladentheke herüber.

»Hätten Sie nicht gedacht, was? Einen derart guten Cappuccino in einem so abgelegenen Kaff zu erhalten. Auf die richtige Milch kommt es an, junge Frau, und auf das perfekte Händchen.«

Nelly hob anerkennend ihre Tasse, wischte sich den Schaum von der Oberlippe.

»Wer hat Ihnen das beigebracht?«

Die Blonde blies sich eine der Locken aus dem Gesicht. »Ein dunkeläugiger ragazzo in bella Italia vor einer halben Ewigkeit. Als Lover hat er nicht viel getaugt. Aber Kaffee machen konnte er!« Sie lachte, ihre Augen funkelten in der Erinnerung.

»Gehört das Lokal Ihnen?«

»Si, Signorina! Gehört alles Marlene Wegner. Vor zwei Jahren wurde die letzte Kreditrate bezahlt. Sie dinieren hier auf hypothekenfreiem Grund und Boden!« Sie deutete eine graziöse Verbeugung an. Nelly musste lachen. Die Ladenbesitzerin gefiel ihr. Sie schätzte die Frau auf

Anfang 50, mit vielleicht ein bisschen zu viel Speck an den Hüften, aber alles in allem eine adrette Erscheinung. Sie trank aus und brachte die Tasse zurück an die Theke.

»Ich bin auf der Suche nach meinem Onkel. Er war Anfang September hier im Ort, wohnte ein paar Tage in der Pension ›Luna‹. Vielleicht war er auch in Ihrem Café.«

Sie zeigte ihr das Bild auf dem Handy.

»Ja, an den kann ich mich gut erinnern! Ein freundlicher Herr. Ich glaube, er war sogar zweimal hier.«

Nelly spürte ein leichtes Kribbeln. Wenn schon die gute Fee in Gestalt einer ehemaligen Biologielehrerin ihr nichts über Onkel Hermann sagen konnte, vielleicht vermochte ihr diese Frau weiter zu helfen.

»Haben Sie mit meinem Onkel gesprochen, können Sie sich daran erinnern?«

»Nicht mehr im Detail. Wahrscheinlich haben wir geplaudert, worüber man halt so spricht. Übers Wetter, über die Gegend. Warum fragen Sie? Was ist mit ihm?«

»Er ist verschwunden.«

»Seit wann?«

»Seit etwa zwei Monaten.«

»Hier in der Gegend sind schon einige Leute verschwunden.« Der Satz kam von dem Mann am Tisch. Er faltete die Zeitung zusammen. Nelly schaute ihn an.

»Wie meinen Sie das?«

»Na so, wie ich es sage. Ihr Onkel wäre nicht der Erste.«

»Jetzt rede keinen Quatsch, Hendrik.« Die Chefin

schüttelte den Kopf. »Was weißt du denn schon davon? Wer soll verschwunden sein?«

Er stand auf, steckte die Zeitung in die Jackentasche und kam näher. Seine Gestalt erinnerte Nelly an einen zu groß geratenen Zwerg, mit hakiger Adlernase und Vollbart.

»Na, man hört halt so allerhand, was gemunkelt wird.«

Die Blonde lachte auf. »Seit wann gibst du etwas auf das Gerede der Leute?«

Der Bärtige zuckte mit den Schultern.

»Kennen Sie Richard Ostrotny?«, fragte Nelly und schaute beide an.

Die Kaffeehausbesitzerin nickte. »Ja natürlich.«

»Das ist doch der Spinner aus dem Geisterhaus«, ergänzte der Mann.

»Ach, so schlimm ist der nicht. Er lebt nur ein wenig zurückgezogen. Man muss den Menschen ihre Art lassen.«

Der Riesenzwerg lachte und tätschelte der Frau die Wange. »Ach Marlene. Wenn ein Kerl mit erhobener Axt auf dich zukäme, würdest du auch immer noch glauben, er sei harmlos.«

»Warum nicht? Man muss auch das Gute im Menschen sehen.«

»Wenn er dir den Schädel spaltet?«

»Vielleicht ist er nur auf dem Weg in meinen Schuppen, um das Holz zu hacken.«

»Warum Gespensterhaus?«, unterbrach Nelly das Geplänkel.

»Hendrik, erzähl jetzt der jungen Dame bloß keine Schauergeschichten.«

»Ich werde mich hüten. Es soll dort zwar spuken, aber alles, was die Leute sagen, glaube ich auch nicht.«

»Seit wann wohnt Herr Ostrotny in dem Haus?«, wollte Nelly wissen.

Der Bärtige schaute auf die Blondine. »Wie lange wird das jetzt her sein, Marlene?«

Die Frau dachte nach. »Sicher mehr als 15 Jahre, eher an die 20.«

»Ja, das könnte hinkommen.« Er bezahlte seine Rechnung. Zwei Bier und ein Sandwich. »Marlene hat recht, junge Dame. Lassen Sie sich von den Leuten bloß nicht beirren. Wenn es nach denen ginge, dann spukt es auch in der alten Ruine. Einen schönen Tag noch!« Er grinste, tippte sich an die Krempe eines nicht vorhandenen Hutes und ging nach draußen.

Nelly war neugierig geworden. »Welche Ruine?«

»Die müssten Sie eigentlich gesehen haben, liegt zwischen der Pension ›Luna‹ und Ostrotnys Haus. Auf einer kleinen Anhöhe im Wald. Sehr malerisch. War früher eine Art Wachturm. Sie können mit dem Auto rauffahren, aber zu Fuß ist es schöner. Doch Vorsicht, der Anstieg ist steil. Von oben hat man einen prächtigen Ausblick auf die Gegend. In einer halben Stunde kommt die Sonne durch, verlassen Sie sich darauf!«

Nelly lachte. »Wer einen derart göttlichen Cappuccino zaubern kann, dem glaube ich alles. Ich mache mich gleich auf den Weg.« Sie kramte in ihrer Tasche.

»Halt, junge Frau. Der erste Kaffee geht aufs Haus. Den zweiten, den Sie jetzt gleich trinken, können Sie selber bezahlen. Und dazu müssen Sie unbedingt ein Stück von meiner Mohntorte kosten.«

Sie griff nach einem Messer und steuerte die Vitrine an.

Eine Stunde später sehen wir Nelly auf dem Weg zur Ruine. Die Sonne hatte tatsächlich die Wolkendecke durchbrochen. Sie wollte das Stück Weges von der Straße aus in jedem Fall zu Fuß gehen. Schon um die Kalorien der Mohntorte abzuarbeiten. Sie hatte sogar zwei Stücke verspeist. Sie liebte Mohntorte. Dabei hatte sie sich angeregt mit Marlene Wegner unterhalten. Die Lokalbesitzerin war immer wieder an ihren Tisch gekommen, wenn sie nicht gerade Kundschaft zu bedienen hatte. Nelly hatte den Eindruck, dass auch sie der freundlichen Frau sympathisch war.

»Ich heiße Nelly«, hatte sie zum Abschied gesagt. »Freut mich«, war die Antwort. »Wenn es dich nicht stört, bleiben wir künftig beim Du.«

Der Anstieg war tatsächlich steil, das letzte Stück der Stufen führte an einer kleinen Felswand entlang, die etwa zehn Meter hoch war. Der Ausblick entschädigte für die Mühe der Kletterei. Die Wolkendecke hatte total aufgerissen. Die Landschaft zu ihren Füßen schimmerte in der milden Novembersonne. Sie konnte auch die Straße einsehen, die sie vorhin entlanggefahren war. Linkerhand lag das Dorf in doch beträchtlicher Entfernung. Nur der Kirchturm war auszumachen. Zu ihrem Erstaunen war die Pension »Luna« gut zu erkennen. Erst von hier oben sah man, dass die Lichtung, auf der das Anwesen lag, gar nicht so klein war. Das helle Holz des Balkons glänzte im Licht. Vor dem Haus standen ein kleiner Lieferwagen und zwei Pkws. Im Garten bewegte sich etwas. Die Entfernung war zu groß, um festzustellen, um wen es sich handelte. Nellys Vermutung nach konnte es nur Frau Zilber sein, die aus ihren Gemüse- und Kräuterschätzen die passenden Zutaten für ein köstliches Abendessen holte. Sie ließ ihren Blick weiter nach rechts wandern. Sie war verblüfft. Auch das Haus von Ostrotny war von hier oben gut einzusehen. Es lag von ihrer Position aus sogar noch näher als die Pension. Sie schirmte ihre Augen mit der Hand ab, um gegen die seitlich einfallende Sonne eine bessere Sicht zu haben. Bewegte sich auch da jemand im Garten? War Ostrotny zu Hause? Durch die hohe Mauer, die das Anwesen umschloss, waren Einzelheiten schwer zu erkennen. Doch Nelly war überzeugt, Bewegung ausgemacht zu haben. Wenn der Besitzer daheim war, konnte sie ihn vielleicht jetzt sprechen. Sie wandte sich um, hastete die Stufen des halb verfallenen Wehrturms hinab. Sie strauchelte, konnte sich mit einer Hand gerade noch an einem der tief hängenden Äste festhalten. Ihr Herz klopfte bis zum Hals. Einen Schritt weiter und sie wäre über die Felswand nach unten gestürzt. Sie zwang sich dazu, langsamer zu gehen. Erst als das Gelände flacher wurde, begann sie wieder zu laufen.

Zehn Minuten später war sie am Haus, spähte durch das Tor in den Garten. Nichts. Nicht einmal Krähen waren zu sehen. Ihre Enttäuschung war groß. Sie ließ die Augen über die Fenster huschen. Auch dort nichts. Erneut versuchte sie es mit Rufen. Doch niemand zeigte sich im Haus. Sie war sich nicht einmal sicher, was sie von der Ruine aus genau gesehen hatte. Sie nahm sich vor, so schnell wie möglich ein gutes Fernglas zu erwerben.

»Waren Sie heute am frühen Nachmittag im Garten? Ich war auf der Ruine und glaube, Sie gesehen zu haben.« Wir sehen Nelly am gedeckten Tisch der Pension Luna sitzen. Ruth Zilber stellte ihnen eben die Teller hin.

»Da haben Sie aber wirklich scharfe Augen, Nelly.« Ich war tatsächlich um diese Zeit draußen. Schließlich brauchte ich die Zutaten für eines meiner besonderen Rezepte.«

Leicht verlegen deutete sie auf die Suppe.

»Was ist da drin?«, wollte Nelly wissen.

»Probieren Sie.«

Die Suppe war cremig, milchig hellgrün, mit grob geschnittenen Blättern. Geröstete Weißbrotstücke lagen obenauf. Nelly kostete.

»Schmeckt wunderbar. Ist das Spinat?«

Sie kostete erneut. »Nein, für Spinat eine Spur zu herb. Aber dieser feine bittere Geschmack ist vortrefflich.«

Ihre Tischgenossin setzte das Feenlächeln auf. »Die junge Dame entwickelt sich noch zur Feinschmeckerin unter Ihrer Führung, Frau Zilber.« Auch sie nahm den Löffel, tauchte ihn ein und kostete. Sie ließ die Suppe ein wenig im Mund, dann schluckte sie.

»Hatten wir das nicht vergangene Woche als Salat?« fragte sie die Köchin.

Ruth Zilber nickte anerkennend. »Sehr richtig, Frau Sommer.«

»Dann dürfte es sich wohl bei diesem Kraut um Wegwarte handeln. In einer Gemüsebrühe, gebunden mit Ei, fein abgestimmt mit Muskatnuss.«

Die Chefin des Hauses klatschte in die Hände. Die Pensionsgäste am Nebentisch, ein älteres Paar, stimmten in den Applaus mit ein.

Wegwarte? Nelly hatte von so einem Gemüse noch nie gehört. Die Köchin lächelte nachsichtig.

»Ich bin sicher, Sie haben schon oft die kleinen blauen Blüten gesehen, auf Spazierwegen oder am Waldrand. Leider wird die eher unscheinbare Wegwarte viel zu wenig in der Küche verwendet. Dort kennt man nur die mit ihr verwandten Kulturformen wie Chicorée oder Radicchio.«

Sie nahm das leere Brotkörbchen auf, um Nachschub zu holen, und verschwand aus dem Raum.

»Und außerdem ist die Wegwarte sehr gesund zur Stärkung der Leber. So wie auch Gänseblümchen, Artischocken und Mariendistel«, ergänzte die ehemalige Lehrerin.

Nelly konnte sich ein Kichern nicht verkneifen. Auch wenn sie vielleicht keinen Hinweis auf den Verbleib ihres Onkels finden sollte. Kulinarisch und botanisch machte sie auf jeden Fall einen Riesenschritt nach vorne.

In den nächsten beiden Tagen sehen wir Nelly im Auto. Sie legt weite Strecken zurück. Dabei lernt sie auch die Gegend kennen. Wenn Onkel Hermann laut Frau Zilber sich in der Pension nur zum Frühstück zeigt, war Nellys Überlegung, wo hatte er dann untertags und am Abend seine Mahlzeiten eingenommen? Also klapperte Nelly einen Gastronomiebetrieb nach dem anderen ab. Bei der Gelegenheit sah sie auch das Sporthotel »Trenger« in Äpplersbrunn, zwölf Kilometer von Trappenau entfernt. Selbst wenn es Nelly dort gefallen hätte, wären die Preise dieses Vier-Sterne-Hauses weit über ihren bescheidenen Budgetmöglichkeiten gelegen. Die Ausbeute am ersten Tag war äußerst mager. In einem einzigen Ausflugslokal glaubte sich die Kellnerin an den Herrn auf dem Handybild zu erinnern. Aber mehr konnte sie auch nicht dazu sagen.

Am Abend sehen wir Nelly wieder im Speiseraum der Pension ›Luna‹. Man reicht Grünkernsuppe mit Gemüse und feingehackter Petersilie.

»Ah, Petersilie! Gut für die Nieren!« Nelly wollte ihren Status als gelehrige Schülerin herausstreichen. Sie hatte aufgepasst, was ihr die Biologielehrerin beim letzten Mal über das Kraut erzählte. Als Hauptspeise gab es Forellenfilet mit Reis und Huflattichblättern. »Huflattich ist gut für die Lunge«, startete Hadelinde Sommer eine neue Lektion. Zur Nachspeise servierte ihnen die Küchenchefin Halbgefrorenes mit Weißdorngelee.

»Wofür hilft das?«, fragte Nelly. »Abgesehen davon, dass es fantastisch schmeckt.«

»Na, fürs Herz!«, lachte die Tischgenossin. »Weißdorn stärkt unser zentrales Kreislauforgan.«

Für einen Moment musste Nelly an Konstantin denken. Vielleicht hätte sie ihm ab und zu Weißdorn vorsetzen sollen. Aber sie konnte sich nicht vorstellen,
dass Konstantins Herz auch nur irgendetwas gut tat.
Seine Hauptbeschäftigungen waren Saufen und Jam-
mern.

Am nächsten Tag erweiterte Nelly den Radius ihrer
Erkundungen. Doch die Ausbeute war noch geringer
als am Vortag. Mit hängendem Kopf sehen wir sie am
späten Nachmittag ins Dorfcafé schleichen. Bis auf die
Chefin hinter der Theke war das Lokal leer.

»Nichts gefunden, Nelly? Kein einziger Hinweis?«
Sie ließ sich auf einen Stuhl fallen. Plötzlich rannen ihr
die Tränen übers Gesicht. Marlene legte das Geschirr-
tuch beiseite, setzte sich neben sie, tätschelte ihr die
Hand. »Nicht aufgeben, junge Frau. Du wirst schon auf
einen Hinweis stoßen. Onkel Hermann kann ja nicht
vom Erdboden verschwunden sein.«

Es sah aber ganz so aus. Nelly nahm das dargebo-
tene Papiertaschentuch und schnäuzte sich. Die Lokalchefin kehrte zurück an die Theke. Zwei Minuten später stellte sie der immer noch schniefenden jungen Frau
einen Espresso und einen Grappa hin. Nelly roch an der
gelblichen Flüssigkeit.

»Ist der noch aus deiner wilden Zeit in Italien?«
Die Kaffeehausbesitzerin grinste. »Fast. Zumindest ist

er ein paar gute Jährchen im Eichenfass gelegen, damit er die Farbe von goldenem Honig annimmt.«

Sie hielt ebenfalls ein Glas in der Hand.

»Salute!«

Es war schon dunkel, als Nelly auf dem Parkplatz der Pension ankam. Auf den Stufen, die zum Hauseingang führten, kam ihr ein Mann in Lederjacke und kurz geschnittenen Haaren entgegen. Er grüßte flüchtig, stieg in einen schwarzen BMW und fuhr davon.

»Wer war denn das? Ein Mann von der Mafia?«

Der alte Pensionsinhaber, der Unterlagen in der Rezeption ordnete, lachte. »Nein. Ich glaube eine Art Vertreter. Er fragte nach einem guten Hotel in der Nähe. Sein Navi streikte. Ich habe ihm das ›Trenger‹ empfohlen. Ein besseres haben wir nicht in der Gegend.«

Er kam hinter dem Tresen hervor. Wieder stützte er sich auf seinen Stock.

»Aber wenn er Sie hier angetroffen hätte, dann wäre er vielleicht geblieben. Eine hübschere junge Frau wird ihm auch im ›Trenger‹ nicht begegnen.«

Der alte Mann lachte, sein Gesicht war mit Falten überzogen. Er zwinkerte ihr schelmisch zu. Das machte ihn für einen Moment um 30 Jahre jünger. Nelly drohte ihm lächelnd mit dem Zeigefinger.

»Na, Sie sind mir ja einer, Herr Zilber. So, wie Sie es verstehen, Frauen Komplimente zu machen, wird Ihre Gattin ein wachsames Auge auf Sie haben müssen.«

Er grinste zurück. »Keine Sorge, das hat sie. Aber Sie sollten sich beeilen, das Abendessen wird bald serviert.«

Sie warf ihm neckisch einen Kussfinger zu und eilte die Treppe nach oben. Irgendwie hatte sie das leicht schrullige Ehepaar ins Herz geschlossen. Sie waren aufmerksam und fürsorglich. Solche Großeltern hätte Nelly immer gerne gehabt, warmherzig und gütig. Ihre eigenen Großeltern mütterlicherseits hatte sie kaum gekannt, beide waren zwei Jahre nach ihrer Geburt gestorben. Und die Großeltern aus der Familie ihres Vaters waren das genaue Gegenteil vom sympathischen Ehepaar Zilber. Die waren engherzig, geizig und immer schlecht gelaunt. Die hätten niemals hierher gepasst, in dieses kleine Paradies inmitten wohltuender Abgeschiedenheit.

Pension Luna, das Haus für Menschen, die dem Alleinsein entfliehen wollen. Lassen Sie sich von uns umsorgen. Einsame Herzen finden bei uns ebenso gastliche Aufnahme wie Menschen, die einfach die Stille lieben, dazu eine wunderbare Umgebung und eine wohltuende Küche. Wir haben ein offenes Herz für Sie!

So stand es im leicht vergilbten Prospekt, den sie schon am Tag ihrer Ankunft gelesen hatte. Was für ein herzerwärmendes Angebot.

Obwohl sie sich beeilte, stand die Suppe schon auf dem Tisch, als sie das Speisezimmer betrat. Das ältere Paar löffelte bedächtig die rötlich gefärbte Flüssigkeit. Auf ihrem Tisch war nur für sie gedeckt. Sie schaute sich um.

Wo war Frau Sommer?

Die Antwort erhielt sie eine Minute später, als die Hausherrin ihr eine frische Wasserflasche brachte.

»Frau Sommer ist am frühen Nachmittag abgereist. Wir waren auch verwundert, denn sie hatte bis Ende der Woche gebucht. Ich sah sie zu Mittag telefonieren. Danach bestellte sie die Rechnung. Aber ich soll Sie aufs Herzlichste von ihr grüßen. Das hat sie mir extra aufgetragen.«

Das Gesicht der alten Frau wirkte besorgt. »Hoffentlich ist nichts Schlimmes passiert. Nach dem Anruf kam sie mir ganz verändert vor. Sie hatte es sehr eilig. Aber ich wollte sie nicht mit Fragen belästigen.«

Nelly versuchte, die Pensionschefin zu beruhigen. »Machen Sie sich keine Sorgen, Frau Zilber. Manchmal ändern sich einfach die Pläne. Der Grund für die Abreise kann ja durchaus ein erfreulicher gewesen sein.«

»Meinen Sie?« Die alte Frau fasste sich ans Herz. »Na, wenn Sie das sagen, dann beruhigt mich das.« Sie rauschte davon. Wenigstens hatte Nelly mit der ehemaligen Lehrerin Handynummern und Adressen ausgetauscht. Sie konnte in den kommenden Tagen immer noch nachfragen. Sie widmete sich der Rote Rübensuppe mit Krennockerln. Jedenfalls würde das heutige Abendessen von keinem Biologieunterricht begleitet werden. Ein wenig bedauerte Nelly das. Auch Hadelinde Sommer war ihr sehr sympathisch geworden.

Das ältere Paar am Nebentisch steckte immer wieder die Köpfe zusammen. Ab und zu nahm der Mann die Hand seiner Begleiterin und küsste sie. Waren die beiden verheiratet? Ein zweiter oder gar dritter Frühling? Oder hatten sich hier zwei einsame Herzen gefunden?

Es wäre kein Wunder bei der romantischen Umgebung und der liebevollen Betreuung durch die Gastgeber.

War ihr Onkel auch aus diesem Grund hier abgestiegen? Hatte er zufällig das Prospekt gesehen? Nelly hatte nach ihrer Ankunft gegoogelt. Die Pension verfügt zumindest über eine schlichte Webseite, auf der allerdings keine Mailadresse angegeben war, nur eine Telefonnummer. War Onkel Hermann so auf das Haus gestoßen? Übers Internet? War er auch ein »einsames Herz«? In den letzten drei, vier Jahren hatten sie einander fast völlig aus den Augen verloren. Daran war auch der ständige Stress mit Konstantin schuld. Zusammen hatten sie Onkel Hermann nur einmal getroffen. Er hatte nichts gesagt, dafür hielt sie ihn für zu gut erzogen. Aber Nelly hatte es seinen Augen angesehen, dass ihm Konstantin und die Art, wie er mit ihr umging, zutiefst missfielen. War sie deshalb aufgebrochen, um ihren Onkel zu suchen, weil sie ein schlechtes Gewissen hatte? Sie hätte sich wirklich öfter bei ihm melden können. Umso stärker hatte es sie berührt, als sie das Bild erhielt.

Schau, was ich entdeckt habe. Sieht der alte Kasten nicht aus wie ein richtiges Hexenhaus?

Das Haus hatte sie inzwischen entdeckt. Es war ihr ein wenig unheimlich, als berge es ein Geheimnis. Aber von ihrem Onkel zeigte sich noch immer keine Spur. Sie merkte, wie ihr die Tränen auf die Kürbisnachspeise tropften. Verstohlen lugte sie zum Paar am Nachbartisch. Doch die beiden waren intensiv mit sich selbst und den Cognacschwenkern in ihren Händen beschäftigt.

Nein, sie würde die Suche nicht aufgeben. Der einzige Hinweis, den sie von ihrem Onkel hatte, war das Bild des alten Hauses. Er war nicht mehr gekommen, um ihr von diesem Hexenhaus zu erzählen. Aber genau dort würde sie weitermachen. Wenn sie schon den Besitzer bisher nicht angetroffen hatte, dann wollte sie wenigstens mehr über das eigenartige Haus erfahren. Gleich heute Nacht!

Wir sehen Nelly auf dem Bett in ihrem Zimmer liegen. Die Weckfunktion des Handys hat sie auf Mitternacht gestellt, falls sie einnickt. Sie wusste keinen besonderen Grund, warum es ausgerechnet Mitternacht sein sollte. Aber es hörte sich gut an. Das war wohl der passende Zeitpunkt, um einem Gespensterhaus einen Besuch abzustatten. Sie hörte das Geräusch des Aufzugs. Die Pension verfügte sogar über einen Lift. Das erleichterte es dem Hausherrn, mit seiner steifen Hüfte von einem Stockwerk zum anderen zu kommen. Und wohl auch manchem der Gäste. Sie dachte an das alte Gebäude hinter dem eisernen Tor. Was würde sie bei ihrem nächtlichen Streifzug dort heute erwarten? Der düstere Anblick des alten Gebäudes konnte einem schon ein Schaudern über den Rücken jagen. Kein Wunder, dass manche in der Gegend annahmen, es gehe in dem Haus nicht mit rechten Dingen zu. Sie spürte ein leichtes Frösteln. Vielleicht sollte sie mit dem nächsten Besuch doch bis zum

Tagesanbruch warten. Angsthase! Memme! Wer es mit ˘
sieben Jahren schaffte, eine Kerze vom Fünfmeterturm
zu springen, obwohl er sich fast in den Badeanzug pin-
kelte, der würde auch vor der Geisterstunde und der
Begegnung mit Vampiren und Gespenstern nicht knei-
fen. Und außerdem hatte Marlene recht. Man durfte sich
vom Gewäsch der Leute nicht beirren lassen. Die Café-
hauschefin wusste, was sie sagte. Die stand mit beiden
Beinen im Leben. Nelly hatte das Fenster einen Spalt
geöffnet. Von draußen strömte Kälte in das Zimmer.
Das Frösteln wurde stärker. Aber sie brauchte unbedingt frische Luft. Sie stand auf, um sich eine zusätzliche Decke aus dem Kasten zu holen. Ein schwacher
Laut drang an ihr Ohr. Gleich darauf ein zweiter. Das
kam von draußen. Sie ging zum Fenster, spähte hinaus.
Der Garten lag im Dunkeln. Der Wald wirkte wie eine
schwarze Wand. Wieder hörte sie das Geräusch. Eine
Krähe? Sie hatte keine Ahnung, ob Krähen in der Nacht
herumfliegen. Die Frage beschäftigte sie. Sie wollte das
jetzt auf der Stelle wissen. Die Kurzlektionen der Biologielehrerin hatten sie angesteckt. Sie öffnete die Inter-
netfunktion am Handy.

Raben und Krähen bilden zusammen die Gattung
›Corvus‹ in der Familie der Rabenvögel, fand sie.

Sie überflog den Text. Von Vögeln mit der *größten*
Intelligenz las sie. Von Nachtaktivität stand nichts. Also
vermutlich keine Krähe, sondern irgendein anderes Tier,
das unterwegs war. Sie schloss das Internet und legte das
Smartphone wieder neben sich. Sie rief sich die Begeg-

nung mit Hendrik und dessen Andeutungen in Erinnerung. Es wurde gemunkelt, in der Gegend wären schon öfter Leute verschwunden. War da etwas dran? Gehörte Onkel Hermann zu diesen »Verschwundenen«? Als Kind hatte sie liebend gern ein Spiel gespielt. Sie hatte sich die Hände vors Gesicht gehalten, langsam bis 100 gezählt und dann die Augen geöffnet. Meistens war nichts passiert. Aber zweimal war ihre beste Freundin vor ihr gestanden und hatte die Schokolade mit ihr geteilt. Sie wollte es einfach ausprobieren. Auf der Stelle. Sie nahm das Handy, schickte eine Nachricht an ihren Onkel. Dann schloss sie die Augen, zählte langsam bis 100. Sie riss die Augen auf, starrte auf das Display. Nichts. Keine Antwort. Es wäre auch zu schön gewesen.

Um dreiviertel zwölf stand sie auf, zog sich an und öffnete die Zimmertür. Im Haus war es still. Sie wollte kein Licht machen. Der Taschenlampenstrahl aus dem Smartphone reichte völlig. Sie stieg leise die Treppe hinunter, um niemanden zu wecken, und verließ die Pension.

Das alte Haus hinter der Gartenmauer machte in der Nacht einen noch viel düstereren Eindruck als am Tag. Es glich einer unförmigen Fratze. Die dunklen Löcher der Fenster wirkten bedrohlich. Der Großteil des Gebäudes lag im Schatten der Bäume. Die gespreizten Baumfinger der großen Eiche sahen aus wie Krallen. Sie hatte den Eindruck, als würde diese Pranke gleich nach dem Haus greifen und es nach unten ziehen, direkt in die Hölle. Am

Himmel klebten ein paar Wolken. Dazwischen glommen käsige Sterne. Es war schwer, Details in der düsteren Umgebung auszumachen. Sie hob den Kopf. Ihr Blick fiel auf ausgebleichte Knochen. Sie erschrak, taumelte einen Schritt zurück. Beim zweiten Hinschauen entpuppte sich die gespenstische Erscheinung als schimmernde Steinumrahmung, mit der sich der Erker an die Mauer des Turms krallte. Ihre Einbildungskraft hatte ihr einen gehörigen Schrecken eingejagt. Sie sah Knochen, wo keine waren. Sie presste das Gesicht vorsichtig zwischen die Gitterstäbe, um einen möglichst großen Teil des Anwesens zu überblicken. Wieder hatte sie den Eindruck, einen Galgen zu sehen. Auch in der Dunkelheit erinnerten die Konturen des auffälligen Astes daran. Sie drehte langsam ihren Kopf von links nach rechts. Keine Krähen. Auch sonst keine Lebewesen. Hoffentlich schlief nicht irgendwo an der Mauer des Hauses ein Hund.

Doch der wäre wohl schon beim ersten Mal aufgetaucht, als sie bei Tageslicht am Gartentor stand und laut rief. Der Gedanke beruhigte sie halbwegs. Dennoch konnte sie das Bild eines weit aufgerissenen Dobermannmauls nicht ganz verdrängen. Ihr Herzschlag nahm zu. Sie sprach sich selbst Mut zu und griff nach den Gitterstäben, um langsam daran hochzuklettern. Auf der anderen Seite des Tores ließ sie sich vorsichtig zu Boden gleiten. Nur kein Geräusch verursachen. Sie lauschte in die Dunkelheit. Kein Bellen. Kein hechelnder Hundeatem. Keine wütende Bestie, die auf sie zustürzte. Sie wüsste auch nicht, wie sie sich gegen einen Angriff wehren sollte. Sie hatte keine Waffe, außer einem Handy mit rosa Hülle und ihrem Autoschlüssel. Das Gartentor hatte sie überwunden. Jetzt also weiter zum Haus. Sie wollte wissen, was es mit diesem Gebäude auf sich hatte. Sie nahm das Handy aus der Tasche. Sie wollte nicht durch den starken Strahl der Taschenlampenfunktion am Smartphone unnötig auf sich aufmerksam machen. Das Licht des Displays musste genügen. Vorsichtig setzte sie einen Fuß vor den anderen, hielt das Handy nahe am Boden. Wer am Tag Krähen in seinem Garten hatte, stellte vielleicht auch in der Nacht Fuchsfallen auf. Sie wollte in kein Fangeisen treten. Nelly arbeitete sich vorwärts, tappte durch die Dunkelheit. Sie zuckte zurück. Für einen Moment setzte ihr Herzschlag aus. Ein Gerippe lag vor ihr, ein kahler Schädel. War das ein Kinderkopf? Die Panik griff nach ihr. Umdrehen, davonlaufen. Sofort! Sie atmete flach, versuchte, ihre Angst in den Griff zu bekommen. Vorsichtig richtete sie das schummrige Licht des Displays wieder auf das Furcht einflößende Gebilde. Nein, das war kein Kinderkopf. Idiotin! schalt sie sich. Und hätte am liebsten laut aufgekreischt. Lachen würde der Anspannung gut tun, die ihr immer noch den Magen zusammenkrampfte und die Knie schlottern ließ. Das Gebilde vor ihr war der Kopf eines Tieres. Katze oder Kaninchen. Sie hatte keine Ahnung. Gruselig war es schon, aber nicht so schrecklich, als hätte sie den Totenkopf eines Kindes entdeckt. Sie machte einen kleinen Bogen um die bleichen Knochen und schlich weiter. Vorsichtig näherte sie sich dem Haustor. Sie tastete sich die Stufen hinauf, legte die Hand auf die Klinke. Abgeschlossen. Sie hatte es nicht anders erwartet. Sie stieg die Treppe wieder hinunter, wandte sich nach links, schlich an der Hausmauer entlang. Immer wieder blieb sie stehen. Aber die Fenster waren zu hoch, um ins Innere zu blicken. Langsam näherte sie sich der schwarzen Krallenhand, der riesigen Eiche. Und dann sah sie es. Ein Grab! Einen Meter vom Stamm entfernt, der sich bedrohlich aus dem schwarzen Untergrund schob, befand sich ein Grab! Das unheimliche Bild griff nach ihr, sie taumelte gegen die Hausmauer. Aus ihrem Munde gellte ein Schreckenslaut. Die Angst schoss wie Säure durch ihren Körper. Kam da etwas aus der Dunkelheit auf sie zu? Ein Hund? Hatte ihr Schrei eine der Bestien dieses Hauses aufgescheucht? Sie fiel auf die Knie, starrte mit weit aufgerissenen Augen in die Nacht. Etwas Helles huschte pfeilschnell durch die Nacht, sprang an der Mauer hoch. Eine Katze! Kam sie aus dem Haus? Oder strich sie nur durch die Gegend?

Nelly zwang sich, wieder aufzustehen. Ihr Herz pochte, die Knie fühlten sich weich an. In den Geschichten ihres Onkels waren die Heldinnen wesentlich furchtloser unterwegs gewesen, um gespenstische Ruinen, alte Häuser und verfallene Schlösser zu erkunden. Sie atmete tief durch. Dann näherte sie sich vorsichtig der Ruhestätte. Das Grab hatte keinen aufgeschütteten Hügel, nur eine Umrahmung aus hellen Steinen, die in Form eines Rechtecks ein Stück des Bodens umrahmte. An der Stirnseite ragte ein Kreuz aus goldfarbenem Metall empor. Die Balkenenden trugen Verdickungen, die an Tulpenblüten erinnerten. Aus dem gleichen Material wie das Kreuz war die Rose gemacht, die sich am Längsbalken nach oben wand. Die Blüte endete dort, wo die beiden Balken einander trafen.

Sie untersuchte das Kreuz. Es war kein Schriftzug zu erkennen, kein Name, auch keine Jahreszahl. Sie prüfte die niedrige Einfassung. Auch dort entdeckte sie keinen Hinweis. Wer mochte hier in der Erde liegen? Sie blickte hinüber zum Tor in der Gartenmauer. Von dort war das Grab nicht einzusehen. Deshalb war es ihr bei den ersten Besuchen nicht aufgefallen. Sie setzte ihren Weg fort. An der Rückseite des Hauses floss ein Bach. Den kannte sie schon von ihrer Erkundung der Außenmauer. Sie kam nicht weiter. Sie kehrte um, nahm sich noch die andere Seite des Gebäudes vor. Sie konnte nichts Auffälliges entdecken. Immer wieder blickte sie zu den Fenstern hoch. Doch nichts rührte sich dahinter. Sollte sie versuchen, ins Haus einzudringen? Mit welcher Begründung? Was sollte sie dem Hausherrn sagen, falls der sich doch im Gebäude befand und möglicherweise eine Waffe auf sie richtete, weil er einen Einbrecher vermutete. Dass sie glaubte, mit dem Haus und dessen Bewohnern stimmte etwas nicht? Die Helden aus Onkel Hermanns Geschichten hatten nie eine Erklärung nötig gehabt, die waren immer auf der richtigen Spur. Sie warf noch einmal einen Blick auf das Grab unter der Eiche. Dann kletterte sie über das Tor zurück. Ihr Herzklopfen wurde erst ruhiger, als sie den Motor startete, und die Scheinwerfer ihres Autos die Straße aus der Dunkelheit schälten.

Wir sehen Nelly auf der Rückfahrt. Der nächtliche Ausflug hatte sie nicht weiter gebracht. Sie hatte keinen Hinweis entdeckt, der ihr Aufschluss über dieses rätselhafte Haus gab. Sie wusste nichts über den Besitzer. Warum hatte Onkel Hermann ihr ein Bild von diesem Haus geschickt? Nur um sie an die Gespenstergeschichten ihrer Kindheit zu erinnern? Oder steckte mehr dahinter? Was hätte er erzählt, wäre er wie versprochen vor sechs Wochen bei ihr aufgetaucht? Warum war ihr Onkel wie vom Erdboden verschwunden? In ihrem Kopf purzelten die Fragen durcheinander. Ihre Hände waren eiskalt und feucht.

Es war bereits zehn Uhr, als Nelly am nächsten Morgen erwachte. Sie fühlte sich elend. Ihr Körper kam ihr vor wie ein Klumpen. Gefrorener Lehm. Die nächtliche Eskapade hatte ihr offenbar mehr zugesetzt, als sie sich eingestehen wollte. Sie wuchtete sich aus dem Bett, schleppte sich ins Badezimmer. Fast eine Viertelstunde ließ sie heißes Wasser auf ihre Haut prasseln. Darauf fühlte sie sich ein wenig besser. Sie zog sich an und stieg die Treppe hinunter. »Entschuldigen Sie, Frau Zilber, ich habe leider verschlafen.« Die alte Frau ordnete frisch geschnittene Zweige mit gelben Blüten in der Vase an der Rezeption.

»Aber das macht doch nichts, Nelly. Ich stelle gleich Kaffee zu. Oder möchten Sie lieber Tee?« Die verständnisvolle Herzlichkeit der Frau tat ihr gut.

»Danke, liebe Frau Zilber.« Sie folgte einem spontanen Impuls und umarmte die zerbrechlich wirkende Gestalt. »Sie und Ihr Mann sind so lieb. Ich fühle mich wirklich wohl in Ihrem Haus.«

»Das freut mich, Nelly. Dazu sind wir ja da.« Die Augen hinter den Brillengläsern schimmerten gütig.

»Danke für das Angebot, Frau Zilber. Aber ich muss ins Dorf. Ich frühstücke dort.

Dafür freue ich mich umso mehr darauf, was Sie uns heute wieder zum Abendessen auf den Tisch zaubern.« Sie eilte zur Tür. Die alte Frau winkte ihr nach. »Passen Sie auf sich auf, Nelly.«

Das würde sie. Aber was sie jetzt nach den Schreckensmomenten der vergangenen Nacht brauchte, war das unbekümmerte Geplauder von Marlene und ein großes Stück Mohntorte.

Die Besitzerin des Dorfcafés hatte beides parat. Das kleine Lokal war gut besucht. Fast alle Tische waren besetzt. Nelly hatte eben ein großes Stück Mohntorte verschlungen und einen zweiten Cappuccino geordert, als sich die Tür öffnete und ein Mann hereinkam, den sie schon von ihrem ersten Besuch kannte. Hendrik, der ziemlich groß geratene Zwerg mit Vollbart.

»Ich habe gehofft, dass Sie hier sind, junge Frau.«

Er winkte der Chefin zu. »Marlene, ein Bier für mich.« Dann nahm er unaufgefordert an Nellys Tisch Platz. »Sie haben doch das letzte Mal erzählt, dass Sie zu Richard Ostrotny wollen. Heute ist er zu Hause.«

»Woher wissen Sie das?«

»Na, ich bin vor einer Viertelstunde an seinem Haus vorbeigefahren. Da war er im Garten.«

Nellys Herzschlag beschleunigte sich. »Das ist nett Hendrik, dass Sie extra hergekommen sind, es mir zu sagen.« Sie sprang auf. »Danke, Marlene.«

Sie legte zwei Geldscheine auf den Tresen. »Stimmt schon. Hendriks Bier geht auch auf meine Rechnung.«

»Und der Cappuccino?« Die Besitzerin stand da mit der Tasse in der Hand.

»Keine Zeit.« Sie riss die Tür auf und stürmte nach draußen. Hendrik winkte. »Gib her, Marlene, den nehme ich, wenn er schon bezahlt ist. Passt gut zum Bier.«

Wir sehen Nelly mit großem Tempo über die Landstraße rasen. Sie hofft, dass sie nicht zu spät kam. Hendrik war vor 15 Minuten am Haus gewesen. *Bitte lieber Gott, lass ihn noch in seinem Garten sein.* Sie betete selten. Eigentlich nie. Aber jetzt war ein passender Zeitpunkt, damit wieder anzufangen. Der liebe Gott hatte offenbar ein Einsehen. Als Nelly aus dem Wagen sprang und auf das Tor zulief, sah sie einen Mann auf der Wiese vor dem Haus.

»Herr Ostrotny!«

Sie bremste am Tor ab. Der Mann hob kurz den Kopf, dann wandte er sich wieder ab. Schwarze Vögel flatterten um ihn herum. Einige kamen von den Bäumen. Andere pickten mit dem Schnabel kurz in den Boden und stoben wieder davon. Der Mann griff in eine Schüssel und warf den Vögeln etwas zu.

»Herr Ostrotny!« Sie ließ ihre Stimme anschwellen, brüllte lauter. Zwei der Vögel erschraken, starteten mit hektischem Flügelschlag. Er wandte ihr das Gesicht zu. Seine Miene war finster.

»Was wollen Sie?«

»Haben Sie einen Moment Zeit für mich?«

»Nein, Sie sehen doch. Ich bin beschäftigt.« Wieder tauchte die Hand in die Schlüssel, kam daraus hervor und warf schwungvoll dunkle Brocken in Richtung der aufgeregt flatternden Krähen.

»Ich bin auf der Suche nach meinem Onkel.«

»Hier ist er nicht.«

»Er hat mir ein Foto von Ihrem Haus geschickt!«

»Warum?«

»Das weiß ich nicht. Deswegen will ich ja mit Ihnen reden.«

»Ich weiß es auch nicht. Und jetzt ist es besser, Sie gehen wieder.«

Er wandte sich wieder den hungrigen Vögeln zu. Etwas Heißes schoss durch Nellys Körper. Zorn! Sie drosch mit dem Handballen gegen das Torschloss. Der Schlag verursachte ein schepperndes Geräusch. Zugleich fühlte sie ein Brennen auf der Haut. Der Mann im Garten blickte erstaunt in ihre Richtung. Ihr Handballen schmerzte, sie brüllte.

»Was erwarten Sie von mir, Herr Ostrotny? Soll ich auf die Knie fallen? Oder mich in eine Krähe verwandeln? Ich mache mir große Sorgen. Mein Onkel ist seit zwei Monaten verschwunden. Das Letzte, was ich von ihm bekommen habe, ist ein Bild von einem Haus. Von *Ihrem* Haus!!« Sie kämpfte mit den Tränen. Sie war wütend. Eine Weile starrte der Hausherr auf den Boden. Dann erhob er sich. Er griff in die Tasche, holte einen kleinen dunklen Gegenstand hervor. »Gehen Sie von der Tür weg.« Sie trat einen Schritt zurück. Wie von Geisterhand schwangen die beiden Flügel des hohen Gittertores plötzlich nach innen. Alles hätte Nelly auf diesem Anwesen mit dem gespenstischen Haus erwartet. Vampire, tote Katzen, Höllenhunde, einen buckligen Diener mit einem verrosteten Eisenschlüssel, aber ganz sicher keine Fernbedienung.

»Danke.« Sie schritt durch das Tor, bewegte sich langsam auf ihn zu. Er war um fast einen Kopf größer als sie. Sie schätzte ihn auf Anfang 70. Sein dunkles Haar war immer noch voll, hing ihm in die Stirn, zeigte nur wenige graue Strähnen. Er trug einen langen Mantel, der fast bis zum Boden reichte. Wenn er einen Helm aufsetzte und die Fernbedienung gegen ein Laserschwert tauschte, könnte er Darth Vader spielen.

»Sie bluten an der Hand.« Der kleine Schnitt brannte wie Feuer. Dennoch mimte Nelly die tapfere Heldin.

»Kein Problem.«

»Kann es noch werden. Das Tor ist rostig. Kommen Sie mit.«

Er wandte sich Richtung Hauseingang. Bevor er die Stufen hinaufstieg, griff er noch einmal in die Schüssel und schleuderte dunkle Brocken in Richtung der Krähen. Die Vögel zankten sich um die Beute. War das Fleisch? Tatsächlich. Nelly zog die Schultern hoch. Der Hausherr fütterte die Rabenvögel mit blutigen Fleischstücken. Unwillkürlich umschloss sie schützend die Wunde an ihrer Hand mit den Fingern. Dann folgte sie Ostrotny ins Haus. Im Flur hingen Bilder. Sie entdeckte Zeichnungen von schwarzen Vögeln. Krähen, vielleicht auch Raben. Vor einer der großen Grafiken blieb sie stehen. Das Bild zeigte einen Acker, halb verschneit. Zwei Vögel mit gespreizten Flügeln setzen zur Landung an. Ein Bild, das durch den Schwung der gezeichneten Federn Eleganz ausstrahlte. Aber auch Kargheit. Ein gefrorener Boden bot sich dem Betrachter, unwirtlich, ein verlassenes Feld ohne Horizont.

»Haben Sie das gezeichnet?«

Er gab keine Antwort darauf. »Kommen Sie.« Seine Stimme klang ungeduldig. Er dirigierte sie in die Küche. Der Raum war altmodisch eingerichtet, wirkte aber einladend, mit einer Holzbank und großen Kupferpfannen über dem Herd.

»Da!« Er reichte ihr eine kleine weiße Plastikflasche. *Wunddesinfektionsspray* stand auf dem Etikett. Sie sprühte ein wenig von der Flüssigkeit auf die Wunde. Es schmerzte, sie sog die Luft ein.

»Warum Krähen?« Sie deutete mit Kopf nach draußen. »Auf den Zeichnungen, im Garten …«

»Ich mag sie eben.« Er reichte ihr ein Heftpflaster. »Was ist jetzt mit Ihrem Onkel?«

Sie fischte ihr Handy aus der Tasche, zeigte ihm das Bild von Onkel Hermann.

Er schaute kurz drauf.

»Den Mann habe ich nie gesehen.«

»Sind Sie sicher?«

»Wenn ich es sage.«

Sie stöhnte, ein wenig zu laut für die Schramme an ihrer Hand. »Ich fühle mich plötzlich nicht ganz wohl. Kann ich ein Glas Wasser haben?«

Er blickte sie misstrauisch an. Dann ging er zur Abwasch und füllte ihr ein Glas voll.

»Danke.« Sie trank ein paar Schlucke, behielt das Glas in der Hand.

»Mein Onkel war Anfang September hier. Das Foto von Ihrem Haus schickte er mir am 10, einen Tag vor seiner Abreise. Er wohnte in der Pension ›Luna‹. Ich wohne auch dort. Kennen Sie die Besitzer, das Ehepaar Zilber?«

Wieder entdeckte sie Misstrauen in seinem Blick. Es könnte auch Vorsicht sein, dachte Nelly. Wachsamkeit.

»Ich kenne kaum Leute aus der Gegend.«

»Wie lange sind Sie schon hier?«

»Lange.« Er nahm ihr das Glas aus der Hand, trug es zurück zur Spüle.

»Sie stellen zu viele Fragen. Das kann manchmal gefährlich sein. Wenn Ihr Onkel am 11. September abgereist ist, dann ist er wohl längst weg. Also reisen Sie auch ab. Suchen Sie wo anders weiter oder lassen Sie es bleiben. Ich hoffe, Ihr Anfall von Übelkeit hat sich wieder gelegt.«

Er begleitete sie nach draußen, vielleicht auch, um sich zu überzeugen, dass sie tatsächlich das Grundstück verließ. Auf dem Platz vor dem Haus tummelten sich nur mehr wenige Vögel. Sie blieb stehen, wies mit der Hand in Richtung Eiche.

»Was ist das für ein Grab?«

»Das geht Sie nichts an.«

Er deutete zum Gartentor. Dann wandte er sich um und ging langsam zurück ins Haus.

Während der Rückfahrt dachte sie über die sonderbare Begegnung nach. Was hatte Ostrotny mit seiner Bemerkung gemeint? »Sie stellen zu viele Fragen. Das kann manchmal gefährlich sein.« Wollte er ihr drohen? Sie hatte immer noch keine ausreichende Erklärung gefunden, warum ihr Onkel ausgerechnet dieses Haus fotografiert hatte. Selbst wenn der Grund ein harmloser war, das Foto war Onkel Hermanns letztes Lebenszeichen. Sie würde wiederkommen. Schon heute Abend. Sie würde den seltsamen Kerl nicht aus den Augen lassen. Und sie würde ihr Fernglas mitbringen, das sie sich am zweiten Tag ihrer Restaurant-Tour in einem Geschäft für Jagdutensilien gekauft hatte.

Als sie am Abend gegen 21 Uhr zurückkehrte, entdeckte sie einen Wagen hinter der Einfahrt zu Ostrotnys Haus. Das Tor war geschlossen. Sie stieß mit ihrem eigenen Auto zurück, bis sie den nahen Waldweg erreichte, der von der Zufahrtsstraße abzweigte. Dort parkte sie und kam zu Fuß zurück. Sie stellte sich in den Schutz der Bäume und wartete. Ihren Feldstecher mit Nachtsichtfunktion hatte sie dabei. Ab und zu hob sie das Fernglas und schaute durch. Sie war erstaunt über die Klarheit der Bilder, die sie erhielt. Der Eingang zum Haus war gut auszumachen, obwohl die Umgebung sich stockdunkel präsentierte. Nach etwa 20 Minuten öffnete sich die Tür. Ein Mann kam die Stufen herunter. Hinter ihm erkannte sie Ostrotny, der den Arm ausstreckte. Das Zufahrtstor öffnete sich. Der Mann stieg ins Auto und stieß rückwärts aus der Einfahrt. Er bog in die Straße ein, keine 20 Meter von Nelly entfernt. Durch das Fernglas sah sie deutlich das Gesicht. Sie kannte den Mann nicht, hatte ihn noch nie gesehen. Er wirkte jung, vielleicht ein wenig älter als sie. Auf seiner linken Wange zeigte sich eine Narbe. Wie ein Ypsilon, das auf dem Kopf stand. Sie trat einen Schritt zurück, versteckte sich hinter einer Fichte, damit der Fahrer sie nicht entdeckte. Als das Auto vorbei war, schaute sie wieder zum Haus hinüber. Das Gartentor war verschlossen, ebenso die Eingangstür am Haus.

Auch am nächsten Tag ließ sie das Frühstück aus. Sie hatte Appetit auf Mohntorte. Wir sehen Nelly auf der kurzen Fahrt ins Dorf. Ein Streifenwagen kommt ihr entgegen, gefolgt von einem schwarzen Kombi. Auch vor der Kirche entdeckte Nelly ein Polizeiauto. In dem verschlafenen Nest waren heute mehr Leute auf der Straße als sonst. Sie musste am Bankomat warten. Zwei

Personen waren vor ihr. Sie hob Geld ab, dann betrat sie das Café. Auch hier drängten sich auffallend viele Leute in dem kleinen Raum. Es herrschte aufgeregtes Geschnatter. Marlene winkte ihr zu, dann drehte sie sich zur Vitrine. Sie holte ein Stück Mohntorte heraus und stellte es auf den Tresen.

»Du musst heute leider hier frühstücken, Nelly. Die Tische sind alle besetzt.«

Nelly rückte sich den Hocker zurecht, hängte die Tasche an den Haken und griff nach der Gabel. »Was ist los?«, fragte sie in Richtung Marlene, die sich an der Kaffeemaschine zu schaffen machte. Anstelle der Lokalchefin antwortete die Frau mit dem kleinen verbeulten Hut, die neben Nelly den zweiten Hocker besetzte.

»Sie haben einen Toten gefunden.«

Nelly erschrak. »Wo?«

»Draußen an der Ruine.«

»Ja, die Leute unterschätzen das«, mischte sich ein glatzköpfiger Kerl ein, der neben der Frau stand und an seinem Kaffee nippte. »Die Stufen sind steil, die Felsen glitschig. Erst im Juli hat sich einer beide Beine gebrochen.«

»Ja, aber da hatte er noch mehr Glück als der arme Kerl, den sie jetzt gefunden haben«, beteuerte die Hutträgerin. »Der hat sich nämlich das Genick gebrochen.«

»Woher weißt du das, Agathe? Warst du dort?«, fragte Marlene und stellte einen Cappuccino vor Nelly hin.

»Nein, aber die Herta hat es mir erzählt. Und die weiß es von der Jacqueline, weil der ihr Mann hat den Toten gefunden. Kann ich noch einen Roibuschtee haben, Marlene, und noch ein Stück Apfeltorte?«

Die Angesprochene grinste. »Aber natürlich, Agathe.«

»Weiß man, wer es ist?«, fragte Nelly.

Die Frau an ihrer Seite schüttelte den Kopf. »Nein, der Hubert, das ist der Mann von der Jacqueline, hat gesagt, keiner, den er kennt. Und der Hubert kennt alle hier in der Gegend.«

Nelly rührte gedankenverloren im Kaffee. Hatte der Tod dieses Unbekannten etwas zu bedeuten? Ein Unfall? Oder steckte mehr dahinter? Nelly, du siehst überall Gespenster!, schalt sie sich selbst. Entschlossen griff sie zur Tasse. Hob sie hoch. Nur weil in dem Haus, von dem dir Onkel Hermann ein Foto schickte, ein sonderbarer Mann lebte, der Krähen fütterte, musste der Tod eines Wanderers an einem beliebten Ausflugsziel nicht zwingend damit in Verbindung stehen. Sie erinnerte sich mit Schaudern, wie sie selbst um ein Haar über die Felswand abgestürzt wäre. Sie trank den Kaffee aus und beobachtete das Treiben auf dem Dorfplatz. Der dunkle Kombi, der ihr vorhin entgegengekommen war, hielt neben dem Polizeiauto an der Kirche. Darin birgt man wohl die Leiche, dachte sie. Sie fasste einen Entschluss. »Bin gleich zurück, Marlene.« Sie griff nach ihrer Tasche und hastete hinaus. Sie lief auf den Uniformierten zu, der sich mit dem Fahrer des schwarzen Wagens über ein Clipboard beugte.

»Entschuldigung, darf ich einen Blick auf den Toten werfen?« Der Polizist sah auf. Er hatte drei Sterne auf den Schulterklappen.

»Darf ich fragen, wer Sie sind?«

Sie zog den Führerschein aus der Tasche und reichte ihn dem Beamten. Der prüfte die amtlichen Einträge und das Bild, dann gab er das Dokument zurück. »Warum wollen Sie den Toten sehen? Vermissen Sie jemanden?«

»Ja, meinen Onkel. Er ist vor einiger Zeit hier in der Gegend zum letzten Mal gesehen worden. Deshalb bin ich hier.«

Der Fahrer des Wagens mischte sich ein. »Ich würde das an Ihrer Stelle nicht wollen. Es ist kein schöner Anblick.«

»Das macht mir nichts aus.« Sie blickte wieder auf den Polizisten. »Bitte. Es würde mich beruhigen zu wissen, ob der Tote mein Onkel ist.«

Der Uniformierte zögerte, schließlich nickte er. Der Fahrer öffnete die Hecktür, dann zog er einen Metallsarg zur Hälfte aus dem Kombi. Als einige der Umstehenden bemerkten, was am Leichenwagen vor sich ging, wollten sie näherkommen. Zwei weitere Uniformierte tauchten auf und hielten die Leute zurück. Der Mann am Wagen griff nach dem Deckel der großen Box und klappte ihn hoch. Nelly erschrak, der Anblick war tatsächlich grässlich. Der Kopf des Toten war halb zerschmettert, quer über die Stirn klaffte eine breite Wunde. Das rechte Auge und der Backenknochen waren eine breiige Masse. Sie stützte sich am Wagen ab, als sie die Auffälligkeit an der linken Wange erkannte. Mein Gott! Vor ihr lag der Mann mit der Narbe. Der Tote war eindeutig jene Person, sie sie gestern aus Ostrotnys Haus kommen gesehen hatte.

»Ist das Ihr Onkel?«, fragte der Polizist. Sie schüttelte den Kopf, kämpfte mit einem Würgereiz in ihrem Hals.

»Aber Sie kennen ihn?«

Sie wandte sich um, hastete zur Friedhofsmauer, erbrach würgend Kaffee und einige Brocken Mohntorte. Sie lehnte sich gegen die Wand, schloss die Augen. Als sie wieder aufschaute, stand der Polizist neben ihr. Seine Miene war besorgt. Er reichte ihr eine Wasserflasche und ein Taschentuch. Sie nickte dankbar, nahm einen großen Schluck, spülte mehrmals den Mund aus und wischte sich ab.

»Danke, das ist sehr nett von Ihnen. Es geht mir schon wieder besser.«

»Kennen Sie den Toten?«

»Nein. Aber ich habe ihn schon einmal gesehen.«

Sie erzählte ihm von ihrer gestrigen Beobachtung. Sie erwähnte nicht, dass sie mit einem Fernglas im Wald gestanden war. Sie gab an, zufällig vorbeigekommen zu sein. Der Beamte machte sich Notizen.

»Darf ich fragen, wie der Tote heißt?«

Der Polizist schüttelte bedauernd den Kopf. »Das wissen wir noch nicht, er hatte keine Papiere bei sich. Wo kann ich Sie erreichen, falls es aufgrund Ihrer Aussagen noch weitere Punkte zu klären gibt?«

»In der Pension ›Luna‹.«

Ein Lächeln huschte über sein Gesicht. »Da sind Sie gut aufgehoben. Nettes Haus.«

Sie lächelte zurück. »Ich weiß.«

»Ruth ist bekannt für ihre gute Küche. Was gab es gestern Abend?«

»Eine wärmende Minestrone und danach Fisch. Mit viel Petersilie.«

»Ah, gut für die Nieren.« Er grinste, tippte sich an die Kappe. Noch ein botanischer Schlaumeier, dachte Nelly. Frau Doktor Sommer hätte ihre Freude mit ihm gehabt.

Ihre Knie schlotterten noch ein wenig, als sie zum Café zurücktrottete.

Den ganzen Tag über sehen wir Nelly in unruhiger Haltung. Sie bringt das Bild des Toten nicht aus ihren Gedanken. Wer war dieser Mann? Ein Bekannter von Ostrotny? Laut Aussage des Dorfbewohners, der ihn gefunden hatte, stammte der Mann nicht aus der Gegend. Wenn er von außen gekommen war, nur um Ostrotny einen Besuch abzustatten, warum war er dann hier geblieben? Was wollte er auf der alten Ruine? Nur die Aussicht genießen, so wie sie es getan hatte? Sie rief sich ihre eigenen Eindrücke vom Ruinenbesuch in Erinnerung. Was hatte sie alles gesehen? Sie ließ in Gedanken noch einmal ihre Augen über die Gegend streifen. Abschnitt für Abschnitt tauchte vor ihr auf wie bei einem Kameraschwenk. Halt! Ihr wurde plötzlich heiß. War es das? War der Mann mit der Narbe deshalb den steilen Weg zur Ruine hinaufgeklettert? Weil man von dort oben unbemerkt ein ganz bestimmtes Haus beobachten konnte? Ostrotnys Haus! Hatte der Mann ein Fernglas

bei sich, als er abgestürzt war? Sie hätte den hilfsberei-
ten Polizisten fragen sollen. Aber bei der Begegnung
auf dem Dorfplatz war ihr der mögliche Zusammenhang noch nicht bewusst gewesen. Je mehr sie darüber
nachdachte, desto mehr beschlich sie das Gefühl, dass
der Mann vielleicht gar nicht Opfer eines Unfalls war.
Hatte jemand nachgeholfen und ihn über die Felswand
stürzen lassen? Welche Verbindung bestand zwischen
dem Toten und dem rätselhaften Bewohner des Hauses? Und ausgerechnet von diesem Haus hatte ihr Onkel
Hermann ein Foto geschickt und war bald darauf verschwunden. Die Gedanken in Nellys Kopf kreisten wie
eine Schar summender Hornissen um einen Honigtopf.
Sollte sie mit ihren Überlegungen zur Polizei gehen?
Aber die würde ihre Bemerkungen wohl als Fantasiege-
spinst abtun. Nichts als Vermutungen ohne greifbaren
Zusammenhang. Sie brauchte mehr Anhaltspunkte. Sie
beschloss, Ostrotnys Haus noch einmal einen Besuch
abzustatten. Gleich heute Nacht. Vielleicht würde sie
dieses Mal sogar ins Haus eindringen, um herauszufinden, welches Geheimnis es barg. Der Mann mit der
Narbe war bei Ostrotny gewesen. Er hatte vermutlich
von der Ruine aus dessen Haus beobachtet. Nun war er
tot. Und ihr Onkel war verschwunden. Vielleicht fand
sie im Haus einen Hinweis, der Licht in diese mysteriöse Angelegenheit brachte.

Und wieder sehen wir Nelly beim Abendessen in der
Pension. Auf dem Tisch, an dem das ältere Paar am Vor-

abend noch saß, liegt kein Gedeck. Wahrscheinlich sind die beiden schon abgereist, dachte Nelly. Sie erinnerte sich, eine entsprechende Bemerkung des Mannes mitbekommen zu haben. Dafür saß ein neuer Gast an einem der Tische, ein Mann, Anfang 70. Sie begrüßte ihn. Er stellte sich vor. Ludwig Stillborn, pensionierter Installateurmeister und Hobbymaler. Er liebte Novemberstimmungen. Frau Zilber servierte das Abendessen. Steinpilzrisotto als Vorspeise, danach Hühnerfilet mit Brokkoli. Als Getränk wählte Nelly einen Mangosaft.

Nach dem Essen ging sie auf ihr Zimmer, legte sich aufs Bett, um sich ein wenig auszuruhen. Sie musste fit sein für ihren nächtlichen Streifzug. Den Handywecker hatte sie auf elf Uhr gestellt, eine Stunde vor Mitternacht. Sie schloss die Augen.

Sie wollte die vielen Eindrücke der vergangenen Tage noch einmal Revue passieren lassen. Vielleicht fiel ihr dabei etwas auf, das sie bisher zu wenig beachtet hatte. Gleichzeitig versuchte sie, sich zu entspannen.

Sie musste weggedämmert sein, fühlte sich benommen. Wie spät war es? Hatte sie das Wecksignal überhört? Es war dunkel im Zimmer. Sie wollte nach dem Handy greifen. In der nächsten Sekunde schoss ihr der Schreck wie ein Messerstich durch die Glieder. Sie konnte ihre rechte Hand nicht bewegen! Die war festgebunden. Auch die linke. Auf ihrem Mund klebte etwas. Sie bekam keine Luft. Panik erfasste sie. Sie versuchte, den Oberkörper zu heben. Auch das ging nicht. Ihr Kopf war fixiert.

Genauso wie die Beine. Sie spürte den Druck breiter Bänder auf Stirn und Knöchel. Um Himmels willen, was war hier los? Ein brennender Reiz ätzte in der Kehle. Gleich würde sie etwas hochwürgen! Nein! Nicht kotzen! Sie zwang sich, ruhig zu bleiben, obwohl ihr Herz raste! Ruhig atmen, durch die Nase! Wenn sie jetzt ihren Mageninhalt noch oben brachte, würde sie am eigenen Erbrochenen ersticken! Sie fokussierte ihre ganze Konzentration darauf, dem Würgereiz in Kehle und Speiseröhre nicht nachzugeben. Ihre Hände schwitzten, der Pulsschlag in den pochenden Schläfen dröhnte. Plötzlich waren die Bilder wieder da! Wie sie mit elf Jahren beim Schlittschuhlaufen auf dem zugefrorenen See eingebrochen war. Sie hatte eine besonders elegante Kurve versucht. Mitten im Schwung war ein Krachen zu vernehmen, und in der nächsten Sekunde war sie ins eiskalte Wasser gestürzt. Ihr Kopf war unter die Eisdecke geraten. Die Panik von damals durchschwemmte auch jetzt ihren Körper. Bitte, lieber Gott, lass mich nicht sterben! Die Elfjährige hatte sich unter Wasser dazu gezwungen, die Angst niederzuringen. Sie hatte ihren schweren Körper mit dem vom Seewasser vollgesoffenen Anorak herumgedreht und schließlich die Lücke erspäht. Sie wollte leben, heraus aus diesem Eiswasser, heimkehren zu Mami und Papi. Sie hatte es geschafft, den Kopf an die Oberfläche zu bekommen. Luft! Atmen! Schreien! Sie hatte so lange im grausig kalten Wasser ausgehalten, bis die Retter sie herauszogen. Schreien konnte die 30-jährige Nelly jetzt nicht. Aber sie konnte atmen. *Ich bekomme Luft durch die Nase! Es ist alles gut! Solange ich atmen kann, lebe ich!* Sie hämmerte diese Sätze in ihre Gedanken. Sie zwang sich zur Klarheit. Nur das Denken an Atmen und Weiterleben durften ihr Hirn ausfüllen. Sonst nichts. Und allmählich wurde sie ruhiger. Der Schweiß klebte ihr am Körper. Der Würgereiz ließ nach. *Ruhig bleiben. Weiteratmen. Weiterleben.*

Als sie das Gefühl hatte, ihre Reaktionen wieder besser kontrollieren zu können, erlaubte sie sich, auch wieder andere Gedanken zuzulassen. Wo bin ich hier? Das war nicht ihr Zimmer in der Pension »Luna«. Die Erkenntnis, bei völliger Dunkelheit in einem unbekannten Raum zu liegen, traf sie wie ein Keulenschlag. Wieder kroch die Angst ihren Körper hinauf, krallte sich am Hals fest. Doch erneut schaffte sie es, die Panik in Zaum zu halten. Sie bemühte sich, ihren auf einem weichen Untergrund festgeschnallten Körper zu spüren. Sie war zugedeckt. Ein kühler Stoff lag auf ihrer Haut. Die Stellen an Handgelenken und Knöcheln, die von Bändern fixiert waren, schmerzten. Aber es war erträglich. In ihrer rechten Armbeuge fühlte sie ein Brennen. Was, um alles in der Welt, war passiert? Sie zwang sich, Erinnerungsfetzen aus ihrem Gedächtnis zu kramen. Der Mann mit der Narbe vor Ostrotnys Haus. Derselbe Mann mit zerschmettertem Kopf als Leiche in einem Metallsarg. Ihr Entschluss, das Haus noch in dieser Nacht zu erkunden, ins Innere einzudringen. Hatte sie es geschafft? Das Letzte, woran sie sich klar erinnern konnte, war das Handy. Sie hatte die Weckfunktion auf elf Uhr gestellt.

Plötzlich flammte Licht auf. Sie starrte auf eine weiße Decke. Über ihr schwebte ein futuristisch anmutendes Gebilde mit hellen Scheiben. Hinter ihrem Rücken, weit außerhalb ihres Sichtbereiches wurde eine Tür geöffnet. Jemand betrat den Raum. Sie versuchte mit aller Kraft, ihre Augen seitwärts nach hinten zu drehen. In ihrem Blickfeld konnte sie einen Plastikschlauch ausmachen, durch den Flüssigkeit rann. Er führte zu ihrem rechten Arm. In der nächsten Sekunde flutete ein Schwall an Erkenntnis durch ihr Hirn. Die Panik griff nach ihr wie eine Dämonenkralle. Sie lag hier in einem Operationssaal! Festgeschnallt auf einem OP-Tisch. Unfähig, sich zu bewegen. Jemand hatte eben den Raum betreten. Und sie war hilflos ausgeliefert. Bilder von blitzenden Skalpellklingen und blutigen Knochensägen tauchten vor ihr auf. Alle mühsam aufgebauten Überlebensdämme brachen. Ein scharfer Schwall schoss durch ihre Speiseröhre nach oben. Durch ihren Kopf fegte das Bild einer Hand, die in eine Schüssel tauchte und blutige Fleischklumpen in gierige Schlünde schwarzer Vögel warf. Klumpen ihres Fleisches!

Dann wurde es dunkel.

Sie hat Schmerzen. Ihr Schädel glüht. Sie schafft es nicht, einen klaren Gedanken zu fassen. Schemenhafte Bilder treiben durch ihren Kopf. Ein altes Haus in einem riesigen Garten. Eine Krallenhand stülpt sich über das Dach. *Hexenhaus.* Schwarze Vögel landen auf einem Grab, picken nach roten Klumpen. Was hat das zu bedeuten?

Sie versucht mit aller Kraft, Klarheit zu bekommen. Aber die Bilder zerrinnen, fließen ineinander. Ich muss munter werden, aufwachen! Ihre Augen schmerzen. Aber sie zwingt sich dazu, die Lider zu heben. Alles ist verschwommen.

Sie sieht ein schemenhaftes Gebilde. Heller als die nebelige Umgebung. Ein Gesicht.

Sie versucht, die treibenden Erinnerungsbilder in ihrem Kopf anzuhalten. Sie kennt dieses Gesicht. Sie kennt diesen Mann. Sie reißt die Augen auf, so weit es geht. Dieser Mann heißt Ostrotny! Er taucht aus ihrer Erinnerung auf wie eine Larve aus einem schwarzen Fluss. Er hält etwas in der Hand. Metall, das blitzt. Panik überschwemmt sie! Das ist ein Messer! Er wird zustechen, sie zu Krähenfutter zerstückeln! Sie will schreien, aber es geht nicht. Sie versucht sich aufzubäumen. Dann zuckt ein Blitz durch ihren Kopf, brennt alles aus ihrem Gedächtnis weg, was an Bildern eben doch da war, reißt sie mit in eine bodenlose Finsternis.

Sie hört Stimmen. Von weit her. Sie schwappen an ihr Ohr wie kleine Wellen, die den Sand an einem Strand überspülen. Ihre Zehen fühlen sich kalt an, die Hände hingegen warm. Sie atmet. Ein Bild flackert in ihr auf. Ein kleines Mädchen treibt im Wasser. Unter einer Eisdecke. Mein Gott, das ist sie selbst! Sie öffnet die Augen. Das Bild des Mädchens verschwindet. Ihr Blick fällt auf ein Fenster. Die Rollos sind halb geschlossen. Sie liegt in einem Bett. Ein weiteres Bild blitzt in ihr auf. Eine

Zimmerdecke mit einer Operationslampe. Sie ist angeschnallt, kann sich nicht bewegen. Panik erfasst sie.

»Hallo, Nelly, bleiben Sie ganz ruhig!«

Eine fremde Frau sitzt an ihrem Bett. Der Schreck
über das plötzliche Auftauchen einer fremden Person ist
so riesig, dass sie beide Arme hochreißt. Und gleichzeitig mit der Angst strömt eine freudige Erkenntnis durch
ihren Körper. Sie kann ihre Arme bewegen! Sie ist nicht
mehr angeschnallt.

»Es ist alles in Ordnung, Nelly. Entspannen Sie sich.
Sie haben viel durchgemacht.«

Die Flut der Erinnerungen setzt ein. Der Operationstisch. Jemand betritt den Raum.

Ostrotny mit dem Messer in der Hand! Aber sie liegt
jetzt hier in einem Bett. Sie hat keine Wunden. Sie ist
nicht zu Krähenfutter geworden. Sie lebt! Sie spürt ein
Würgen in ihrem Hals. Schreck erfasst sie, aber ihre Lippen werden von keinem Klebeband mehr verschlossen.
Sie kann atmen. Ein befreiender Schrei fährt aus ihrem
Mund, und zugleich schießen ihr Tränen in die Augen.

»Es ist alles gut, Nelly. Sie sind in Sicherheit. Ich bin
Hauptkommissarin Vanda Küppers.«

Eine Kommissarin? Polizei? Sie versucht zu sprechen,
aber die Stimme versagt. Ihr ganzer Körper wird von hef-
tigem Schluchzen geschüttelt. Sie schafft es beim zweiten Ansatz.

»Haben Sie ihn erwischt?«

Die dunkelhaarige Frau an ihrem Bett hat sie die ganze
Zeit über nicht aus den Augen gelassen. »Wen?«

Wieder versagt ihr die Stimme. Sie versucht, sich zu fassen. Sie braucht eine Antwort auf ihre Frage. Dringend wie ein Stück Brot. Sie muss es wissen. Jetzt gleich. Erst danach würde sie sich ganz beruhigen können.

»Haben Sie Richard Ostrotny festgenommen? Ist er in Verwahrung?«

Warum lächelt die Frau auf einmal so eigenartig? Was ist hier los?

»Aber nein, Nelly. Er ist hier.«

Er ist hier? Plötzlich ist die Angst wieder da. Wie ein Tiger fällt sie die Furcht an.

Und dann steht er plötzlich neben ihr! Die Panik schnürt ihr die Kehle zu.

Richard Ostrotny mit ihr im selben Zimmer! Er ist nicht eingesperrt! Und wer ist diese Frau? Die kann nicht von der Polizei sein, wenn Ostrotny frei herumläuft. Die beiden stecken unter einer Decke! Ihr Herz beginnt zu rasen. Aber ihre Arme sind nicht mehr festgeschnallt. Die Beine auch nicht! Sie kann laufen. Sie muss weg von hier. Sie reißt die Bettdecke zurück, ihr Oberkörper schnellt hoch. Auch die Frau ist aufgesprungen, versucht, sie zu fassen. Nelly holt aus, lässt ihren Arm vorschnellen, um der Frau die Faust ins Gesicht zu dreschen. Doch die Schwarzhaarige weicht geschickt ihrem Schlag aus, packt ihre Hand. Gleichzeitig hält Ostrotny ihren anderen Arm fest.

»Nelly, beruhigen Sie sich bitte. Sie sind außer Gefahr. Das ist Richard Ostrotny, ein ehemaliger Richter. Er hat Ihnen das Leben gerettet!«

236

Richter? Leben gerettet? Wovon faselt diese Frau da?

»Kind, was machst du nur für Sachen?« Eine weitere Stimme füllt den Raum. Diese Stimme kennt sie. Schon taucht die blond gelockte Chefin des Dorfcafés vor ihren Augen auf, in der einen Hand Blumen, in der anderen einen Teller mit einem riesigen Stück Mohntorte.

»Marlene?«

»Na, wenigstens mich erkennst du noch!« Sie tritt an ihr Bett. Ostrotny und die Frau lassen Nellys Arme los. Marlene drückt ihnen Blumenstrauß und Tortenteller in die Hände. Denn legt sie ihre Arme um die junge Frau und presst sie fest an sich.

»Es ist alles gut, Nelly. Frau Küppers ist tatsächlich von der Polizei.«

Sie drückt ihr einen Kuss auf die Wange und schiebt sie sanft wieder zurück aufs Bett. »Mein Gott, was bin ich froh, dich heil zu sehen!«

Durch Nellys Kopf purzelt ein Schwall an Eindrücken. Aus jeder Erinnerung wächst eine neue Frage.

»Aber dieser Raum ... ich lag auf einem Operationstisch ... ich wollte zum Hexenhaus und dann war ich plötzlich ... ich meine, wer hat mich denn dorthin ...?« Sie bringt keinen klaren Satz zustande. Alles dreht sich. Das Zimmer, ihr Kopf, die Leute im Raum. Die Schwarzhaarige hat wieder Platz genommen.

»Es waren die Zilbers.«

Die Zilbers? Dieses nette Ehepaar, das sie so wunderbar umsorgt hatte? Nie und nimmer! Die Frau lügt. Sie schüttelt heftig den Kopf.

»Ich erkläre es Ihnen später, Nelly. Jetzt müssen Sie sich ausruhen.«

Jemand streichelt über ihre Wange. »Schlaf schön, meine Liebe. Ich bleibe hier. Und wenn du wieder aufwachst, füttere ich dich mit Mohntorte.«

Mohntorte ist das Letzte, was ihr Geist mitbekommt. Wärme breitet sich aus. Und eine tiefe Müdigkeit. Dann ist Dunkelheit in ihr. Aber wie durch ein Wunder hat sie keine Angst mehr davor.

Wir sehen Nelly in einem großen Bett, die Decke bis zum Kinn hochgezogen.

Der Schlaf, in den sie abtaucht, dauert lang. Ihr erschöpfter Körper holt sich die Ruhe, die er braucht. Als Nelly wieder die Augen öffnete, fühlte sie sich zum ersten Mal seit Langem ein wenig besser. Mit dem Aufwachen setzte die Erinnerung ein. Ostrotny war hier gewesen, zusammen mit einer Polizistin. Und Marlene.

»Guten Morgen, Nelly. Ich bin Schwester Arabella.«

Neben ihrem Bett stand eine groß gewachsene Frau in blauer Schwesterntracht. Sie hatte ihr kupferfarbenes Haar zu einem Rossschwanz gebunden.

»Welcher Tag ist heute? Wie lange habe ich geschlafen?«

»Heute ist Freitag. Sie haben jetzt fast 30 Stunden durchgeschlafen.«

30 Stunden? Höchste Zeit aufzustehen! Sie schwang ihre Beine aus dem Bett. Welch herrliches Gefühl, nicht mehr gefesselt zu sein! Sie konnte sich frei bewegen. Sie

stieß sich von der Bettkante ab, um aufzustehen. Ein heftiges Schwindelgefühl erfasste sie, sie musste sich abstützen.

»Langsam, Nelly. Nicht übertreiben. Sie sind lange gelegen. Ihr Körper muss sich erst wieder an die Bewegungen gewöhnen.«

Sie setzte sich wieder aufs Bett. Ein neues Gefühl machte sich in ihr breit. Hunger.

Als hätte die Krankenschwester es erraten, sagte sie: »Möchten Sie gleich frühstücken oder lieber zuerst duschen?«

»Mein Magen hat Vorrang. Die Haut kann warten.«

Das Lächeln in Schwester Arabellas Gesicht machte sich hübsch aus.

»Ich bin ganz Ihrer Meinung. Das Stück Mohntorte Ihrer Freundin liegt im Schwesternzimmer im Kühlschrank. Ich hole es gleich. Es ist inzwischen vielleicht ein wenig hart, schmeckt aber wohl immer noch wunderbar.«

Marlene? Wollte die nicht an ihrem Bett wachen? Sie entdeckte ein rosafarbenes Kuvert auf dem Nachtkästchen. Sie las die Nachricht.

Hallo Nelly! Hab drei Stunden Händchen gehalten. Aber du hast geschlafen wie Dornröschen. Ich komme bald wieder. Umarmung. Marlene.

Schwester Arabella kehrte zurück. Sie brachte ihr ein Tablett mit der Torte und eine Kanne Kaffee. Nelly aß mit großem Appetit. Nach der Torte verputzte sie noch zwei Bananen und ein Fruchtjoghurt. Dazu trank sie Kaffee und Marillensaft. Endlich fühlte sie sich gestärkt. Der Hunger war gestillt, aber die Müdigkeit lastete immer noch auf ihr wie ein Bleivorhang. Sie würde duschen und dann versuchen, noch ein wenig zu schlafen. Sie hatte Hunderte Fragen im Kopf und war gierig nach Antworten. Die Kommissarin würde gegen Abend kommen, hatte Schwester Arabella ihr mitgeteilt. Bis dahin wollte sie ihrem Körper Ruhe gönnen.

Als Nelly wieder erwachte, stellte sie mit Freude zweierlei fest: Sie fühlte sich halbwegs ausgeruht. Die totale Erschöpfung war aus ihrem Körper gewichen. Und die Kommissarin war bereits da. Sie saß auf dem Besucherstuhl und las Nachrichten auf ihrem Handy. Nelly würde also bald Antworten auf ihre Fragen erhalten. Im Zimmer brannte Licht, die Rollos waren verschlossen. Nelly linste zur Digitalanzeige des kleinen Radioweckers auf ihrem Nachtkästchen. 21.10 Uhr.

»Guten Abend, Frau Kommissarin. Warten Sie schon lange?«

Vanda Küppers blickte vom Display hoch. Die junge Frau im Krankenbett machte einen weitaus besseren Eindruck als beim letzten Mal. Das freute die Polizistin.

»Hallo, Nelly, schön, dass Sie wieder munter sind und offenbar einigermaßen bei Kräften. Nein, ich bin erst seit einer knappen halben Stunde hier.«

Sie schob ihren Stuhl näher ans Bett und reichte Nelly die Hand.

»Ich habe hunderttausend Fragen, Frau Küppers!«

»Ich weiß und ich hoffe, ich kann die meisten davon beantworten.«

Auch wenn die Erinnerung an die erste Begegnung mit der Hauptkommissarin noch ein wenig verschwommen war, fiel Nelly eine Bemerkung ein, die sie schockiert hatte. »Es waren die Zilbers.« Sie konnte das einfach nicht glauben. Die Vorstellung, dass diese netten alten Leute, die so herzlich und fürsorglich waren, ihr etwas angetan hätten, passte nicht in ihren Kopf.

»Warum die Zilbers? Das kann nicht sein.«

»Der Gedanke, die alten Leute hätten mit der Sache etwas zu tun, ist auch schwer in den Kopf zu bekommen. Aber im Grunde ist Ihre Frage ganz einfach zu beantworten, Nelly. Sie haben angefangen herumzuschnüffeln, weil sie das Verschwinden Ihres Onkels aufklären wollten. Dadurch wurden Sie zur Gefahr. Und zum anderen wollte das Ehepaar von Ihnen etwas haben.«

»Von mir? Was?«

»Ihre Nieren, Ihre Leber, Ihr Herz, Ihre Lunge und vielleicht auch Pankreas und Dünndarm.«

Nelly erschrak. Was redete die Frau da? Sie spürte, wie ihre Hände feucht wurden. Die Panik, die sie in den vergangenen Stunden immer wieder erfasst hatte, meldete sich zurück. Die Polizistin beugte sich vor, legte ihre Hand beruhigend auf Nellys Schulter.

»Es ist schwer vorstellbar, entspricht aber leider der traurigen Wahrheit. Ich leite in München eine SOKO, die in Zusammenarbeit mit Interpol hinter Organisationen her ist, die illegalen Organhandel betreiben. Das ist ein weltweites kriminelles Geschäft. Arme Dorfbewohner in Bangladesh verkaufen ihre Nieren für 2.000 Dollar an skrupellose Händler. Flüchtlingen aus Äthiopien und dem Sudan wurden in der Sinai-Wüste Organe bei lebendigem Leibe entnommen. Die meisten überlebten die brutalen Eingriffe nicht. Dass in China hingerichteten Häftlingen ohne Einwilligung der Gefangenen oder deren Familien Organe entnommen werden, gehört noch zu den erträglicheren Details auf dieser Liste des Grauens. Aber auch in Europa häufen sich die verbrecherischen Vorgänge um den gewinnbringenden Handel mit menschlichen Organen. Reiche Empfänger aus Indien, den USA, aus Europa oder aus dem arabischen Raum zahlen bis zu 100.000 Euro für eine neue Niere. Dieses blutige Geschäft boomt!«

Nelly spürte ein ungutes Gefühl in ihrem Magen, es kroch die Speiseröhre hoch.

Wir sehen die junge Frau, die ohne es zu wissen auszog das fürchten zu lernen in einem Krankenhausbett liegen. Sie greift nach dem Glas mit dem kalten Tee auf ihrem Nachtkästchen, nimmt einen kräftigen Schluck.

»Entschuldigung, Nelly, ich war wohl in meinen Schilderungen etwas zu drastisch. Ich darf Sie nicht überfordern, Sie haben viel durchgemacht.«

Nelly schüttelte den Kopf. »Das passt schon, Frau Küppers.« Sie wollte unbedingt mehr wissen. Sie konnte sich einfach nicht vorstellen, dass das nette Ehepaar aus der romantischen Pension in derart grauenhafte Vorgänge verwickelt war.

»Den Kollegen in Slowenien gelang die Festnahme eines Kuriers einer der weltweit agierenden Organisationen, die ihre schmutzigen Geschäfte vor allem mit dem Handel von Organen betreiben. Aus den dabei gesicherten Unterlagen konnten die Ermittler eine Spur nachzeichnen. Sie führte hierher, in den Bayerischen Wald. Namen oder eine genaue Ortsangabe waren nicht festzustellen, aber ein ungefähres Einsatzgebiet. Ich beauftragte einen meiner Mitarbeiter, undercover in dieser Region zu ermitteln.«

Die Miene der Hauptkommissarin verdüsterte sich. Und noch eine Regung glaubte Nelly in den Augen der Polizistin zu erkennen. Trauer.

»Was ist mit dem Mann passiert?«

»Er ist tot.«

»Warum?«

Anstelle einer Antwort öffnete die SOKO-Leiterin eine Bilddatei auf ihrem Handy. Auf dem Display war das Gesicht eines jungen Mannes zu sehen. Er lachte fröhlich in die Kamera. Seine Lippen waren geschürzt, als pfiffe er gerade ein Lied. Im Hintergrund waren Luftballons und Papierschlangen auszumachen. Auf der Wange des Mannes erkannte Nelly eine Narbe. Sie hatte die Form eines verkehrt gezeichneten Ypsilons.

»Ich habe diesen Mann gesehen.« Nellys Stimme war ein Flüstern. Sofort waren die Bilder wieder da. Ostrotnys Haus. Sie steht mit dem Fernglas im Schutz der Bäume. Der Mann mit der Narbe steigt ins Auto. Dann sieht sie den Dorfplatz. Derselbe Mann liegt mit zertrümmertem Schädel in einem Metallsarg.

»Ich weiß, dass Sie Torsten gesehen haben.« Die Hauptkommissarin wischte das Foto weg, legte das Handy beiseite.

»Torsten Stroller war einer der besten Ermittler aus meinem Team. Die Hinweise, auf die er in der Region gestoßen war, deckten sich mit weiteren Ermittlungsergebnissen, die vermehrt aus anderen SOKOS eintrafen. Wir konnten den Radius eingrenzen und konzentrierten uns auf die Gegend rund um Äpplersbrunn und Trappenau. Hier war einer der möglichen Kuriere gesehen worden.

Ein Mann, dessen Namen wir nicht kannten. Aber wir hatten die Beschreibung seines Autos. Er fährt einen schwarzen BMW.«

Nelly zuckte zusammen.

»Was erschreckt Sie so?«

»Ich glaube, ich habe den Mann gesehen.« Sie schilderte ihr die Begegnung auf dem Parkplatz der Pension ›Luna‹. War der Mann kein Vertreter gewesen, wie ihr Arvid Zilber weismachen wollte, sondern der Kurier einer Verbrecherorganisation? Waren die beiden alten Leute tatsächlich in dubiose Machenschaften verwickelt? Nelly weigerte sich nach wie vor, das zu glauben. Die beiden waren ihr ans Herz gewachsen. Solche Großeltern hatte sie sich immer gewünscht. Vielleicht waren die alten Leute ganz unabsichtlich in eine kriminelle Handlung verstrickt worden. Oder man hatte sie erpresst.

»Ich sehe Ihrem Gesicht an, Nelly, dass sie immer

noch an meinen Ausführungen zweifeln. Die Wahrheit ist auch schwer vorstellbar. Es war die perfekte Tarnung. Arvid und Ruth Zilber, zwei sympathische ältere Leute, freundlich, zuvorkommend, ein wenig schrullig, aber liebenswert. Sie führen eine Pension, klein, abgelegen, romantisch, die richtige Bleibe für Menschen, die dem Alleinsein entfliehen wollen, ein Haus für einsame Herzen. Solche Menschen haben meist keine Familie mehr, kaum Freunde, wenig Kontakt. Wer fragt schon groß danach, wenn diese Personen plötzlich verschwinden? In den meisten Fällen niemand. Und wenn ja, dann konnte man immer noch bestätigen, dass die Gesuchten hier gewesen seien, den Aufenthalt genossen hätten, aber schon längst wieder abgereist wären. In Wirklichkeit hatten die meisten Gäste diese Pension nicht mehr verlassen. Dafür waren ihre Nieren, ihre Bauchspeicheldrüsen, ihre Lungen und andere Organe längst verkauft, verlängerten das Leben ihrer neuen Träger, die bereit gewesen waren, dafür große Summen hinzublättern. Die meisten Gäste blieben über einen längeren Zeitraum in der Pension. So lernten Ruth und Arvid Zilber sie besser kennen und konnten abschätzen, ob deren Verschwinden jemandem auffallen würde, oder ob sich ohnehin nie jemand groß Gedanken über deren Verbleib machte. Schien ihnen das Risiko zu groß, dann ließen sie den Gast unbehelligt wieder ziehen.«

Die Polizistin atmete tief durch, ihr Gesicht wirkte angespannt. Was will sie mir jetzt noch sagen? dachte Nelly. Reicht das noch nicht?

Wir sehen Vanda Küppers, Hauptkommissarin der Kriminalpolizei, wie sie sich vorbeugt, die Hand der jungen Frau im Bett erfasst, sie leicht drückt, und mit gefasster Stimme weiterspricht.

»Es hatte noch einen Vorteil, dass die meisten Gäste über einen längeren Zeitraum blieben. Die Betreiber der Pension ›Luna‹ waren auch deswegen so gefragte Partner für die internationalen Organhändler, weil die beiden perfekte Ware lieferten. Die Organe, die von hier kamen, waren von hoher Qualität. Immerhin gab es da eine Küchenchefin, die ihre Gäste ganz gezielt bekochte.«

Nelly war fassungslos. Sie konnte nicht glauben, was sie hörte. Zugleich schoben sich die Bilder in ihren Kopf, hörte sie in ihrem Inneren die vielen Bemerkungen, die am Tisch gefallen waren.

Wegwarte ... sehr gesund zur Stärkung der Leber ... auch Gänseblümchen, Artischocken und Mariendistel ...

Weißdorn ... stärkt unser zentrales Kreislauforgan ...

Huflattichblätter ... Gut für die Lunge! ...

Brennnessel kann man essen? ...Ja, gut für die inneren Organe ...

Nelly wurde schlecht. Ruth Zilber hatte ihr und den anderen Gästen jeden Abend feinste Salate und Suppen serviert, delikate Aufläufe und Fisch vorgesetzt, wunderbar abgeschmeckt mit Kräutern aus dem Garten, die alle nur einem Zweck dienten: die Organe zu stärken, die man ihnen aus dem Leib schneiden wollte.

Ich glaube, unsere Köchin hat neben den Blättern auch

die Wurzeln der Petersilie verwendet … Ich wusste gar
nicht, dass Petersilie so wunderbar schmecken kann …

Dazu ist sie auch noch gesund, hilft bei Verdauungs-
störungen … Und ist ein hervorragendes Mittel zur Stär-
kung der Nieren!!!

Nelly fasste sich an die Seiten. Die Übelkeit nahm zu.
Die Hauptkommissarin beruhigte sie.

»Keine Panik, Nelly. Sie sind hier in Sicherheit. Niemand kann Ihnen mehr etwas tun. Trinken Sie noch
einen Schluck Tee.«

Die Polizistin reichte ihr die Tasse. Nelly hatte die
Hände wie schützend auf ihren Leib gelegt. Auf ihrer
Stirn glänzten Schweißtropfen. Sie nahm den Tee, trank
die Tasse aus. Sie griff nach einem Taschentuch, wischte
sich den Schweiß ab. Dann ließ sie sich auf das Kopfpols-
ter zurücksinken. Eine Zeit lang herrschte Stille im Zimmer. Sie schüttelte nur immer wieder entsetzt den Kopf.

»Wenn es nicht so furchtbar wäre, könnte man fast
darüber lachen.« Sie sah die Polizistin an. »Das Ganze
hört sich an wie eine schwarzhumorige bitterböse Szene
aus einem Stephen King Film. Eine harmlose Pension
auf einer Waldlichtung. Tief im Verborgenen passiert
im Keller Grauenhaftes. Oben, im heiteren Ambiente,
agieren zwei freundliche alte Leutchen, denen man nie
zutrauen würde, auch nur ein Wässerchen zu trüben.
Eine unscheinbare weißhaarige Frau, Großmutter-
typ, zugleich hervorragende Köchin, und ihr schrulli-
ger Mann, der sich nur mithilfe einer Krücke bewegen
kann.«

»Die Krücke diente, wie so vieles, nur der Tarnung. Arvid Zilber war in jungen Jahren nicht nur ein gut aussehender Medizinstudent, der Chirurg werden wollte. Er war auch ein ausgezeichneter Sportler. Leichtathletik, Bodenturnen. Er ist auch jetzt noch im Alter ein agiler Mann, kräftig und sehr beweglich.«

Sie sah das Bild vor sich. Der alte Mann, das weiße Haar schon schütter, windet sich mit schmerzender Hüfte mithilfe einer Krücke hinter der Rezeption hervor.

Sie konnte es immer noch nicht fassen.

»War der Tod Ihres Kollegen ein Unfall?«

Die Hauptkommissarin schüttelte den Kopf.

»Nein.« Nelly hatte die Antwort befürchtet.

»Torsten war ihnen zu nahe gekommen. Ich vermute, er hat sich diesen erhöhten Platz gewählt, um ungestört mittels Fernglas die Pension beobachten zu können. Wir sind mit unseren Vernehmungen noch lange nicht am Ende. So wie es sich derzeit für uns darstellt, ist ihm Arvid Zilber nachgeschlichen, um ihn über den Felsen zu stoßen. Das Ganze sollte wie ein Unfall aussehen.«

Nelly versuchte, sich die Szene vorzustellen. Der alte Mann, mit gebeugter Haltung. Er legt die Krücke zur Seite, richtet sich auf. Seine Größe war Nelly schon bei der ersten Begegnung aufgefallen, aber durch die verkrümmte Erscheinung wirkte der Mann kleiner, zerbrechlicher. Dann verlässt Arvid Zilber in ihrer Vorstellung das Haus, macht sich auf den Weg zur Ruine.

Und sie hatte gedacht, der Mann mit der Narbe hatte den Aussichtsposten bezogen, um das Haus von Ostrotny zu beziehen. Welche ein Irrtum! *Ostrotny!* Dessen Rolle in dieser Geschichte war ihr noch völlig unklar.

»Ich habe Ihren Kollegen aus Ostrotnys Haus kommen sehen. Was hat er dort gemacht?«

Die Polizistin lehnte sich im Stuhl zurück, atmete tief durch. »Das ist eine lange Geschichte. Ich gebe Ihnen eine Kurzfassung. Richard Ostrotny, 71 Jahre alt, Einzelgänger, bevorzugt die Abgeschiedenheit. War viele Jahre lang Strafrichter.

Vor etwa 20 Jahren hat er sich aus dem Dienst zurückgezogen. Torsten Strollers Vater war ebenfalls Richter, sogar mit Ostrotny befreundet. Deshalb kannte Torsten ihn von früher. Er ermittelte undercover. Er konnte sich nicht an die hiesigen Kollegen wenden. Wir hatten einen Hinweis, dass möglicherweise ein Polizeibeamter in die kriminellen Machenschaften des Organhandels verwickelt war. Torsten suchte Ostrotny auf, weil er sich von ihm Hilfe erhoffte. Er erzählte ihm von seinem Auftrag, von der Ermittlungsspur, die in diese Gegend führte. Der pensionierte Richter versprach, dem Sohn des ehemaligen Freundes zu helfen. Er wollte sich umhören. Auch wenn er sehr zurückgezogen lebte, kannte er doch die eine oder andere Person in der Region. Er versprach, ein paar Telefonate zu führen. Sie vereinbarten, dass Torsten am darauffolgenden Abend Ostrotny wieder aufsuchen würde.«

Doch dazu kam es nicht mehr, wie Nelly selbst miterlebt hatte. Erneut tauchte der Kopf des jungen Mannes mit der klaffenden Stirnwunde in ihrem Gedächtnis auf.

»Hat sich Ihr Verdacht bestätigt? Ist tatsächlich jemand von der Polizei in die Affäre verwickelt?«

Die Hauptkommissarin nickte. Es war der toughen Frau anzusehen, dass auch ihr das Geschilderte nahe ging. Immerhin hatte sie einen Kollegen aus ihrem Team verloren.

»Ja, wir haben inzwischen sogar einen Namen. Polizeiobermeister Gerwald Hortens.«

Der Name sagte ihr nichts. Sie konnte sich nicht erinnern, bei den Gesprächen, die sie im Dorfcafé oder anderswo mitbekommen hatte, je diesen Namen gehört zu haben.«

»Sie kennen ihn, Nelly.«

»Tatsächlich? Woher?« Bevor die Polizistin antworten konnte, blitzte ein weiteres Bild der vergangenen Tage in Nelly auf. Sie straffte ihre Schultern.

»Wie viele Sterne trägt ein Polizeiobermeister an seiner Uniform?«

»Drei.«

Nelly ließ sich wieder zurücksinken. Der freundliche Beamte auf dem Dorfplatz! Er hatte sie nicht nur einen Blick auf den Toten werfen lassen. Er war ihr später auch mit Wasserflasche und Taschentuch beigestanden. Hatte jeder freundliche Mensch, der ihr in den vergangenen Tagen untergekommen war, Dreck am Stecken?

»Wir wissen von Ihrem Zusammentreffen auf dem Dorfplatz. Zumindest der Polizeibeamte Gerwald Hortens hat inzwischen ein Geständnis abgelegt. Sie berichteten ihm, den Mann im Sarg schon einmal gesehen zu haben. Sie hätten ihn beobachtet, wie er Ostrotnys Haus verließ. Da läuteten beim Polizeiobermeister die Alarmglocken. Er wusste nicht, welche Rolle Sie genau spielten. Sein Komplize Arvid Zilber hatte einen Undercoverermittler umgebracht, indem er ihn über die Felswand warf. Welchen Part Hortens selbst bei diesem Mord spielte, werden wir noch genauer untersuchen. Hat er Zilber dabei geholfen? Ein Mittäter? In jedem Fall ist er ein Mitwisser. Er leitete seinen Verdacht über die junge Frau, die den Toten kannte, an die Zilbers weiter.«

Die Bilder dieses Tages stiegen vor Nellys geistigem Auge auf. Sie spürte wieder die Unruhe, die sie umgetrieben hatte. Sie hatte sich gefragt, was der Mann, der mit zerschmettertem Schädel gefunden worden war, bei der Ruine machte. Welche Verbindung konnte zwischen ihm und Ostrotny bestehen? Sie hatte sogar überlegt, sich an die Polizei zu wenden. Dann aber hatte sie den Entschluss gefasst, nach weiteren Anhaltspunkten zu suchen. In Ostrotnys Haus. Die Ereignisse des Abends fielen ihr wieder ein. Ein neuer Gast war angekommen, ein pensionierter Installateurmeister, der Novemberstimmungen liebte. Sie sah wieder die kleine, zerbrechlich wirkende Gestalt der weißhaarigen Ruth Zilber, die das Abendessen servierte. Steinpilzrisotto, Hühnerfilet. Sie hatte sich später aufs Bett gelegt, den Handywecker gestellt. Sie war weggeschlummert, um irgendwann später in totaler Finsternis aufzuwachen. Mit Händen und Füßen an eine Liege geschnallt. Den Kopf festgebunden und mit einem Klebestreifen über dem Mund.

»Was ist in dieser Nacht passiert?« Ihre Stimme hörte sich kläglich an. Sie räusperte sich, versuchte, ruhig zu atmen.

»Man hat Sie betäubt. Die Substanz war im Mangosaft. Auch der andere Gast erhielt ein Schlafmittel, damit er nichts von den Vorgängen im Haus mitbekam. Man brachte Sie in den Keller. Das Gebäude verfügt ja über einen Lift.« Sie spürte, wie ihre Hände kalt wurden. In ihrem Magen nagte ein eigenartiges Kratzen.

»Vielleicht ist es besser, Nelly, wir unterbrechen an dieser Stelle. Ich rufe die Schwester, damit sie Ihnen ein Beruhigungsmittel gibt.«

Nelly schüttelte den Kopf. Nein! Sie wollte alles wissen. Jetzt. Die Polizistin zögerte kurz, dann sprach sie weiter.

»Ostrotny hatte tatsächlich bei seinem telefonischen Rundruf ein paar vage Hinweise erhalten, die zu Torstens bisherigen Ermittlungen passten. Er wartete abends auf unseren Kollegen. Doch der erschien nicht wie vereinbart. Auch wenn Ostrotny seit vielen Jahren völlig zurückgezogen lebte, hatte er doch sein analytisches Gespür nicht verloren. Er war einer der besten Strafrichter gewesen. Er hatte bei seinen Recherchen von Gerüchten gehört. Leute seien angeblich verschwunden. Vielleicht handelte es sich bei den Andeutungen tatsächlich nur um belangloses Gerede. Aber da war ja auch diese junge Frau bei ihm gewesen, die sich einfach nicht abwimmeln ließ. Die behauptete, ebenfalls jemanden zu suchen, der verschwunden war. Ihren Onkel. Torsten Stroller hatte berichtet, man hätte den verdächtigen schwarzen BMW des Kuriers zuletzt auf der Straße gesehen, die vom Dorf wegführte. Unweit der Straße liegt nicht nur Ostrotnys Haus, sondern auch die Pension ›Luna‹. Torsten plante, das Haus zu beobachten. Das war das Letzte, was Ostrotny von ihm hörte. Ostrotny rief mich an. Er wusste von Torsten, dass ich die SOKO leite. Für den ehemaligen Richter war es nicht schwer, an meine Nummer zu kommen. Ich wusste von Torstens Besuch in Ostrotnys Haus. Davon hatte er mir noch berichtet. Danach hatte ich nichts mehr gehört, was nichts bedeuten musste. Torsten meldete sich meist nur, wenn er auf neue Indizien gestoßen war. Vom Unfall hatten wir in München nichts mitbekommen. Dafür hatte Polizeiobermeister Gerwald Hortens gesorgt. Er hatte Torstens Ausweis verschwinden lassen. Laut Hortens Darstellung trug der Tote keine Papiere bei sich. Als ich erfuhr, dass Torsten nicht wie vereinbart bei Ostrotny aufgetaucht war, machte ich mich sofort mit zwei Kollegen auf den Weg. Wir würden etwa zwei Stunden brauchen. Doch so lange wollte Ostrotny nicht warten. Im Gästehaus, das Torsten beobachten wollte, war auch der verschwundene Onkel der jungen Frau abgestiegen. Und sie selbst wohnte ebenfalls dort. Wenn mit den Leuten, die das Haus führten, tatsächlich etwas nicht stimmte, dann war die junge Frau vielleicht in großer Gefahr. Ostrotny hatte eine Waffe. Er steckte sie ein und machte sich auf den Weg.

Er fand das Haus finster vor, es machte einen friedlichen Eindruck. Alle Bewohner schienen zu schlafen. Es war wohl sein in vielen Jahren als Richter erworbenes Gespür für bedrohliche Situationen, das ihn nicht am Haus läuten ließ. Er schlug eine Scheibe ein, gelangte so ins Innere, durchsuchte rasch die wenigen Gästezimmer. Schon im ersten Raum fand er einen Mann. Der war völlig weggetreten. Es war Ostrotny unmöglich, ihn zu wecken. Etwas später entdeckte er das Zimmer der jungen Frau. Ihr Gepäck war noch da. Doch das Bett war leer. Er setzte die Suche fort. Schließlich stieß er auf den Abgang zum Keller, den die Zilbers nicht verschlossen hatten. Es war für sie auch nicht mit einem Eindringen von außen zu rechnen gewesen. Ostrotny kam gerade noch rechtzeitig. Die junge Frau lag bereits festgeschnallt auf dem Operationstisch. Sie war offenbar ohne Bewusstsein. Die beiden Besitzer der Pension hatten schon nach dem Operationswerkzeug gegriffen. Arvid Zilber hielt ein scharfes Skalpell, eine tödliche Waffe, die man auch gegen einen unvermuteten Eindringling anwenden konnte. Aber in Richard Ostrotnys Hand lag eine Smith & Wesson 686, ein überzeugendes Argument, die Operationswerkzeuge fallen zu lassen. Ostrotny hatte auch sein Handy dabei. Der Notarzt traf 15 Minuten später ein. Die junge Frau war am Leben, aber schwer mitgenommen von den verabreichten Mitteln. Ostrotny rief auch mich an. Wir hatten die Strecke München Trappenau in einer Stunde 37 Minuten geschafft. Glauben Sie mir

Nelly, wir waren mit einem Höllentempo unterwegs. Aber wir wären dennoch viel zu spät gekommen, wenn Richard Ostrotny nicht auf eigene Faust versucht hätte, Sie zu retten.«

Sie lehnte sich zurück. Auch die Hauptkommissarin wirkte ein wenig erschöpft. Die Ereignisse der vergangenen Tage hatten ihr zugesetzt. Nelly war wie benommen. Erst nach geraumer Zeit bekam sie mit, dass ihr die Tränen über die Wangen liefen.

»Ostrotny war anfangs oft hier bei Ihnen im Krankenzimmer. Sie sind einmal kurz aus ihrer tiefen Benommenheit aufgewacht, viel früher als erwartet. Der alte Richter hatte mitbekommen, dass Sie munter werden. Er wollte für sie einen Apfel schälen.«

Sie erinnerte sich. Sie hatte ein schemenhaftes Gebilde erkannt, ein Gesicht, aufgetaucht wie aus dem Nebel. Es gehörte Ostrotny, der etwas Blitzendes in der Hand hielt. Ein tiefes Schluchzen quoll aus ihrer Brust, löste einen dumpfen Knoten in ihrem Inneren. Gleichzeitig musste sie lachen. Es war auch zu verrückt. *Er hatte ein Messer in der Hand gehalten, um für sie einen Apfel zu schälen*! Und sie hatte sich in ihrer Benommenheit wieder in dem furchtbaren Raum gewähnt, mit einem Monster, das ihr mit dem Skalpell zu Leibe rückte, um sie zu Futter für seine Krähen zu zerstückeln. Aber die Monster wohnten nicht in alten Häusern, die eine junge Frau, die als Kind Gespenstergeschichten liebte, für Hexenhäuser hielt. Sie trieben ihr Unwesen in friedlich anmutenden Gästepensionen mit hübschen Balken in Erdbeerrot, mit adretten Zimmern, sauber gedeckten Tischen und wohlriechenden Kräutern im Garten.

Wir sehen Nelly im Bett liegen. Auf der Konsole der medizinischen Apparatur am Kopfende blinken Lichter. Es ist warm im Zimmer. Die Rollos sind halb geschlossen. Draußen ist es dunkel. Die junge Frau, die auszog, das Fürchten zu lernen, ohne es zu wissen, hat Angst vor der nächsten Frage. Ein Kloß verdichtet sich in ihrem Hals, schnürt die Kehle zu. Sie fürchtet sich vor der Antwort, obwohl sie tief in ihrem Innern die Antwort schon kennt.

»Wissen Sie, was mit den Gästen geschehen ist, die gleichzeitig mit mir in der Pension waren?«

Die Hauptkommissarin nickte. »Es wird Ihnen Kummer bereiten, Nelly. Aber ich kann Ihnen den Schmerz nicht ersparen. Es mag Sie trösten, dass das ältere Ehepaar unbehelligt abreisen konnte. Doch die ehemalige Lehrerin, mit der sie sich offenbar angefreundet hatten, gehört leider zu den Opfern.«

Der Kloß in Nellys Hals schwoll an. Ihre Augen füllten sich mit Tränen. Sie musste noch eine Frage stellen. Doch die Polizistin kam ihr zuvor. Sie streichelte der jungen Frau den Kopf.

»Wir wissen es nicht sicher, Nelly. Das Ehepaar Zilber ist nicht sehr kooperativ bei ihrem Geständnis. Aber ich fürchte, Sie werden der Wahrheit ins Gesicht sehen müssen. Es ist davon auszugehen, dass auch Ihr Onkel die Pension ›Luna‹ nicht mehr lebend verlassen hat.«

Der Damm in Nellys Herzen brach. Eine Woge an Schmerz und tiefem Kummer rollte aus ihrem immer noch mitgenommenen Körper. Die Polizistin nahm sie in die Arme, hielt sie wie ein kleines heftig weinendes Kind.

Es wurde Mitternacht.

Wir sehen, wie Vanda Küppers in ihren Mantel schlüpft und nach ihrer Tasche greift. Die Hauptkommissarin war noch eine Stunde geblieben, hatte gewartet, bis die junge Frau sich wieder einigermaßen beruhigt hatte.

Beim Abschied stellt ihr Nelly noch eine Frage. »Wissen Sie, warum Herr Ostrotny vor 20 Jahren aus seinem Richteramt ausschied und sich zurückzog?«

Die Polizistin hatte die Tür schon halb geöffnet. Sie zögerte. Schließlich drückte sie die Tür ins Schloss und kam zurück ans Bett.

»Richard Ostrotny führte damals einen Aufsehen erregenden Prozess gegen Damir Johanssohn, einen der mächtigsten Bosse einer international agierenden Verbrecherorganisation. Er hatte Drohungen erhalten, die er ignorierte. Mitten im Prozess wurde Ostrotnys Tochter entführt, sie war 17 Jahre. Zwei Tage später fand man ihre Leiche in einer Kiesgrube. Er brachte mit unglaublicher Selbstdisziplin den Prozess zu Ende. Johanssohn wanderte hinter Gitter. Auch wenn ihm der Mord an Ostrotnys Tochter nicht nachzuweisen war, reichte es auch so zu 20 Jahren Haft.

Nach Prozessende legte Ostrotny sein Amt nieder und zog sich zurück.«

»Was war mit der Mutter?«

»Die starb schon früher. Sie musste den grausamen Tod ihres Kindes nicht mehr miterleben.«

Der Vater schon, dachte Nelly. Und in das Meer ihrer Trauer schwappte auch das Mitleid mit dem Mann, der seine Tochter auf brutale Weise verloren hatte.

Dieses Mal brauchte sie nicht zu rufen oder mit dem Handballen gegen das Gitter dreschen. Wir sehen, wie das Tor aufschwingt, als Nelly sich mit dem Auto nähert. Sie lässt den Wagen dennoch außerhalb der Mauern stehen. Ein Fahrzeug auf dem altehrwürdigen Anwesen scheint ihr nicht passend.

Ostrotny erwartete sie am Eingang zum Haus. Heute trug er keinen Mantel, der an Darth Vader erinnerte. Die helle Strickjacke wies ein paar Flecken auf. Sie war an den Ärmeln ausgefranst. Die Farbe bildete einen eigentümlichen Kontrast zur Schwärze des Gefieders der Vögel, die aufgeregt auf der Treppe und über den Boden flatterten. Er nickte ihr zur Begrüßung zu. Es war ihm anzusehen, dass er keine Übung mehr darin hatte, Menschen mit freundlicher Miene zu begegnen. Aber er freute sich, sie zu sehen. Das spürte sie. Er entdeckte die Blumen in ihrer Hand. Sofort bildete sich auf seiner Stirn eine Falte. Was sollte er mit einem Strauß heller Rosen anfangen? Besucher war er nicht gewohnt. Und solche, die ihn mit einem Blumengeschenk heimsuchten, schon gar nicht.

»Guten Tag, Herr Ostrotny.«

Wieder nickte er. Mehr als ein »Hallo« brachte er nicht zuwege. Sie streckte ihm die Hand hin. Er nahm sie vorsichtig. Seine Finger waren warm, das überraschte sie.

Er deutete zum Hauseingang, machte die Stufen für sie frei.

»Darf ich Ihnen eine Frage stellen, bevor ich Ihrer freundlichen Einladung folge?«

Er schaute sie irritiert an. Dann brummte er etwas.

»Darf ich Sie fragen, wie Ihre Tochter hieß?«

Sein Körper spannte sich, als hätte ihn unerwartet ein Schlag getroffen. Er starrte sie an. Seine Miene war nicht zu deuten. Zorn? Überraschung? Verwirrung? Sie hielt seinem Blick stand. Sie hoffte, dass ihre Augen imstande waren, die Wärme auszustrahlen, die sie diesem Mann gegenüber empfand und die aus ihrem Herzen strömte. Nach gut einer Minute wurden die kantigen Züge seines Gesichtes weicher.

»Amelie.« Seine Stimme war ein Flüstern. Sie nickte ihm dankend zu. Dann ließ sie ihn an der Treppe zum Haus stehen und wandte sich nach links. Sie ging langsam auf das Grab dazu. Das milde Novemberlicht brachte die Blätter der Rose auf dem Kreuz zum Funkeln. Sie blieb vor der hellen Steinumrahmung stehen. Sie dachte an die 17-Jährige, die auf brutale Art mitten aus dem Leben gerissen wurde. Eine Zeit lang stand sie nur da, ließ die Stille auf sich wirken. Sie dachte auch an Onkel Hermann und Hadelinde Sommer. Sie versuchte, die Vorstellung, was ihnen und all den anderen bedauernswerten Opfern der Pension »Luna« geschehen war, beiseite zu drängen. Sie stellte sich vor, dass es ihnen an dem Ort, wo sie jetzt waren, gut ging. Genauso wie Amelie. Sie fühlte sich auch dem toten Mädchen verbunden, obwohl sie es nie kennengelernt hatte. Sie ging in die Knie. Mit den Fingern holte sie einen Kuss von ihren Lippen und drückte ihn sachte auf den Boden. Dann legte sie die Blumen ins Geviert. Weiße Rosen. Sie erhob sich und kehrte langsam zurück. Der alte Mann war auf seinem Platz stehen geblieben. Er wandte seinen Blick nicht ab, als sie näher kam. Seine Augen waren feucht. Und sie leuchteten. Sie blieb vor ihm stehen. »Danke, dass Sie mir das Leben gerettet haben.« Eine Art Lächeln huschte über seine Lippen. Er nickte. Dann wandte er sich um und ging voran ins Haus.

Er hatte in der Küche einen kleinen Imbiss vorbereitet. Tee, Fruchtsaft, Brot und einen Salat aus Couscous, Tomaten und Gurken. Als sie die klein geschnittenen Blätter identifizierte, die über den Salat gestreut war, zuckte sie kurz zusammen.

Närrin!, schalt sie sich innerlich. Sie würde auch künftig Petersilie essen, ohne ständig an ihre Nieren zu denken, die sie fast auf einem Operationstisch im Keller eines Hauses verloren hätte. Sie griff herzhaft zu. Es war der beste Moment, mit der Therapie anzufangen.

»Haben Sie noch etwas von der Petersilie? Die schmeckt sehr gut!«

Sie blieb drei Stunden. Sie erzählte ihm von Onkel Hermann und ihren Plänen, sich zur Laborassistentin ausbilden zu lassen. Er sprach wenig, hörte ihr nur zu, was sie über ihr bisheriges Leben zu sagen hatte. Einmal versuchte sie das Gespräch auf die Nacht zu lenken, als er in das Haus der Zilbers eingedrungen war. Doch er ging nicht darauf ein. Als sie schließlich aufbrach, geleitete er sie hinaus. Auf dem Flur blieb er stehen und nahm die Zeichnung von der Wand, die sie bei ihrem ersten Besuch bewundert hatte. Die zur Landung ansetzenden Krähen auf dem zugefrorenen Acker.

»Das hat Ihnen beim letzten Mal gefallen, wie mir schien.« Er reichte ihr das Bild.

Sie nahm es erstaunt entgegen. Sie bedankte sich, dann ging sie nach draußen. Im Hof flatterten schwarze Vögel. Eine der Krähen kam ganz nahe, strich ihr um die Beine.

»Wenn Sie wieder einmal zufällig in der Gegend sind, dann könnten Sie ja …

Ich meine …« Er sprach den Satz nicht fertig.

Sie hatte das Bild unter den linken Arm geklemmt, reichte ihm die Hand.

»Ja, wenn ich zufällig unterwegs bin … Aber ich könnte auch absichtlich in die Gegend kommen, um jemanden zu besuchen, der schwarze Vögel liebt, in einem geheimnisvollen alten Haus wohnt und mir vielleicht noch aus seinem Leben erzählen mag.«

Sie warf einen Blick hinüber zur Eiche. Die weißen Rosen leuchteten auf dem dunklen Boden. Dann machte sie sich auf den Weg zu ihrem Auto. Am Gartentor wandte sie sich noch einmal um.

Wir sehen Nelly, wie sie in den Wagen steigt.

Das alte Gemäuer hat nichts Düsteres mehr für sie, genauso wenig wie der alte Mann, der vor der Treppe steht und verlegen den Arm zum Abschied hebt.

Schau, was ich entdeckt habe. Sieht der alte Kasten nicht aus wie ein richtiges Hexenhaus?

Sie ist ihrem Onkel dankbar, dass er ihr ein Foto von diesem Haus geschickt hat.

Um sie an gemeinsame Stunden beim Erzählen von Gruselmärchen in ihrer Kindheit zu erinnern. Um ihr eine Freude zu machen.

Im Rückspiegel sieht sie den alten Mann. Er winkt ihr immer noch nach.

Liebstöckel, *Levisticum officinale*, auch: *Maggikraut, Gebärmutterkraut, Luststock, Nervenkräutel.*
Laut Überlieferung für vieles gut: Heilkraut, Küchengewürz, Zauberkraut. Hilft bei Verdauungsproblemen, würzt Suppen und Saucen, ist gut gegen Schlangenbiss, gegen Dämonen und taugt auch noch als Aphrodisiakum.

LIEBSTÖCKEL

»Iss das!«

»Sicher nicht! Ich hasse Salami!«

»Iss!«

»Wenn Pizza, dann nur *con funghi* oder *con gambe-retti*!«

»Zambaretti gibt's nicht!«

»GAMBERETTI ! Freu dich, dass ich deinen Wort-schatz erweitere.«

»Halt die Klappe, sonst knall ich dir eine!«

»Wenn du mir eine knallst, kippe ich vom Stuhl, schlage mit der Birne gegen den Heizkörper und bin hinüber. Und für eine Tote kriegt ihr nie Lösegeld!«

»Schnauze!«

Der Mann am Tisch sprang auf, hob drohend die Faust.

Gut, man soll's nicht übertreiben. Valerie zog es vor zu schweigen. Ihrem Gegenüber trieb es die Schweiß-perlen auf die Stirn. Denken war für ihn Schwerarbeit.

Als der liebe Gott die Gehirne verteilte, war für Piet Kräuser offenbar nur mehr ein ganz kleines über. Und das seines Bruders Harry war auch nicht viel größer geraten, wie Valerie festgestellt hatte.

Verdammter Mist! Sie musste hier raus. Wie sie Selina kannte, hatte die sich inzwischen längst Lothar gekrallt und ihn ins Kino abgeschleppt. Oder gar in die Schrebergartenhütte ihrer Eltern, wo sie auch mit Phil rumgemacht hatte.

Sie hatte Wochen gebraucht, um Lothar endlich zu einem Date zu überreden.

Und dann tauchten ausgerechnet die beiden Doofmänner auf, um sie in ein Auto zu zerren. Am helllichten Tag! In der Nähe eins Parks! Idiotischer geht's wohl nicht!

Piet Kräuser war offenbar zu einer Entscheidung gekommen! Er löste sich aus seiner verkrampften Ich-hau-dir-gleich-eine-in-die-Fresse-Haltung, krallte sich die Pizza samt Karton und warf sie in die Mülltonne. Dann stellte er ihr ein Glas Milch hin.

»Trink!«

»Ich habe Laktoseintoleranz!«

Seine Augen wurden groß wie Salamiwursträder. Valerie schnaufte.

»Ich nix vertragen Milch! Verstanden, Blödmann?«

Erneut holte er mit der Faust aus.

»Zuschlagen. Rums. Umfallen. Rums. Kopf kaputt. Mädchen tot. Nix Pinkepinke! Du erinnerst dich?«

Er grinste. Dann öffnete er die Faust und drosch ihr die flache Hand auf die Wange. Valerie schrie auf. Der Kerl hatte eine Pranke wie ein Bär. Sie beschloss, ihn nicht mehr zu reizen. Zumindest nicht über Gebühr. Das mit der Laktoseintoleranz stimmte zwar nicht, aber sie würde in diesem Haus weder etwas essen noch trinken.

Wer weiß, was ihr der glatzköpfige Affe in die Milch geschüttet hatte. Sie musste bei klarem Verstand bleiben. Und sie musste hier weg. Dringend! Der Gedanke, dass Selina in diesem Augenblick mit Lothar in der Gartenhütte herumknutschte, ließ ihre Wut erneut hochschwappen. Und wie sie dieses Aas kannte, würde es nicht beim Knutschen bleiben!

Lothar war kurz vor Ostern in die Klasse gekommen, von einer anderen Schule. Er war ein Jahr älter als die meisten. Er sah toll aus! Wie Edward Cullen aus »Twilight«!

Basketballspieler! Valerie hatte sich von der ersten Sekunde an in diesen Typen mit dem umwerfenden Lächeln verknallt. Und mit ihr der Rest des weiblichen Anteils in der Klasse. Der Zickenkrieg um Lothars Gunst begann schon am nächsten Tag. Tahira hatte ein neues Liebesamulett um den Hals. Ihre Mutter war Esoterikfreak. Fabienne, die sonst nur Skinny Jeans trug, tauchte plötzlich im schwarzen Lederminirock auf. Und die Ausschnitte von Selinas Blusen wurden mit jedem Tag tiefer. In diesen Bewerb einzusteigen, hätte Valerie nicht viel gebracht. Selbst wenn sie ihr Top bis zum Nabel aufschlitzte, wäre nicht viel zu sehen. Ihre Brüste waren flach wie Austernschalen. Sie hatte keine Melonenmöpse wie Jenny. Ihr Hintern war um vieles breiter als der schmale Knackarsch von Debby. Und mit dem immer noch nicht abgearbeiteten Winterspeck an den Hüften kam sie nicht einmal mehr in die Paillettenjeans hinein. Aber Valerie hatte sich in den Kopf gesetzt, Lothar zu kriegen. Und wenn sie etwas wollte, dann bekam sie es auch. Also meistens. Den Goldhamster hatte sie nicht bekommen. Dafür hatte Papa ihr ein Pferd geschenkt! Sie hasste diese Viecher! Sie hatte nie kapiert, warum andere Mädels ausflippten, wenn sie auf diesen langmähnigen Kleppern durch die Gegend holperten. Goldhamster sind süß! Flauschiges Fell, putziges Näschen. Aber Valeries Vater war allergisch gegen Hamsterhaare. Gott sei Dank gab es Oma. Die hatte einen Goldhamster gekauft. Jedes Mal, wenn Valerie bei ihr war, konnte sie Robby füttern, ihn streicheln, mit ihm spielen. Hamster sind unheimlich neugierig. Robby liebte es, durch den Spielzeugparcours zu flitzen. Er fand jedes Mal den richtigen Ausweg. Hamster sind intelligent. Pferde sind doof. Und hässlich mit ihren gelben Zähnen.

Bei Oma stieß sie auch auf das Kräuterbuch. Oma hatte noch eine richtige Bibliothek mit dicken Büchern. Einige davon hatten sogar Ledereinbände. Die machten mehr her als die fantasielosen öden eBook-Reader. »*Zauberkräuter. Liebeskräuter*« stand auf dem Einband des dicken Wälzers. Sie staunte nicht schlecht, was sich die Leute früher über die Haustür hängten oder an die Bluse steckten, um Hexen abzuwehren oder einen Geliebten anzulocken. Alraune, Irrwurz, Mistel, Quendel, Teufelsabbiss, Wolfsmilch, Eisenhut, Beifuß. Die meisten Namen sagten ihr nichts. Aber dann stieß sie auf *Liebstöckel*. »Hab ich sogar im Garten!«, hatte Oma gesagt. Das grüne Ding roch eindeutig nach Suppenwürze. »Deshalb nennen es auch viele Leute *Maggikraut*«, hatte Oma gelacht. »Obwohl es in Maggi gar nicht vorkommt!« *Levisticum officinale* war der botanische Name. Und noch eine andere Bezeichnung für dieses Kraut gefiel Valerie: *Luststock*.

Ratschläge gab es einige in dem Buch: Liebstöckel ins Badewasser geben, um die eigene Lust zu steigern. Liebstöckel ans Mieder geheftet sollte absolut unwiderstehlich machen. Liebstöckel dem Menschen, den man betören wollte, unters Kopfkissen, ins Essen oder ins Getränk zu geben, versprach nachhaltigen Erfolg.

Warum nicht?, hatte Valerie gedacht. So ganz blöd waren die Leute früher auch nicht.

Tahira mit ihrem dämlichen Semiramisamulett hatte bei Lothar keinen Treffer gelandet. Selina mit ihrem tiefen Ausschnitt und dem Kristen-Stewart-Grinsen schon eher. Also Liebstöckel! Zuerst hatte sie es mit einem kleinen Büschel unter der Bluse probiert. Als sie Lothar endlich nahe genug gekommen war, hatte er nur gemeint:

»Du riechst nach Suppe!« Darauf hatte sie die Strategie gewechselt. Jonas hatte sich von den Jungs aus der Klasse als Erster mit dem Neuen angefreundet. Jonas war ein unauffälliger Kerl! Brillenträger. Ein wenig langweilig, aber ganz nett. Sie kannte ihn schon aus der Volksschule. Sie bat ihn, bei seinem nächsten Besuch ein kleines Säckchen mit getrockneten Blättern und Wurzelstücken unter Jonas Bett zu verstecken. Außerdem fing sie an, Liebstöckel-Rezepte auszuprobieren. Suppen und Soßen kamen nicht infrage. Wie sollte sie Lothar dazu bringen, davon zu essen? Schließlich stieß sie auf ein *Liebstöckel-Grapefruit-Smoothie*. Mit Bananen, Pfirsich, Brokkoli, rosa Grapefruits und vier Blättern Liebstöckel. Sie nahm lieber zwölf. Und nach einigen Experimenten schaffte sie auch eine leckere Variante von Liebestöckel-Muffins. Jonas hatte versprochen, ihre Kochkunstprodukte an Lothar weiterzugeben, das Fläschchen mit dem Smoothie und die Muffins. Und es funktionierte! Nach viermaliger Wiederholung der geballten Liebstöckelpackung hatte sie endlich eine Antwort bekommen. Die Einladung zu einem Date. Am Wilhelminenpark. Da konnten sie auch über den See rudern bis zur Insel. Und wer weiß, was im Schilf alles passieren würde. Vorsorglich hatte sie ihrer Mutter gesagt, sie würde bei Melissa übernachten. Aber vielleicht verbrachte sie die Nacht auch mit Lothar. Valerie hatte eine ganz klare Vorstellung von ihrer Zukunft. Sie wollte ein großes Haus, einen Goldhamster, drei Kinder und eine Karriere als Sängerin. Dass sie einmal die Möbelbeschlägefirma übernahm, konnte sich ihr Vater abschminken. Und vielleicht hätte ihr Glück heute auf der Bank des Ruderbootes im Schilf begonnen. Lothar hatte ihr sogar ein Gedicht geschrieben! Wie süß! Sie war vor Aufregung eine halbe Stunde früher am vereinbarten Treffpunkt gewesen. Und dann waren plötzlich die beiden Trottel aufgetaucht. Der mit dem Spatzenhirn hatte sie in den Lieferwagen geschleift, der andere hatte Gas gegeben. Shit!

Draußen kam ein Auto an, der Motor wurde abgestellt. Valerie hörte die Haustür ins Schloss fallen. Dann kam der ältere der beiden Brüder ins Wohnzimmer.

»Was macht sie?«

»Zicken.« Piet grinste. »Hab ihr eine geknallt.«

Harry funkelte seinen Bruder böse an. Der Jüngere hob beruhigend die Hände.

»Nur ein Klaps.«

»Wir brauchen sie als Ganzes. Sonst löten die Eltern nicht. Kapiert?«

Piet nickte, senkte den Kopf wie ein geprügelter Hund.

»Ist schon gut, Piet. Hast alles richtig gemacht. Komm, schlag ein!«

Er hielt ihm die Hand hin. Piet klatschte dagegen.

»Wie viel kriegen wir?«

»Eine Million!«, grinste der Ältere.

»Was?« Valerie drosch die Faust auf die Tischplatte. »Nur eine Million?

Mehr bin ich nicht wert, denkt ihr? Jeder andere hätte mindestens zehn verlangt! Was seid ihr nur für unterbelichtete Amateure?«

Die beiden starrten sie an. Der Jüngere schaute jetzt aus wie ein begossener Pudel.

Der Ältere legte dem Jüngeren die Hand auf die Schulter. »Das ist erst der Anfang, Piet. Wenn wir die erste Million haben, dann schicken wir nochmals einen Brief. Dann wollen wir mehr.«

Valerie schüttelte den Kopf. Gut, dass Blödheit nicht stank. Sonst säße sie hier in einer vergammelten Jauchegrube.

»Ich muss mal.«

»Bring sie hinauf ins Badezimmer, Piet. Aber lass die Tür offen.«

Valerie verschränkte die Arme. »Das könnt ihr euch

abschminken. Mir schaut keiner beim Pinkeln zu. Dann lasse ich es eben auf der Stelle rinnen, und ihr habt meine Pisse auf dem Boden.«

Beide erschraken. Auch wenn ihre Tante schon vier Monate tot war, würde sie es nie und nimmer dulden, dass man ihren schönen beigefarbenen Wohnzimmerteppich befleckte.

»Schön, dann lehn die Tür an! Aber sieh zu, dass sie nicht zu lange braucht.«

Piet nickte, legte seine Pranke um Valeries Oberarm und führte sie die steile Treppe nach oben.

Harry ließ sich zufrieden auf das Sofa plumpsen. Dieses Mal würden sie alles richtig machen. Tante Dorothée hatte noch gelebt, als sie beim Versuch, einem Tankstellenwärter Geld abzuknöpfen, erwischt worden waren. Die mahnenden Worte des Richters waren nichts gewesen gegen den Höllenzirkus, den ihnen ihre Tante veranstaltete. Bei Gericht waren sie mit Bewährung davon gekommen. Aber zu Hause erwartete sie die Höchststrafe. Vier Wochen Fernsehverbot und jeden zweiten Tag das ganze Haus schrubben, vom Keller bis zum Dachboden.

Und dann war Tante Dorothée verstorben. Ihr Spielzeuggeschäft war schon vor einem Jahr pleitegegangen. Keine Chance gegen den Onlinehandel. Geld hatte sie keines mehr auf der Bank. Aber sie hatte ihm und Piet wenigstens das Haus und den alten Lieferwagen vermacht. Sie hatten drei Monate lang überlegt, wie sie zu Kohle kommen konnten. Arbeit kam nicht infrage, darin waren sie sich einig. Sie hatten versucht, beim Juwelier in der Innenstadt einzusteigen. Doch der Alarm war losgegangen. Zum Glück konnten sie abhauen, bevor die Bullen aufkreuzten. Und dann hatte Harry in seiner Lieblingszeitung mit den großen Bildern und den bunten Überschriften eine Story über reiche Familien in der Stadt entdeckt. Das millionenschwere Unternehmerehepaar Gustav und Penelope Möller hatte eine Tochter, künftige Universalerbin: Valerie, 15 Jahre alt. Sie besuchte das Fontane-Gymnasium. Da war Harry klar geworden, wie sie auf die Schnelle fette Kohle machen konnten. Und nach geduldigem auf ihn Einreden war es auch Piet klar gewesen. Sie hatten das Mädchen eine Woche lang beobachtet, wenn sie aus der Schule kam. Sie kannten ihren Heimweg. Sie nahm immer den Bus. Doch heute war sie nicht an der Meisenstraße ausgestiegen, sondern bis zur Endstation gefahren. Sie war am Schluss der einzige Fahrgast. Wenn sie den Coup landeten, würden sie für die Entführung einen anderen Wagen nehmen. Das war Harrys Plan gewesen. Sie würden vielleicht einen dunklen SUV mieten, mit dem die Ganoven immer im Fernsehen anrückten. Doch eine bessere Gelegenheit als heute würden sie nicht mehr bekommen. Der Bus war weg. Das Mädchen stand allein am Eingang zum Park. Und nirgends war eine Menschenseele zu sehen.

Also Plan ändern! Es ging alles ruckzuck! Tür auf. Piet raus. Er schnappt sich das Mädchen. Hand aufs Maul. Zurück ins Auto. Tür zu. Und ab! 20 Minuten später sind sie zu Hause. Piet mit dem Mädchen rein.

Er nimmt sich den Erpresserbrief. Die Forderung hat er vorsorglich schon vor einer Woche geschrieben. Mit ausgeschnittenen Buchstaben aus seiner Lieblingszeitung. Zurück in die Stadt. Und bald darauf hat Harry einen Fahrradkurier gefunden.

»Piet, warum dauert das so lange? Bring sie runter!«
　»Mach ich.«
　Er hörte das Mädchen schreien. »Fass mich nicht an mit deinen ungewaschenen Pfoten!« Ein Klatschen war zu vernehmen.
　»Keine Sorge, Harry. Nur ein Klaps!«, tönte die Stimme seines Bruders von oben.
　Gleich darauf zerrte er Valerie an den Haaren über die Treppe herunter.
　»Bring sie in den Keller, häng sie an die Heizungsrohre. Und schließ die Tür ab!«
　»Wird gemacht!«
　Harry ging zum Kühlschrank. Er öffnete zwei Bierflaschen und wartete auf seinen Bruder. Piet kam aus dem Keller. Sie stießen an. Noch einmal klatschten sie ab, grinsten. Die Lösegeldübergabe würde noch heute um Mitternacht passieren. Und dann wären sie reich!

Am selben Nachmittag war Leon im Park aufgeregt zu seiner Mutter gestürmt.
　»Mami, da war ein böser Mann. Er hat einem Mädchen wehgetan. Und dann sind sie mit dem Giraffenauto weggefahren!«

Seine Mutter sah nicht einmal von ihrem Tablet hoch. Sie hatte eben die fünfte Folge der dritten Staffel von »Degrassi. Die nächste Klasse« hochgeladen. Und »Mädchenabend« war noch herzbewegender als »Sehen heißt glauben«.

»Es gibt keine Giraffenautos, Leon. Lass Mami noch ein bisschen schauen. Geh zurück und spiel weiter mit den anderen.«

Der kleine Mann verschränkte die Arme, schüttelte den Kopf. Seine Mutter hatte keine Ahnung. Den ganzen Tag gaffte sie blöde Fernsehserien. Aber sie bekam nicht mit, was ringsum passierte. Sonst würde sie wissen, dass er nie mit den anderen auf dem Spielplatz zusammen war. Denn die wollten ihn nicht dabeihaben. Er stapfte zurück zum Eingang des Parks. Vielleicht kamen die bösen Männer mit dem Giraffenauto ja zurück. Dann würde er mit ihnen kämpfen. Immerhin hatte er sein Ritterschwert dabei.

Am selben Nachmittag trat Fahrradkurier Holger Tromsky mächtig in die Pedale.

Er hatte gleich drei Lieferungen zu erledigen. Er bog an der Kirche ab, um den Uferweg zu nehmen. Dort würde er schneller vorankommen. Eine Sekunde hatte er dem schaukelnden Po der Rothaarigen im Minikleid zu lange hinterher gestarrt. Andernfalls hätte sich der Crash vermeiden lassen. So aber übersah er den Inlineskater. Er verriss das Fahrrad, schlug einen Salto über das Geländer, donnerte über die Uferböschung und landete im Fluss. Zwei beherzte Männer, von denen einer das Rettungsschwimmerabzeichen in Silber besaß, sprangen ihm hinterher. Es gelang ihnen, den Mann aus dem Wasser zu ziehen. Später würde man im Krankenhaus an Holger Tromsky eine gebrochene Schulter und eine schwere Gehirnerschütterung feststellen. Den wegen eines wippenden Damenpos aus dem Gleichgewicht geratenen Radfahrer konnten die beiden Männer bergen. Was sie nicht retten konnten, war der Kurierrucksack, der flussabwärts trieb.

Falls es in diesem Gewässer des Lesens kundige Fische gab, würden sie über eine Mitteilung staunen, die in einem Umschlag steckte. Auf einem braunen Blatt Papier stand in bunten Buchstaben:

WIR HABEN IRRE TOCHTA!
LÖSSEGELD: 1 MÜLLION!

Den Fischen würden die orthografischen Eigenheiten des Schreibens vermutlich nichts ausmachen. Und die Anweisungen zu Zeitpunkt und Übergabeort waren ihnen wohl auch egal. Solche Nebensächlichkeiten sind Fischen schnuppe.

Am selben Nachmittag widerfuhr auch Penelope Möller Ungewöhnliches. Sie erhielt einen Anruf von der Polizei. Sie achtete darauf, dass ihre Feuchtigkeitsmaske aus Avocado, Heilerde und Zitronensaft nicht verrutschte, während sie den Ausführungen des Beamten zuhörte.

»Entschuldigen Sie die Störung, Frau Möller. Hier ist ein junger Mann, der behauptet, heute Nachmittag sei Ihre Tochter am Wilhelminenpark entführt worden.«

Penelope seufzte. Immer diese Spinner!

»Das kann nicht sein. Meine Tochter ist bei einer Freundin. Sie übernachtet dort. Warten Sie.«

Sie wählte Valeries Handynummer. Da niemand abhob, rief sie Melissa an.

»Ja, Frau Möller. Valerie ist hier. Sie kann gerade nicht ans Telefon, sie steht unter der Dusche.«

Na eben, wusste sie es doch. Sie holte den Polizisten wieder in die Leitung.

»Wie ich Ihnen sagte, meine Tochter ist bei ihrer Freundin. Und richten Sie dem jungen Mann aus, er solle mit seinen Blödheiten andere Leute nerven.«

»Werde ich machen, Frau Möller. Und entschuldigen Sie bitte nochmals, dass wir sie belästigt haben.«

Penelope Möller widmete sich wieder ihrer Hautpflege. Ihre Freundin Rieke hatte ihr eine neue Entspannungsmaske empfohlen. Aus Erdbeeren, Rosenwasser, Minzblättern und Mandelöl. Die würde sie das nächste Mal probieren.

Valerie war sauer. Ihre Handgelenke schmerzten. Der Kerl hatte ihre Arme um ein Heizungsrohr gezogen und die Hände mit einem Kabelbinder festgezurrt.

Der Keller war groß. Nur hatte offenbar schon seit Monaten keiner aufgeräumt. Die einzige Oberlichte war verschmutzt. Valerie hatte keine Ahnung, wie spät es war. Aber ihr schien, als würde es draußen schon dämmern. Mist! Wenn sie vorher ins Kino gegangen waren, würden Lothar und Selina jetzt wohl zur Gartenhütte aufbrechen. Sie wollte sich gar nicht vorstellen, was in der Laube alles passierte. Sie musste auf der Stelle dorthin. Sie hatte sich nicht umsonst stundenlang an den Herd gestellt, um Liebstöckelmuffins zu backen. »Herzchen, was verwendest du da für grünes Zeug?«, hatte ihre Mutter gefragt. »Kann ich das auch auf meine Haut legen?«

Wer weiß, wann die beiden Knilche die Lösegeldübergabe vereinbart hatten? Bis dahin hatte Selina Lothar schon längst auf die Matratze gezerrt. Eine Million Euro! Was für Nieten! Wahrscheinlich hatten sie es nicht einmal geschafft, den Erpresserbrief richtig zu adressieren. Und wenn, dann würde ihre Mutter vermutlich zu ihrem Vater sagen: »Untersteh dich zu zahlen, Liebling. Wenn sie nicht da ist, kann sie uns wenigstens nicht dauernd nerven!« Sie musste hier raus! Sofort. Das Badezimmer musste früher auch von einer Frau benutzt worden sein. Sie hatte im Schrank einen alten geblümten Waschbeutel gefunden. Die Nagelschere daraus konnte sie noch schnell in ihren Stiefel stecken, ehe das Glatzkopfmonster die Tür aufriss. Ihre Hände waren auf Schulterhöhe ans Rohr gebunden. Sie war noch nie eine gute Turnerin gewesen. Aber sie musste versuchen, ihre Beine in die Höhe zu bekommen, damit sie an die Schere im Stiefel gelangte. Sie schwitzte. Sie schwor bei allen Heiligen, die ihr einfielen, und gleich auch noch bei allen indischen Göttern, über die sie zuletzt ein Referat gehalten hatte, dass sie ab sofort auf Schokolade verzichten und ihren Winterspeck abtrainieren würde. Weniger runde Hüften würden sicher auch Lothar besser gefallen. Sie umklammerte erneut das Rohr. Sie stieß sich mit Schwung ab und zog die Beine nach oben. Die Höhe war nicht das Problem, aber die Füße in der Stellung zu halten, war nahezu unmöglich. Hoffentlich bekamen die Deppen da oben nichts mit. Ganz ohne Geräusche gelang ihre Turnübung nicht. Und zudem wurde ihr angestrengtes Keuchen immer lauter. Sie hatte schon 20 Fehlversuche hinter sich. Wenn sie es nicht bald schaffte, ging ihr vollends die Kraft aus. Sie brauchte einen Motivationsschub! Sie stellte sich das süße Lächeln von Lothar vor. Und dann Selina, die ihre Bluse aufknöpfte! Nur das nicht! Also hoch die Beine! Sie stieß sich mit aller Kraft vom Boden ab, zog die Unterschenkel hoch. Mist. Mehr Motivation! Sie ließ Selina sich ihrer Bluse entledigen. Gleich darauf fasste sie sich an den Reißverschluss der Jeans! Schnell Valerie, mach zu! Sie bog den Kopf nach vor. Ihre Zähne erreichten den Stiefelrand. Selina schlüpfte aus der Hose. In Lothars Augen leuchtete es. Nein! Nie und nimmer! Valeries Zähne bekamen das Metall zu fassen. Die Beine kippten nach unten. Aber ihr Mund hielt die kleine Schere fest. Hurra! Selinas Bild verpuffte. Adieu, du Schlampe! Jetzt aber rasch! Sie atmete noch ein paarmal durch, damit ihr Pulsschlag sich beruhigte. Nur nicht vor Anstrengung die Schere fallen lassen. Als sie wieder regelmäßiger atmete, streckte sie den Kopf vor. Sie bekam die Schere mit der Hand zu fassen. Vorsicht! Völlig konzentriert! Nicht fallen lassen! Zum Glück hatte sie gelenkige Finger. Das kam vom vielen Klavierspielen. Der erste Versuch, mit der kleinen Schere das gestraffte

Plastikband durchzuschneiden, schlug fehl. Sie rutschte ab, ließ aber das Werkzeug nicht aus. Auch beim zweiten Mal klappte es nicht. Doch der fünfte Versuch war erfolgreich! Schnipp! Und sie war frei!

Sie rutschte auf den Boden, legte den Kopf an die Wand. Durchatmen. Herzschlag beruhigen. Dann erhob sie sich. Sie nahm das kleine Fass aus der Kellerecke in die Hand. Sie hatte es vorher schon gemustert. Sie stemmte es hoch. Wunderbar. Das Ding wog mindestens fünf Kilo. Schwer genug. Sie griff nach der Stehleiter, die an einem Haken hing. Sie postierte die Leiter an der Tür. Im Keller war es inzwischen fast dunkel. Durch die verdreckte Oberlichte fiel kaum Helligkeit. Aber sie konnte kein Licht machen, das würde sie verraten. Sie ließ das Fass am Boden, stieg die Sprossen der Leiter hoch, prüfte den Abstand zur Decke. Das musste sich ausgehen. Wenn einer der beiden die Tür aufmachte, konnte sie von oben das Fass auf ihn fallen lassen. Sie rückte die Leiter noch ein wenig zurecht. An den Fuß legte sie Werkzeug, das sie einem der Regale entnahm. Kabelbinder, ein breites Klebeband und eine Rohrzange. Dann stieß sie noch zweimal kräftig die Luft aus, schnappte sich das Fass und stieg an der Leiter nach oben.

»He, ich habe Hunger! Hört ihr mich da oben?« Sie begann zu brüllen. Dem Ersten, der die Tür aufriss, würde sie das Fass auf die Rübe donnern. Den anderen würde sie mit der schweren Zange attackieren.

»He, ihr Typen? Wollt ihr, dass ich verhungere?«

Sie hörte hastige Schritte auf der Kellerstiege. Jemand kam nach unten, blieb vor der Tür stehen. Ein fernes Klirren drang an ihr Ohr, als hätte jemand irgendwo eine Scheibe eingeworfen. Ein Schlüssel wurde umgedreht. Darauf folgte in der Ferne ein zweites Klirren. Die Tür schwang auf. Sie stand auf der Leiter, das Fass hoch erhoben. Das schwache Licht der Kellerstiege reichte. Sie sah die Kontur unter sich.

Sie drosch den Behälter auf den Schädel das Mannes. Der schrie auf, stürzte nach vor. Sie sprang auf den Boden, aktivierte den Lichtschalter. Es war Piet, der sich vor ihr krümmte. Sie zog ihm noch eins mit der Zange drüber. Er brüllte. Sie schnappte seine Hände, band sie fest. Dann verschloss sie den Mund mit dem Klebestreifen. Der Glatzkopf war von den Schlägen so benommen, dass er gar nicht versuchte, mit den Füßen nach ihr zu treten. Sie musste ihn von der Tür wegziehen. Wenn Harry herunterkam, durfte er ihn nicht gleich sehen. Das Walross war schwer! Zu viel Bier und Pizza! Aber sie schaffte es. Sie schloss die Tür. Hoffentlich blieb ihr genug Zeit, ehe Harry auftauchte. Sie schnürte auch Piets Füße fest. Plötzlich hörte sie Schritte auf der Stiege. Harry kam nach unten. Verdammt! Das schwere Fass hochheben, die Leiter besteigen, das würde sie nicht mehr schaffen. Sie schnappte sich die Rohrzange! Sobald er die Tür auch nur einen Spalt öffnete, würde sie zuschlagen. Sie hielt den Atem an. Die Tür wurde vorsichtig geöffnet. Sie zerrte an der Klinke, holte mit der Zange aus. Mitten in der Bewegung hielt sie inne.

»Du?«

»Hallo, Valerie. Alles okay?«

Sie traute ihren Augen nicht. Vor ihr stand Jonas. Sein Blick fiel auf den gefesselten Mann, der sich hinter Valerie am Boden krümmte.

»Bestens. Der andere liegt verschnürt im Garten. Ist sonst noch wer im Haus?«

Sie schüttelte den Kopf. Konnte immer noch nicht fassen, was im Moment vor sich ging.

»Wie kommst du hierher?«

»Das ist eine lange Geschichte. Moment, ich verständige nur schnell die Polizei.«

Er zog sein Handy, wählte, erklärte den Vorfall, nannte die Adresse und beendete das Telefonat.

»Kannst du alleine auf die Polizei warten, Jonas? Ich muss dringend zu Lothar.«

»Der zieht mit Jenny herum!« Wie bitte? Jenny mit den Melonenmöpsen? Das vergönnte sie Selina. Aber was war mit ihr? Warum Jenny?

»Dieses Biest! Nur weil Lothar mich nicht beim Date angetroffen hatte, hat sie sich meinen Lover gekrallt!«

»Er wäre nicht gekommen!«

»Was?«

»Er wollte von vornherein mit Jenny ins Kino und danach in die Spielhalle. Also bin ich zum Park geradelt, um es dir zu sagen. Ich wollte nicht, dass du umsonst wartest. Aber du warst nicht da. Stattdessen traf ich am Eingang einen kleinen Jungen, der mit seinem Plastikschwert auf und ab marschierte. Er erzählte mir, er warte auf die bösen Männer, die ein Mädchen in einem Giraffenauto verschleppt hatten. Ich ließ mir den Vorfall genau schildern. Dann bin ich sofort zur Polizei. Die riefen bei deiner Mutter an, aber die sagte, du seist wohlbehalten bei Melissa. Aber ich wusste von eurer Abmachung, euch manchmal gegenseitig ein Alibi zu geben. Ich machte mir Sorgen. Ich begann, im Internet zu recherchieren. Es war nicht schwer, das ›Giraffenauto‹ zu finden. Das Spielzeuggeschäft ›Zur lustigen Giraffe‹ gibt es zwar nicht mehr, aber die Einträge sind noch im Netz. Da fand ich auch eine Privatadresse. Ich bin hierher geradelt, sah den Lieferwagen mit der aufgemalten Giraffe in der Einfahrt. Dann bin ich ums Haus geschlichen, spähte durch das Wohnzimmerfenster. Ich sah zwei Männer. Und ich entdeckte deinen kleinen Rucksack auf einem Stuhl. Der Kleine mit dem Schwert hatte recht gehabt. Ich wollte die beiden aus dem Haus locken. Ich hatte für den Notfall vorgesorgt, von daheim einige Utensilien mitgebracht. Ich spannte einen Draht an den Eingangstufen und begann, die Scheiben einzuschlagen. Einer der beiden stürmte raus, stolperte über die Eisenschnur und legte eine Bauchlandung hin. Ich habe ihm eines der Holzscheite, die an der Wand gestapelt sind, auf den Kopf geknallt, und ihn dann mit Kabelbindern verschnürt. Das war's!«

Valerie konnte schwer glauben, was Jonas ihr da alles erzählte. Und vor allem war für sie unvorstellbar, dass Lothar sie versetzt hätte!

»Lothar kann nicht mir Jenny unterwegs sein. Er war mit mir verabredet! Er hat mir sogar einen Brief geschrieben! Mit einem Gedicht!«

Jonas atmete tief durch, schabte verlegen mit den Turnschuhen über den Boden.

»Den habe ich geschrieben.«

»Wie bitte?«

»Und das Gedicht auch.«

»Spinnst du?«

Er schüttelte den Kopf. An der Wand lehnten zwei Gartenklappstühle aus Holz.

Er stellte sie auf, bugsierte das Mädchen auf einen und nahm gegenüber Platz.

»Tut mir leid, Valerie. Ich habe Lothar zugeredet, er soll sich endlich einmal mit dir treffen. Ich habe sogar den Brief für ihn geschrieben. Er hat es versprochen. Und dann sagte er mir heute, er wolle doch lieber mit Jenny rumziehen.«

»Aber die vielen Liebstöckel-Muffins?«

Der Junge zuckte mit den Schultern. »Die wollte er auch nicht.«

»Was ist mit ihnen geschehen?«

Ein verlegenes Lächeln huschte über Jonas Gesicht. »Die habe ich gegessen.«

»Alle?«

Er nickte. »Bis auf den.« Er holte eine kleine Plastikdose aus der Tasche, entnahm ihr ein grünlich gefärbtes Stück. »Ich finde, die hast du super hingekriegt. Und dein Smoothie ist auch große Klasse!«

Er hielt den kleinen Kuchen in den Fingern, seine Augen blickten zu Boden.

Valerie schaute auf den Jungen, den sie seit der Volksschule kannte. Er hatte Harry im Garten erledigt. Er hatte einem Buben eine fantastisch klingende Geschichte abgenommen und sich auf die Suche gemacht. Nach ihr! Er war extra zum Park geradelt, nur damit sie nicht vergeblich warten musste. Und nun saß er ihr gegenüber. Im Keller eines Hauses, das zwei Blödmännern gehörte, und drehte verlegen ihren Muffin in der Hand.

»Warum hast du Lothar überredet, dass er sich mit mir treffen sollte?«

Er blickte auf.

»Na, weil du dir das offenbar so sehr gewünscht hast.«

Sie sah ihm in die Augen, die hinter runden Brillengläsern auf sie gerichtet waren.

Ein Stöhnen war zu vernehmen. Der verschnürte Piet hatte schon einige Male mit verschlossenem Mund dumpfe Laute ausgestoßen und mit den gefesselten Beinen auf den Boden getrommelt. Doch die beiden jungen Leute hatten jetzt anderes zu tun, als sich um den verschnürten Glatzkopf zu kümmern. Valerie rückte mit dem Stuhl näher. Sie nahm Jonas den Muffin aus der Hand, beugte sich vor und küsste ihn auf den Mund. Sie spürte sein Zittern. Aber seine Lippen waren warm. Wow, das war nicht schlecht! Sie lösten sich. Valerie brach ein Stück des Kuchens ab und steckte es Jonas in der Mund. Der begann zu kauen. Sie selbst genehmigte sich auch ein Stück. Schmeckte eindeutig nach Suppe.

Vielleicht sollte sie das nächste Mal etwas weniger Liebstöckel nehmen. Die Hälfte tat es auch.

»Noch mal!«

Dieses Mal beugte er sich vor. Der Kuss dauerte länger als der erste. Seine Zunge tastete nach ihrer. Wow, das wird ja immer besser! Wieder aßen sie gemeinsam ein Stück Muffin.

»Magst du Goldhamster?«

Jonas nickte. »Ja, ich habe einen zu Hause.« Noch ein Kuss. Ganz zärtlich. Piet, der mit brummendem Schädel und auf den Boden klopfenden Fersen weiterhin versuchte, auf sich aufmerksam zu machen, verdrehte die Augen.

»Wie viele Kinder willst du?«

Er hielt inne. »Wie viele willst du?«

»Drei.«

Er dachte nach. »Ich meine, vier wären auch nicht schlecht. Zwei Jungen, zwei Mädchen.«

Sie überlegte. »Gut, darüber reden wir dann, wenn es so weit ist.«

Autolärm war zu hören. Türenschlagen. Die Familienplanung im Keller wurde durch das Eintreffen der Polizei unterbrochen. Valerie nahm Jonas an der Hand. Sie stiegen die Treppe hinauf.

Leon hatte sich die Zähne geputzt. Er trippelte barfuß ins Wohnzimmer, um seiner Mami einen Gutenachtkuss zu geben. Im Fernsehen lief ein Bericht über den glücklichen Ausgang einer Entführung. Die 15-jährige Valerie, Tochter von Gustav Möller, Unternehmer des Jahres, konnte gerettet werden. Bilder vom Haus waren zu sehen, in dem die Schülerin gefangen war.

»Da ist das Giraffenauto!« Leon hüpfte aufgeregt auf dem Wohnzimmerteppich.

»Und da ist auch der Junge, der versprochen hat, den bösen Männern nachzureiten, um die Prinzessin zu befreien.«

Leons Mutter schaute irritiert auf ihren Sprössling. Sie hatte keine Ahnung, was der Kleine da zusammen schwafelte.

»Ist schon gut Mami. Gute Nacht!« Er drückte seiner Mutter einen Kuss auf die Wange und lief ins Kinderzimmer. Er schlüpfte ins Bett. Sein Ritterschwert lag griffbereit neben ihm.

Sie hatten ihre Aussagen in der Dienststelle der Kriminalpolizei erledigt.

Valeries Eltern waren gekommen, um sie abzuholen. Penelope Möller rollte mit den Augen, als ihre Tochter den wildfremden Jungen abknutschte.

»Und ich will einen großen Kräutergarten!«, flüsterte Valerie Jonas ins Ohr. »Du weißt, was wir darin anbauen.«

Er nickte. »Liebstöckel.«

Sie strahlte. »Ja. Tonnenweise.«

Sie sah ihm nach. Er schwang sich aufs Rad. Sie lächelte. Auch an seinen Hüften zeigte sich eine Spur von Winterspeck.

Teufelskrallen, *Phyteuma,* Gattung der Glockenblumengewächse, darunter:
Kugelige Teufelskralle, Ährige Teufelskralle, Schwarze Teufelskralle
Tragen ihren ›teuflischen‹ Namen wegen der krallenartigen Form der Blütenblätter, die gemeinsam ein Köpfchen bilden (nicht zu verwechseln mit
der afrikanischen Teufelskralle, die als Heilmittel gegen Gelenkschmerzen
eingesetzt wird).

TEUFELSKRALLE

Ein erstes Blatt auf dem großen Baum regt sich. Gleich darauf ein zweites. Der Nachtwind streicht über das dichte Laubwerk, schmiegt sich an die Zweige. In den Blättern beginnt es zu raunen. Ein Flüstern treibt über die Lichtung. Die tief hängenden Äste schweben über den Spitzen der Grashalme. Gleich einem Wächter steht die alte Linde mitten auf der Wiese. Die dicht belaubte Kuppel glänzt im Mondlicht, als hätte ein Riese seinen schimmernden grünen Helm über das Gras gestülpt. Zwei Blätter lösen sich von einem der oberen Äste, tanzen in der Nachtluft, gleiten zu Boden, landen im Schattenmeer, das sich vom Stamm der Linde bis zur alten Kapelle spannt. In der Ferne, hoch über den Wipfeln der Bäume, treiben silbrige Wolkenschiffe am Nachthimmel. Bald werden sie die Wiese erreichen. Wald umspannt die Lichtung. Am Rand stehen alte Buchen. Aus der Finsternis des Hains löst sich ein Schatten, bewegt sich auf das Feld zu. Ein Wesen mit glänzendem Fell ist unter den Büschen hervorgetreten. Ein schwarzer Hund. Langsam trottet er über das Gras. Vor der Kapelle macht er Halt. Er legt sich auf den Boden. Hunderte glühende Punkte leuchten am Waldrand auf. Die Äste der Bäume tragen schwer an gefiederten Gestalten. Vogelaugen starren auf die Lichtung.

Sie warten. Kein Laut dringt aus dem Wald. Auch der Hund vor der Kapelle verharrt regungslos.

Pater Gwendal blickt in die Runde seiner Kursteilnehmer. Am letzten Tag des Seminars hat er ihnen die Aufgabe gestellt, sich Gedanken über Kräuter zu machen, die eine besondere Geschichte haben, deren Stellung in der Tradition weit darüber hinausgeht, bloß Zutat für Küche und Apothekerschrank zu sein.

»Ich denke, es gehört auf jeden Fall der Holunder in diese Reihe.« Heidemarie Schaller ist die Erste, die sich meldet. Die Mitarbeiterin eines Reisebüros besucht regelmäßig die Kurse im Stift Eulenberg. Die anderen Seminarteilnehmer stimmen ihr zu, bringen sich mit eigenen Erfahrungen ein.

»In meiner Gegend kann man immer noch Leute beobachten, die vor einem Hollerstrauch das Kreuzzeichen machen oder den Hut ziehen.« Hubert Grammsach ist pensionierter Briefträger und zum ersten Mal beim Kräuterkurs.

»Meine Großmutter hat das ebenfalls gemacht«, bestätigt Pater Gwendal. »Und ich muss gestehen, ich halte auch jedes Mal ehrfürchtig inne, wenn ich an einem Holunderstrauch vorbeikomme.« Er greift nach dem großen Krug, der auf dem Tisch an der Wand steht, zieht einen blühenden Holunderzweig hervor. Die kleinen sternförmigen weißen Blüten der Dolde am oberen Ende des Strunks wippen sacht in der Hand des Paters. »Betrachten wir es einmal im ganzheitlichen Sinn. Alles am Holunder ist heilig und heilsam. Wir verwenden die Blüten genauso wie die Früchte.

Dazu den Stamm, die Rinde, die Blätter, sogar die Wurzeln. Holunderblüten kann man backen, als Tee verwenden oder zu Sirup verarbeiten. Die Wurzel hilft gegen Zahnweh, die Blätter enthalten wertvolle ätherische Öle, Vitamine und Mineralstoffe.

Zu Tee verarbeitet stärken sie die Widerstandskraft gegen Erkältungen. Und aus den schwarzen Beeren machen wir Marmelade und Hollerkoch.«

»Und im Namen des Holunders steckt eine Göttin«, ergänzt Heidemarie Schaller.

»Ja, Holda, Hulda, Holte, manchmal auch Huldr, eine Göttin unserer germanischen und keltischen Vorfahren. Beschützerin von Haus und Hof, von Fruchtbarkeit und weiblicher Kraft.« Er lässt die Dolde mit den kleinen Blüten in seiner Hand tanzen.

»Was ich hier in Händen habe, ist der blühende Zweig einer alten Muttergöttin. Ihr Wirken und Wesen schimmert aus Legenden und Märchen bis in unsere Zeit. Wir können viel aus den alten Geschichten lernen.«

»Sie meinen das Märchen von Frau Holle?«

»Ja, als eines der vielen Beispiele. Die Erzählung von Frau Holle ist eine Geschichte menschlicher Entwicklung, der Reifeprozess einer jungen Frau. Marie fällt in einen Brunnen, wacht auf einer Wiese auf, muss gebackenes Brot aus dem Ofen ziehen, Äpfel rechtzeitig vom Baum schütteln, Betten machen. Sie lernt, Zusammenhänge zu erkennen. Sie versteht die Stimmen der Steine, der Blumen, der Bäume, der 1000 Dinge, die uns umgeben, um daraus die richtigen Schlüsse zu ziehen. Dieses Verständnis ist das große Geschenk der Göttin. Sie stärkt uns, bietet Schutz und unterstützt den Reifeprozess.« Behutsam pflückt er eine der weißen Sternblüten ab und steckt sie in den Mund. Dann reicht er den Zweig an die anderen weiter. Ab und zu wandert sein Blick zur Tür. Er wundert sich, dass Flora Glanzberg heute nicht zum Kurs erschienen ist.

Dann reden sie über die Malve. Auf der Insel Delos wurden Apoll, antiker Gott des Lichtes und der Künste, blühende Malvenzweige auf den Altar gelegt. Die Priesterinnen des Apoll bestrichen sich die Fußsohlen mit Malvensalbe, ehe sie zu Ehren des Gottes über glühende Kohlen liefen. Die Bibel erzählt, dass der greise Simeon mithilfe eines Malvenextraktes sein Augenlicht zurückbekam. Durch dieses Wunder konnte er den jungen Jesus im Tempel von Jerusalem sehen.

»Deswegen nannte man die Malve auch früher oft Simeonswurz«, erklärt der Mönch.

»Malve darf man niemals kochen, dadurch werden die Schleimstoffe zerstört. Bitte nur als Kaltauszug zubereiten!«

Nach der Malve beschäftigen sie sich mit dem Gundermann.

»Wenn einer Kuh das Euter behext ist, so soll man drei Kränzlein von Gundelreben winden und einen jeden Strich dreimal hinten durch die Füße melken ...«

Die anderen Kursteilnehmer schauen erstaunt auf den pensionierten Postbeamten.

Er hat ein dickes Buch vor sich liegen und liest daraus vor. »Danach der Kuh die drei Kränzlein zu essen geben und dazu folgende Worte sprechen: Kuh, da geb ich dir die Gundelreben, dass du mir die Milch wollst wiedergeben.«

Einige der Anwesenden lachen. Auch Pater Gwendal erheitert das Zitat. »Dieser Spruch ist mir neu.« Der Mann hebt das Buch hoch, zeigt den Titel.

Albertus Magnus: Bewährte und approbierte sympathetische und natürliche ägyptische Geheimnisse für Mensch und Vieh.

»Diese Verwendung als Zaubermittel für Kühe, die keine Milch mehr geben, war mir bislang nicht bekannt.« Gwendal streicht über die kleinen violetten Blüten des Gundermannstrunks in seiner Hand. »Ich weiß nur, dass der Gundermann, *glechoma hederacea*, auch Gundelrebe genannt, dem Wettergott Odin geweiht war. Man erhoffte sich von dieser eher unscheinbaren Pflanze Schutz gegen Blitz und Hagel.«

»Und ich weiß, dass man Gundermann wegen der Bitterstoffe vor der Kultivierung des Hopfens als Konservierungsmittel für Bier verwendete.« Edelbert Milzbach, Lehrer an einer Landwirtschaftsschule, hat schon bei der Vorstellungsrunde am ersten Kurstag mit Stolz darauf hingewiesen, aus einer Braumeisterfamilie zu stammen. Nach dem Gundermann kommt der Frauenmantel an die Reihe, das Allroundkraut für alles Weibliche. Gwendal betont, dass damit die positiven Wirkungen für die weiblichen Anteile in allen Menschen gemeint seien, auch bei Männern. »Der Frauenmantel hilft, uns für die Bedürfnisse und Signale anderer zu öffnen. Ein Kraut der Wandlung. Das deutet schon der lateinische Name an: *alchemilla*. Das leitet sich von *Alchemie* ab.«

Sie erweitern den Kreis der Pflanzen, nehmen auch Blumen und Bäume in ihre Betrachtungen auf. Die Linde, Baum der Solidarität und des Zusammenhalts. Die Fichte, von den Hopi-Indianern als der magischste aller Bäume angesehen, geweiht dem Gott des Dachs-Klans. Die Hainbuche, Baum der Hartnäckigkeit und des Widerstandes. Als Gwendal erklärt, dass der wissenschaftliche Name der Birke, *betula*, sich von *batuare*, dem lateinischen Wort für »Schlagen« ableitet, und dass damit nicht Züchtigung, sondern der alte magische Brauch des »Schlagens mit der Lebensrute« gemeint sei, wird die Tür aufgerissen. Flora Glanzberg stürmt in den Raum. Ihre Wangen glühen wie das Feuer einer Kapuzinerkresse.

»Stellt euch vor, sie haben es tatsächlich geschafft. Sie wollen unsere alte Kapelle abreißen!«

Jeder im Raum weiß, was sie meint. Flora Glanzberg wohnt in Ambertal, einem Nachbarort von Eulenberg. Ihr Bauernhof liegt nicht weit vom Galachhügel entfernt.

Dort wächst mitten auf einer Lichtung ein großer Baum. Daneben steht eine alte Kapelle, und das seit vielen Jahrhunderten.

Der große Seminarraum in Stift Eulenberg hat sich in ein brummendes Hornissennest verwandelt. Pater Gwendal versucht, die aufgebrachten Gemüter zu beruhigen. Flora Glanzberg hat ihnen schon am Beginn des Kurses vor einer Woche über die prekäre Situation in ihrer Heimatgemeinde erzählt. Seit einem Jahr kursieren Gerüchte, dass der Galachhügel und ein großes Stück des Waldes zum Verkauf stehen. Der Bauer, dem das Grundstück gehört, hüllte sich lange in Schweigen.

Vor drei Monaten schlüpfte die Katze aus dem Sack. Das alte Kulturland wechselt tatsächlich den Besitzer. Käufer ist ein großer Immobilienkonzern. Als die Pläne des Unternehmens bekannt wurden, einen Teil des Waldes zu roden und auf der Lichtung einen riesigen Hotelkomplex zu errichten, regte sich augenblicklich Widerstand. Flora Glanzberg, die Biobäuerin vom nahen Juninghof, verteilte Unterschriftenlisten, organisierte eine Bürgerprotestbewegung.

»Mir geht es nicht ums Geschäft, auch wenn mir das von manchen unterstellt wird. Wir haben einen Biohof mit Ferienzimmern. Zu uns kommen ganz andere Gäste, vor allem Familien mit kleinen Kindern. Wir haben Alpakas und Waldschafe. Ich fürchte mich nicht vor der möglichen Konkurrenz eines Luxushotels. Wenn der Qualldorn-Konzern einen Hotelkomplex in die Gegend stellen will, dann soll er das machen.

Aber nicht an diesem Ort. Nicht auf dem Galachhügel. Das ist ein besonderer Platz.

Nicht umsonst steht dort unsere Nikolaikapelle. Die lassen wir uns nicht abreißen.

Dieser Ort darf nicht beschädigt werden! Der ist für alle da!«

Die Menschen im Raum stimmen ihr zu. Die meisten der Anwesenden kennen den Galachhügel, kennen die Kapelle und die alte Linde. Viele von ihnen haben dort schon meditiert, gebetet oder einfach die Ruhe genossen, die von diesem besonderen Ort ausgeht.

»Wir haben viel unternommen, einen Rechtsanwalt eingeschaltet, einen Gutachter bezahlt. Aber die Juristenarmada des Konzerns ist gegen alle Einwände mit einer erdrückenden Flut von spitzfindigen Argumenten aufmarschiert. Und der Landesrat ist schon beim ersten Gegenwind umgefallen.«

»Der Krumpner?«

»Ja, ich hab es vor einer Stunde erfahren.«

»Da braucht es nicht viel, dass der einknickt. Gegen dessen Rückgrat ist Gummi wie ein Stahlträger.« Die Bemerkung kommt vom ehemaligen Briefträger.

»In drei Tagen wollen sie mit den ersten Baumaschinen auffahren. Doch das werden wir nicht zulassen. Und wenn wir uns an die Bäume anketten müssen! Dieser Platz ist uns heilig. Eine Kapelle reißt man nicht weg!«

Sie wendet sich an den Pater.

»Mit Ihrer Unterstützung können wir doch rechnen?«

Gwendal nickt, sagt seine Hilfe zu. Doch zuvor will er sich ein genaues Bild verschaffen. Er wird mit dem Prior sprechen. Der hat einen guten Draht zum Bischof. Gwendal muss sein erprobtes System der Informationsbeschaffung und Hilfe nützen, das bewährte Netz der Kirche.

Das Gespräch mit dem Klostervorstand verläuft nicht erfreulich. Das Netz der Kirche zeigt Schwachstellen. Prior Ägidius hat bereits mit dem Bischof gesprochen. Die Kirche habe selbstverständlich Protest angemeldet, als die Pläne des Konzerns erstmals bekannt wurden, ließ der Bischof wissen. Aber das Blatt hat sich inzwischen gewendet.

»Der Konzernchef hat sofort auf die Einwände reagiert«, fasst der Prior das Gespräch zusammen. »Wie mir der Bischof vorhin versicherte, habe der Mann volles Verständnis für die Anliegen der Kirche gezeigt. Obwohl es rechtlich nicht nötig sei, habe der Unternehmensleiter dennoch die Zusicherung abgegeben, die alte Kapelle Stein für Stein, Balken für Balken abzubauen, um sie an anderer Stelle wieder zu errichten. Konzernchef Qualldorn erwarte Vorschläge, wo in der Region die Nikolaikapelle wieder aufgebaut werden soll. Und darüber hinaus stellte er dem Bischof eine großzügige Spende in Aussicht, verbunden mit der Einladung, das Hotel an diesem altehrwürdigen Platz einzuweihen, wenn es in einem Jahr fertig ist.«

Gwendal ist enttäuscht. Von Seiten des Bischofs ist keine Hilfe zu erwarten. Der hat sich offenbar kaufen lassen. Und der Einfluss des Klosters ist zu schwach, um den Abriss einer Kapelle in einer fremden Gemeinde zu verhindern.

»Es ist eine höchst lobenswerte Geste des Firmenchefs, die Kapelle an anderer Stelle wieder zu errichten«, ergänzt der Klostervorstand. »Dadurch geht der Bau nicht verloren.«

Die Bemerkung des Priors entlockt Gwendal ein Seufzen. Bruder Ägidius' Charakter ist geprägt davon, jederzeit kompromissbereit zu sein. Er pflegt schon beim ersten Einwand nachzugeben, um nur ja keine Disharmonie aufkommen zu lassen. Als Klostervorstand hat er es sich angewöhnt, immer den Weg des geringsten Widerstandes einzuschlagen, nichts zu unternehmen, das dem eigenen Vorteil schaden könnte. Gwendal würde jedem anderen gegenüber diese Haltung seines Priors als große Gabe zur Nachsichtigkeit darstellen. Selbst wenn er für sich weiß, dass man diesen Charakterzug gut und gerne auch Feigheit nennen könnte. Zudem ist Ägidius auch nicht mit dem Geschenk großer Weitsichtigkeit gesegnet. Auch das ist Gwendal bewusst, dennoch betont er: »Es geht doch nicht um das Gebäude, Bruder Ägidius, selbst wenn es noch so alt ist. Es geht um den Platz, auf dem es steht. Der ist ein besonderer.«

Der Prior schüttelt den Kopf. Missbilligung ist seiner Miene abzulesen. Er kennt seinen Mitbruder und dessen oft »ketzerische« Ansichten. Gwendal glaubt ja auch, dass Pflanzen lebendige Wesen seien und dass Orte von spirituellen Kräften geprägt werden. Für Ägidius ist eine derartige Einstellung nichts als heidnisches Gedankengut. Eines Tages werde ihm das Mitglied seiner Mönchsgemeinschaft einreden, dass selbst Steine eine Seele haben.

»Ich erwarte, Bruder Gwendal, dass in dieser Angelegenheit mit Besonnenheit vorgegangen wird. Es gilt, alles zu vermeiden, das den möglichen Unmut des Konzernchefs erregt, und er sich dadurch gezwungen sieht, sein großzügiges Angebot zurückzuziehen. Dann hätten wir gar nichts mehr davon. Das Kapellengebäude wäre für immer verloren.«

Gwendal kennt seinen Prior. Er sagt: »Besonnenheit«, und meint: »Nichts tun«.

Aber die Hände in den Schoß zu legen, entspricht nicht Gwendals Charakter. Selbstverständlich achtet er als Mitglied der Gemeinschaft die Regeln des Heiligen Benedikt, die auch vom »gegenseitigen Gehorsam« sprechen, also von der Anleitung, aufeinander zu »hören«. Doch Gwendal war immer schon daran gelegen, die *stabilitas* nicht außer Acht zu lassen. Und zur Beständigkeit gehört es, standhaft zu sein, Verantwortung zu zeigen, sich selbst und anderen gegenüber.

Er macht sich Sorgen. Beunruhigende Nachrichten treffen im Lauf des Tages ein. Die Stimmung ist nicht nur in Ambertal geladen, auch in den umliegenden Gemeinden regt sich Unmut. Viele aus der Umgebung kennen die alte Kapelle auf dem Galachhügel. Fast jeder weiß eine Geschichte zu erzählen, von Urgroßeltern und Großeltern, aber auch von eigenen Erfahrungen. Immer schon wurde der Platz, auf dem die Kapelle steht, aufgesucht, um ein Gebet zu sprechen, Trost zu finden, Mut und Kraft zu schöpfen. Es werden auch Gegenstimmen laut, Leute, die Wert darauf legen zu betonen, die Wirklichkeit viel realistischer zu betrachten als das Gros der romantischen Spintisierer. »Reißt den alten Krempel weg!«, tönt es aus der Mitte der Realisten. »Ein Luxushotel dieser Art ist gut für die Region. Das schafft Arbeitsplätze, bringt Steuereinnahmen, hebt das Ansehen der Gemeinde. Andere Orte werden uns darum beneiden.«

Was die meisten Leute mit betont realitätsnaher Sicht auf die Welt bei ihren Ausführungen immer wieder hervorstreichen, ist die Tatsache, dass sie selbstverständlich jedem gegenüber Toleranz an den Tag legen. »Jeder soll für sein Seelenheil machen können, was er will«, heißt es da. »Wenn jemand meint, dafür ausgerechnet diese alte Kapelle zu brauchen, dann soll er halt dorthin pilgern, wo sie wieder aufgebaut wird.«

Die Meinungslage in der Region ist gespalten, auch wenn die Abrissgegner die Befürworter überflügeln.

Insgeheim nötigt Gwendal die Taktik des Immobilienkonzerns sogar einen Hauch von Respekt ab. Die Operation Luxushotel auf dem Galachhügel war offenbar von Anfang an strategisch bestens durchdacht. Die Leute verstehen ihr Geschäft. In aller Öffentlichkeit Großzügigkeit zu demonstrieren, die Kapelle freiwillig an anderer Stelle wieder aufzubauen, ist ein genialer Schachzug. Damit wurde wesentlichen Gegenkräften von vorneherein der Wind aus den Segeln genommen. Sogar der Bischof zeigt sich hocherfreut und hat bereits versprochen, die Hoteleinweihung mit seinem Segen zu beehren. Dass im Zuge des geplanten Baus auch die alte Linde dran glauben muss, bedauere der Konzern zwar, aber auch hier haben die Strategen eine Alternative parat. Ein erst vor Kurzem an entsprechender Gesetzesstelle hinzugefügter Passus erlaube einen derartigen Eingriff in die Natur, wenn der Betreiber für entsprechenden Ausgleich sorge. Der Qualldorn-Konzern hat längst eine Summe bereit gestellt, um sich andernorts großzügig an einem Wiederaufforstungsprogramm zu beteiligen.

Doch die Widerstandsbewegung wird sich von ihrem Vorhaben nicht abbringen lassen. Das ist Gwendal schmerzlich bewusst. Flora Glanzberg hat schon angekündigt, alles zu unternehmen, um die Kapelle an diesem Ort zu retten. Man werde sich den Baggern entgegenstellen. Auch der Polizei, denn man gehe davon aus, dass Ordnungskräfte die Kolonne der Bauarbeiter begleiten werde. Die Protestwilligen betonen zwar, sich mit ausschließlich friedlichen Mitteln zur Wehr zu setzen. Doch die Atmosphäre in Ambertal und Umgebung wird immer geladener. Diese Entwicklung bereitet Gwendal Kummer.

Er steht auf der Wiese, hinter ihm die alten Buchen, vor ihm das weite Feld. Schmetterlinge tänzeln durch die Luft, huschen von Blüte zu Blüte. Die Nachmittagssonne lässt die Blätter der alten Linde leuchten. Die Landstraße ist weit entfernt, kein Motorenlärm dringt bis hierher. Nur das Zwitschern der Vögel ist zu vernehmen. Ein friedliches Bild.

Gwendal mag sich gar nicht ausmalen, was passiert, wenn in zwei Tagen Bauarbeiter, Polizisten und Demonstranten hier aufeinander treffen. Dann reicht ein Funke, und die Sache eskaliert. Sein Herz ist erfüllt mit Sorge. Er tritt aus dem Schatten der Bäume und geht langsam auf die Kapelle zu. Er war lange nicht mehr hier. Das Dach und der aufgesetzte kleine Turm sind aus Holz. Der Aufbau wurde im 17. Jahrhundert erneuert, die Grundmauern stammen noch aus dem späten Mittelalter. Wie ein Schiff, das auf glatter grüner Oberfläche vor Anker liegt, ruht die Kapelle in der Mitte der Wiese. Die Tür ist unverschlossen. Zu diesem Ort der Ruhe hat jeder Zutritt. Der Altar ist schlicht. Unter dem einfachen Holzkreuz steht eine Vase mit Blumen. An der linken Wand hängt ein Bild. Gwendal kennt es, hat es bei früheren Besuchen schon aufmerksam betrachtet. Es zeigt den Heiligen Nikolaus, umringt von kleinen Wesen, die Kindern ähneln, vielleicht auch Engeln. Sie tragen durchsichtige Gewänder. Gwendal weiß die barocke Symbolsprache des Bildes zu deuten. Die kleinen Erscheinungen sind weder Kinder noch Engel. Die durchsichtigen Gewänder weisen sie als Seelen von Verstorbenen aus. Gwendal vertieft sich in die Betrachtung des Bildes, versucht, die besondere Ausstrahlung des Platzes zu erspüren, auf dem er sich befindet. Draußen wird es mit einem Mal laut. Stimmen sind zu vernehmen. Gleich darauf betritt Flora Glanzberg in Begleitung eines Mannes die Kapelle.

»Ah, Pater Gwendal. Das freut mich aber, dass Sie extra herkommen, um unsere Kapelle zu besuchen. Wir werden alles daran setzen, dass Sie das auch in Zukunft tun können.« Sie stellt ihm ihren Begleiter vor, Doktor Samuel Petridis, Rechtsanwalt.

»Samuel hat uns von Anfang an beraten. Er hat auch

die Protestschreiben unserer Bürgerbewegung verfasst und eingereicht.«

»Leider hat es wenig genützt.« Der Mann, Bartträger, bekleidet mit einem hellen Leinenhemd und brauner Cordhose, zuckt bedauernd die Schultern. »Die Kollegen der Gegenseite sind mit allen juristischen Wassern gewaschen. Und der eleganten Finte, die Kapelle an anderer Stelle wieder aufzubauen, ist schwer etwas entgegenzusetzen.«

Der Jurist lässt seine Augen über das alte Gemäuer streifen. »Sicherlich ist es zu begrüßen, dass die Kapelle nicht völlig der Abrissbirne zum Opfer fällt, sondern künftig woanders steht. Doch die Verbindung zu diesem Ort wird fehlen.«

Gwendal mustert sein Gegenüber. Er schätzt den Rechtsanwalt auf Anfang 50. Ein Mann mit offenem Blick, eine sympathische Erscheinung.

»Kommen Sie öfter hierher?«

»Ab und zu. Ich mag dieses Bild sehr gern.« Er stellt sich näher an die Wand. »Es gibt nicht viele Darstellungen, die den Heiligen aus Smyrna als Seelenführer zeigen. Das vermittelt eine andere Vorstellung als das zuckersüße Bild eines weißbärtigen alten Mannes mit Bischofsmütze, der Kindern Mandarinen schenkt und Tadelnswertes aus seinem goldenen Buch vorliest.«

Er streicht mit den Fingern über den Rahmen des Gemäldes.

»Mich wundert es ja, dass dieses Bild hier noch hängt. Andernorts hat die Kirche Darstellungen wie diese längst verbannt. Wo findet man noch Bilder der heiligen drei Bethen? Diese alte christliche Frauen-Dreiergruppe erinnert an uralte Muttergottheiten aus anderen Kulturen. Wo gibt es noch Szenen mit Heiligen, an denen abzulesen ist, dass hier Vorstellungen einfließen, die aus vorchristlicher Zeit stammen? In den großen Kirchengebäuden nicht mehr, allenfalls in kleinen abgelegenen Kapellen. Jede Spur, die wo anders hinweist, als es der engstirnige christliche Kanon vorschreibt, wird getilgt. Entschuldigen Sie, Pater. Ich wollte Ihnen nicht zu nahe treten.«

Gwendal schmunzelt. »Treten Sie nur, mir tut eine solche Nähe gut.«

Er weist auf das Bild. »Ich mag diese Darstellung auch. Der Heilige Nikolaus, der die Toten begleitet. So wie Hermes in der griechischen Sagenwelt. So wie Anubis in der Vorstellung der alten Ägypter. Die Bilder wechseln, die Namen ändern sich, aber was bleibt, ist die Qualität dessen, was dadurch ausgedrückt wird.«

Der Jurist schaut den Mönch an. In seinen Augen zeigt sich Erstaunen. »Für einen Kirchenmann klingen Sie, verzeihen Sie den Ausdruck, sehr *heidnisch*!«

Gwendal lacht. »Mein Prior hätte es nicht besser formulieren können.«

Auch auf dem Gesicht der Biobäuerin zeigt sich ein Schmunzeln. »Na, da haben sich ja die zwei Richtigen gefunden. Sie müssen wissen, Pater Gwendal, Samuel ist nicht nur ein guter Jurist. Wenn er nicht gerade über Prozessakten grübelt, dann betätigt er sich auch als Historiker. Er hat einige Ortschroniken aus dieser Gegend verfasst und interessiert sich auch für das kulturelle Erbe unserer keltischen Vergangenheit.«

»Da finden Sie hier ja ein reiches Betätigungsfeld«, sagt Gwendal anerkennend.

Der Rechtsanwalt wirkt ein wenig verlegen. »Ein Hobby, weiter nichts.«

Er blickt in Richtung Ausgang. Durch die geöffnete Tür ist ein Teil des Waldes zu sehen, der an die Lichtung grenzt.

»Sie kennen sicher den Wasserfall hier in der Nähe.«

Gwendal nickt. Er war schon mehrmals an der bizarren Felskante mitten im Wald, über die das Wasser 20 Meter tief nach unten stürzt.

»Plätze wie dieser, Wasserfälle, Seen, Berghöhlen waren in der Betrachtungsweise unserer keltischen Vorfahren Orte der Anderswelt, Rückzugsgebiete für die Seelen der Verstorbenen.«

Gwendal kennt die Vorstellungen der keltischen Religion, die nicht auf ein fernes Jenseits gerichtet ist, sondern sich am ewigen Kreislauf der Natur orientiert. Am beständigen Kommen und Gehen. Ein naher Wasserfall als Durchgangsort zur Anderswelt passt zur Symbolik, die er auch auf dem Bild an der Wand erkennen kann. Auch hier werden die Seelen Verstorbener begleitet. Nikolaus als Totenführer.

»Mir sind Ihre Anmerkungen zu vorchristlichen Vorstellungen durchaus vertraut, Herr Doktor Petridis. Das Heilige, im Sinne des Besonderen, besteht, aber es ist schwer zu fassen. Es ist für die Augen unsichtbar. Deshalb brauchen wir Symbole, Zeichen, darstellende Vermittlung. Vermutlich lag hier an dieser Stelle eine vorchristliche Kultstätte, ein keltischer Kraftort. Und wenn wir noch weiter zurückgehen, dann fänden wir vielleicht einen simplen Stein, markiert durch Einritzungen, das Werk einer Schamanin aus der Jungsteinzeit, um dem besonderen Ort ein äußeres Zeichen zu geben. Und jetzt ist es halt eine christliche Kapelle.«

»Um die wir kämpfen werden!«, bestätigt Flora Glanzberg, die dem Gespräch der beiden Männer mit Interesse zugehört hat. »Dieser Platz muss geschützt werden!«

Die Bemerkung der Anführerin der Bürgerbewegung freut Gwendal. Er schätzt den Mut an dieser Frau. Gleichzeitig weckt die Vorstellung des Kommenden in ihm Furcht. Wie kann verhindert werden, dass die Auseinandersetzung eskaliert? Im Augenblick weiß er sich keinen Rat.

Die drei verlassen miteinander die Kapelle, treten aus dem schattigen Innenraum hinaus in die Wärme der Nachmittagssonne. Von den Ästen der Linde flirrt das Gezwitscher der Vögel bis zu ihnen herüber.

»Pater Gwendal!« Flora Glanzberg ist stehen geblieben. »Schauen Sie!« Der Mönch dreht sich um. Die Biobäuerin geht neben der Seitenmauer der Kapelle in die Hocke. Sie deutet auf Gewächse mit dunklen Köpfen. »Ich kann mich nicht erinnern, solche Blumen hier jemals gesehen zu haben. Was ist das?«

Gwendal kommt näher. »Das sind Teufelskrallen.«

»Teufelskrallen? Noch nie gehört.«

»Sie gehören zu den Glockenblumengewächsen.« Er bückt sich. Die Blütenköpfe sind von auffallend dunkler Farbe, violett, fast schwarz. Die Einzelblüten sind krumm, gebogen wie Klauen. Daher hat die Pflanze ihren Namen. Seines Wissens wachsen diese Blumen nicht in der Gegend. Er kann sich nicht erinnern, im Umkreis von 50 Kilometern jemals Teufelskrallen gesehen zu haben.

»Na, das muss ich unserer alten Mesnerin erzählen.« Flora Glanzberg erhebt sich aus der Hocke. »Wenn die hört, dass an der Kapelle, die einem Heiligen geweiht ist, plötzlich höllische Teufelskrallen wachsen, dann rückt sie gleich mit dem Weihwasserkessel aus.«

Ihr Lachen treibt über die Lichtung, vermischt sich mit dem vielstimmigen Lied der Vögel.

Der nächste Tag vergeht für Gwendal wie im Flug. Er macht sich weiterhin Sorgen, auch um sich selbst. Es geschieht selten, dass er während der täglichen Gebete, während der Andachten und Gottesdienste nicht die notwendige innere Bereitschaft aufbringt. Doch an diesem Tag kann er sich nur schwer auf die Texte und Lieder einlassen. Immer wieder werden seine Gedanken fortgeschwemmt. Er will keinesfalls Flora Glanzberg und die immer größer werdende Schar der zum Protest Bereiten von deren Vorhaben abbringen. Aber die Bauarbeiter werden nicht aufzuhalten sein. Immerhin hat die Firmenleitung, juristisch betrachtet, das Recht auf ihrer Seite.

Auch wenn der Prior vor der Abendandacht die Bemerkung fallen lässt, Gwendal möge sich aus der Angelegenheit heraushalten, wird er dem Wunsch des Klostervorstehers nicht nachgeben. Ihm erscheint es als selbstverständliche Pflicht, bei der Auseinandersetzung an der Seite der Menschen zu stehen, die für den Erhalt der Kapelle kämpfen. Er wird sogar die Andacht im Kreise der Mönche ausfallen lassen. Denn wie zu erfahren war, wird der Bautrupp morgen schon sehr früh zur Stelle sein.

Die ersten Demonstranten treffen bereits gegen fünf Uhr ein. Die Dämmerung hängt noch zwischen den Bäumen. Kaffee aus Bechern wird herumgereicht. Aufgekratztes Lachen hallt zwischen den Stämmen. Flora Glanzberg hat zusammen mit dem ehemaligen Feuerwehrkommandanten und dem Kapellmeister aus ihrer Gemeinde den Einsatzplan erstellt. Die beiden Männer wissen, wie effektive Organisation zu funktionieren hat. Die Menge der Ankommenden wird in Gruppen eingeteilt. Man wird die Bauleute nicht erst auf der Lichtung erwarten, sondern schon viel früher. Die ersten Menschentrauben werden bereits am Beginn des Waldes gebildet. Dort, wo die Zufahrtsstraße einbiegt. Viele der Jüngeren stimmen zu, sich an die Bäume ketten zu lassen. Einige Bauern haben ihre Traktoren mitgebracht, einer sogar einen Mähdrescher.

»Guten Morgen, Pater Gwendal. Ich bin davon ausgegangen, dass Sie unseren Widerstand verstärken. Schön, dass Sie hier sind.« Flora Glanzberg reicht dem Mönch eine Kaffeetasse. Gwendal stellt sein Motorrad zwischen die Bäume. Der Kaffee ist lauwarm, aber kräftig. Er folgt der Biobäuerin. Sie wird ganz vorne an der Spitze der Demonstranten stehen. Dort sieht auch Gwendal seinen Platz. Die Stimmung wird im Verlauf der nächsten Stunde immer angespannter. Nur mehr selten erklingt Lachen. Die Zahl der Menschen wächst. Viele haben Transparente mitgebracht. Zunehmende Nervosität ist zu spüren. Alle wissen, dass ihnen eine harte Auseinandersetzung bevorsteht. Sie müssen gegen einen mächtigen Wirtschaftskonzern antreten, der nicht nur Millionen hinter sich, sondern auch die Polizei an seiner Seite hat. Und der zudem über den amtlichen Beschluss der Baugenehmigung verfügt. Nicht wenige fürchten, dass sie hier mit ihrer Demonstration schlussendlich auf verlorenem Posten stehen. Aber sie werden dennoch ausharren. Sie lassen sich ihre Kapelle nicht so einfach wegnehmen. Auch nicht den Platz, auf dem sie steht. Das ist Teil ihrer Identität. Widerstand zu leisten, sind sie ihren Vorfahren schuldig und auch künftigen Generationen, ihren Kindern. Dennoch machen sich nur die Wenigsten Hoffnung auf Erfolg. Die Übermacht an Geld, Wirtschaft, Politik und Exekutive hat schon an anderen Orten ähnliche Widerstandsbewegungen einfach weggefegt. Und in ihrem Fall geht es nicht einmal um ein geplantes Kraftwerk, eine Flugplatzerweiterung, eine Stromautobahn, eine gefährliche Chemikalienfirma. Ihr Widerstand betrifft nur eine simple Kapelle, die neben einem alten Baum auf einer Lichtung steht.

»Im Grund kann uns nur ein Wunder helfen«, flüstert eine Frau, als über Handy die Meldung eintrifft, dass sich der Bautrupp im Anmarsch befindet. Gwendal steht neben ihr in der ersten Reihe. Er will der Frau nicht widersprechen. Aber ebenso wie Flora Glanzberg weiß er, dass Wunder höchst selten eintreffen. Die Biobäuerin hofft, dass vielleicht eine etwas profanere Vorgangsweise als ein himmlisches Wunder ihnen helfen könnte. Dann sind sie da. An der Spitze des Zuges zeigen sich zwei schwarze Autos, dahinter Baufahrzeuge. Begleitet wird der Aufmarsch von einem großen Polizeiaufgebot. Die uniformierten Kommandanten verlassen den Einsatzwagen. Die Mannschaft, bewaffnet mit Schlagstöcken und Schilden, bleibt noch in den Fahrzeugen. Aus den schwarzen Autos steigen zwei Männer. Sie kommen näher.

»Das ist Rolf Qualldorn, der Konzernchef«, murmelt Flora. Gwendal kennt den Unternehmer aus den Medien genauso wie den Mann an dessen Seite, Landesrat Baldwin Krumpner. Etwa zehn Meter vor der Menschenansammlung bleiben die beiden stehen. Qualldorn hebt ein Megafon an den Mund.

»Guten Morgen, meine sehr geehrten Damen und Herren.« Ein gellendes Pfeifkonzert fegt ihm entgegen. In den Lärm mischen sich Hupen, Kuhglocken, Trommelschläge.

Flora hebt die Hand. Auch sie hat ein Megafon. »Lasst ihn reden!« Allmählich beruhigt sich der Lärm.

»Vielen Dank, Frau Glanzberg. Ich bin froh, dass Sie

zur Vernunft mahnen. Wir wollen doch alle, dass dieser wunderschöne Morgen ein solcher bleibt. Ich bemühe mich ernsthaft, Ihre Aufregung zu verstehen, meine Damen und Herren. Immerhin stammen meine Vorfahren auch aus dieser Region. Aber ich kann den Widerstand nicht ganz nachvollziehen. Ich verspreche Ihnen hier an Ort und Stelle: Wir werden Ihre wunderschöne alte Kapelle Stück für Stück, Nagel für Nagel, Dachschindel für Dachschindel mit größter Behutsamkeit abtragen und an anderer Stelle mit ebenso großer Sorgfalt wieder zusammenfügen. Sie geht nicht verloren! Sie alle dürfen mich beim Wort nehmen.«

Weiter kommt er nicht. Das Pfeifkonzert setzt wieder ein. Immerhin hat er Courage, zollt Gwendal dem Firmenchef innerlich Respekt. Er hat keinen seiner Manager, keinen aus der Truppe seiner Topjuristen vorgeschickt. Er stellt sich selbst hin. Die Menge ist aufgebracht, lässt sich nur schwer beruhigen. Qualldorn reicht das Megafon an den Politiker weiter. Der betrachtet es, als hätte ihm der Unternehmer eine Schlange in die Hand gedrückt. Dann hebt er es doch hoch und versucht, dem Protestgeschrei der aufgebrachten Menschen seine mit Stottern vorgebrachten Argumente entgegenzusetzen. Er redet vom lange geprüften Verfahren, vom stets unermüdlichen Einsatz der politisch Verantwortlichen, von den glänzenden Perspektiven, die das neue Luxushotel allen in der Region böte, von der Schwere der Last, die auf Politikerschultern drücke, wenn es gelte, das Gesamtwohl zu betrachten.

Ein Mann an Gwendals Seite stöhnt bei jedem Satz des Landesrates deutlich hörbar auf. Gwendal kennt ihn. Soviel er weiß, unterrichtet Balthasar Rupfgrad Biologie und Philosophie an einem Gymnasium.

»Platon forderte in seiner ›Politeia‹ vor zweieinhalbtausend Jahren, nur die ehrenhaftesten und intelligentesten Menschen dürften in die Regierung kommen«, murmelt der Lehrer. »Und was ist daraus geworden? Rolf Krumpner!«

Er spuckt auf den Boden.

»Wir bleiben hier stehen!« Flora Glanzberg hat ihre besonnen wirkende Haltung abgelegt. Ihre Stimme, die aus dem Trichter des Megafons schallt, klingt zornig. »Das ist unser Platz. Wir gehen hier nicht weg!«

Die beiden Männer ziehen sich zurück. Im selben Augenblick öffnen sich die Türen der Mannschaftswägen. Schwarzgekleidete Gestalten werden sichtbar mit Helmen, Schilden, Knüppeln. Gwendals Herzschlag nimmt zu. Er ist fest entschlossen, keinen Millimeter zu weichen. Hinter ihm haben die Demonstranten große Ketten über den Weg gespannt. Daran hängen gut ein Dutzend Jugendliche. An der Seite der schwarzgekleideten Polizisten tauchen die ersten Bauarbeiter auf. Sie tragen Kneifzangen und Motorsägen. Gwendal wird nicht zulassen, dass den angeketteten jungen Leuten etwas geschieht. Er setzt sich langsam in Bewegung.

»Sie da, in der Kutte. Bleiben Sie bitte stehen!« Der Einsatzleiter hat das Megafon in der Hand. Gwendal denkt nicht daran, das Feld zu räumen. Er bleibt zwar stehen, keine fünf Meter vor der ersten Reihe der Polizisten. Aber er wird keinen Schritt weichen. Flora Glanzberg stellt sich neben ihn.

»Bevor die unsere Leute an den Ketten erreichen, müssen sie erst einen Benediktinermönch und eine Biobäuerin niederknüppeln.« Gwendal hofft, dass es nicht dazu kommt.

»Wir fordern Sie ein letztes Mal auf, unverzüglich die Straße zu räumen. Sie machen sich alle strafbar. Sie widersetzen sich einer legalen Aktion. Die Polizei hat Order, dafür zu sorgen, dass die von der Firma Qualldorn beauftragten Bauarbeiter ungehindert ihre Arbeit aufnehmen können. Also geben Sie unverzüglich den Weg frei!«

»Niemals!« Es ist eine helle Stimme, die hinter Gwendals Rücken erschallt. Weitere Rufe fallen mit ein. »Niemals!!« Noch einmal versucht der Einsatzleiter mittels Megafon, sein Vorhaben durchzusetzen. Die Gesichter der Polizisten hinter den schwarzen Plexiglasscheiben sind nicht zu erkennen. Aber Gwendal sieht die Entschlossenheit in den finsteren Mienen der Bauarbeiter. Und die Wut. Seine Angst wächst. Gleichzeitig vermeint er, auch die Angst all derer zu spüren, die hinter ihm stehen. Der Kommandant lässt das Megafon sinken und hebt die Hand. Der Einsatz beginnt. Die Polizisten rücken vor. Die Menge, die sich versammelt hat, die Menschen, die auf der Straße zusammenstehen, die jungen Leute, die angekettet zwischen den Bäumen hängen, heulen beim Vorrücken der schlagstockbewehrten Beamten auf. Es ist ein Protestschrei aus einigen 100 Kehlen, der die wilde Entschlossenheit unterstreicht und zugleich die eigene Furcht übertönt.

Die Eskalation ist unvermeidlich. Schon heben die Polizisten in der vordersten Reihe drohend ihre Stöcke.

Doch dann passiert das Wunder!

Das Wunder sitzt auf einer alten KTM 125, Baujahr 1998, und bahnt sich wild hupend einen Weg durch Baufahrzeuge, Polizeiwägen und vorrückende Beamte. Das Wunder reißt sich den Helm vom Kopf und brüllt: »Aufhören! Ich habe hier eine amtliche Verfügung. Der Baubescheid ist aufgehoben!« Samuel Petridis, Jurist und Hobbyhistoriker, reckt ein Blatt Papier in die Höhe wie die Freiheitsstatue ihre Fackel. Der Einsatzleiter stoppt die Vorrückenden. Verwirrung macht sich breit. Der Polizeioffizier studiert zusammen mit dem Politiker, dem Konzernchef und einem Mann im Anzug das Schreiben. Die Bauerarbeiter umklammern mit grimmiger Miene ihre Werkzeuge. Kopfschütteln allseits. Schließlich stapft der Mann im Anzug auf Petridis zu. Er hält ihm das Schreiben vors Gesicht. Seine Stimme ist leise, doch er klingt bedrohlich. »Mit diesem Taschenspielertrick kommen Sie nicht durch. Die einstweilige Verfügung hält keine drei Tage. Das verspreche ich Ihnen.«

Dann zerknüllt er das Blatt und lässt es auf den Boden fallen.

Doch das Wunder ist bereits im Gange. Ein Stück Papier hat es ausgelöst. Die Polizisten rücken ab, die Baufahrzeuge folgen ihnen.

Gwendal ist über die unerwartete Wendung genauso irritiert wie die übrige Hundertschaft der Demonstranten. Der Rechtsanwalt hebt das zerknüllte Blatt vom Boden auf, streicht es glatt.

»Der einstweilige Baustopp basiert auf einem Naturschutzgutachten. Im Wald rings um die Lichtung wurde vor zwei Tagen der *Eremit* entdeckt, auch *Juchtenkäfer* genannt. Eine äußerst seltene Insektenart, die von der Naturschutzrichtlinie der EU als besonders gefährdet eingestuft wird.«

Flora Glanzberg ist die Erleichterung anzusehen. Sie umarmt den Juristen. Dann klopft sie Balthasar Rupfgrad auf die Schulter. Der Biologielehrer grinst.

»Wenn die eine Kapelle verlegen, dann werden wir wohl noch ein paar Käfer umsiedeln können.«

Die Menge zerstreut sich. Einige wollen noch zur Kapelle, um dort den unvorhergesehen Ausgang des Ereignisses zu feiern.

»Was schätzt du, Samuel, wie viel Zeit haben wir gewonnen?« Der Rechtsanwalt wiegt den Kopf. »Ich weiß es nicht, Flora. Vielleicht eine Woche. Die Gegenseite wird unser Käferwunder bald in alle Bestandteile zerlegen.«

»Immerhin, für heute haben wir die Bagger gestoppt. Ich will auch zur Kapelle gehen.«

Gwendal schließt sich der Gruppe um Flora Glanzberg an. Als sie die Lichtung erreichen, staunt der Mönch. Die Teufelskrallen haben sich ausgebreitet. Wie ein dunkles Band schlingen sich die schwarzvioletten Blüten rings um die Kapelle. Auch in der Nähe der Linde haben sich viele der auffälligen Blumen angesiedelt.

Gegen Mittag kehrt Gwendal ins Kloster zurück. Nach dem gemeinsamen Essen berichtet er den anderen Mönchen von den Vorgängen am Morgen. Dass dem Auftauchen der seltenen Käferart ein wenig nachgeholfen wurde, lässt er in seiner Schilderung aus.

Danach zieht er sich in sein Zimmer zurück, um Nachforschungen anzustellen. Er entdeckt im Internet die Ortschronik der Gemeinde Ambertal, verfasst von Samuel Petridis. Bei dieser Gelegenheit erfährt er auch einiges über den Autor.

Seine Familie stammt ursprünglich aus Griechenland, hat sich vor 60 Jahren hier angesiedelt. Auch Vater und Großvater waren Juristen. Der Chronik entnimmt Gwendal auch einen Hinweis auf die mögliche Herkunft des Namens *Galachhügel*.

Es spreche viel dafür, schreibt der Autor, eine Verbindung zum Keltischen zu sehen.

Im Gälischen, das auf die keltische Sprache zurückzuführen ist und in Schottland und Irland immer noch verwendet wird, bedeutet *gealach* »Mond«, auch »Mondlicht«.

Gwendal schließt die Datei. Egal, ob der Hobbyhistoriker recht hat, »Mondlichthügel« findet Gwendal eine passende poesievolle Bezeichnung für die Erhebung mit der Lichtung samt Linde und Kapelle.

Dann greift er nach einem der vielen Bücher auf dem Regal, um den Begriff *Teufelskralle* nachzuschlagen. Wenn er sich richtig erinnert, dann wird mit diesem Ausdruck auch eine in Afrika heimische Pflanze bezeichnet, deren Früchte wie Klauen aussehen. Er findet die Bestätigung. *Teufelskralle*, englischer Name *Dewil's Claw*, in Namibia und Südafrika heimisch. Die Wurzeln werden zur Behandlung von Gelenkschmerzen verwendet.

Die europäischen *Teufelskrallen* gehören zur Familie der Glockenblumengewächse und haben nichts mit dem afrikanischen Namensvetter zu tun. Vielleicht sollten wir in einem künftigen Seminar die Unterschiede zwischen den beiden Pflanzenarten darstellen, überlegt der Pater. Die einen haben den Namen wegen der auffälligen Form der Früchte, die anderen wegen der krallenähnlichen Ausbildung der Blüten. Das Botanikbuch weist viele Arten aus. *Kugelblumenblättrige Teufelskralle.* *Zwerg-Teufelskralle. Ährige Teufelskralle* und rund weitere 20 Erscheinungen. Bei der Spezies, die Gwendal auf der Lichtung entdeckt hat, dürfte es sich wohl um die *Schwarze Teufelskralle* handeln, *phyteuma nigrum*.

Er findet kaum Hinweise auf besondere Heilwirkungen. In der heutigen Phytotherapie spielen Glockenblumenverwandte so gut wie keine Rolle. Auch in den alten Kräuterbüchern lassen sich wenig Einträge ausmachen. In der Traditionellen Chinesischen Medizin kommt die *Chinesische Glockenblume* zur Anwendung, wie Gwendal feststellt. Man nennt die Pflanze auch *Ballonblume*. Auch wenn Gwendal in den Kräuterbüchern nichts Aufschlussreiches über mögliche Wirkungen der Teufelskralle entdecken kann, so stößt er zumindest auf ein Märchen.

Ein Mädchen, erzählt die Legende, war eines Tages auf der Flucht vor wilden Tieren. Es erreichte eine Wiese. Die wilden Tiere umzingelten das Kind, Löwen, Bären, Wölfe, Drachen. Da nahm das Mädchen ein Messer aus der Tasche, stach sich die Augen aus und warf sie zu Boden. Dort, wo die Augen die Erde berührten, wuchsen Blumen. Ihre Blüten hatten die Farbe des Himmels, manche auch die Farbe der Nacht. Die Tiere wichen vor den Blumen zurück, die klauenartigen Blüten erschreckten sie. Sie wurden friedlich und ließen sich streicheln. Das Mädchen brauchte seine Augen nicht mehr. Es aß von den dunklen Blüten und lernte, mit dem Herzen zu sehen.

Das Märchen gefällt Gwendal, es steckt voller Symbolkraft. Die Bemerkung von Flora Glanzberg fällt ihm ein. Die alte Mesnerin werde wohl ausrücken, um den Teufelsblumen mit Weihwasser beizukommen. Der Gedanke entlockt ihm ein Lachen. Das Bild des Gehörnten als satanischer Widersacher hat sich seit Jahrhunderten in die Vorstellung der Menschen eingebrannt. Dem Aberglauben ist auch heute schwer beizukommen. Dabei steckt im Bild des christlichen Teufels die geballte Kraft der Natur. Der Höllische mit Bockshörnern und zottigem Fell ist nichts anderes als ein Abbild des griechischen Pan, Gott des Waldes, der Naturkraft und der Fruchtbarkeit. Er wirft noch einen Blick auf die Fotografie der gezackten Teufelskrallenblüte aus der Familie der Glockenblumen, dann schließt er das Buch und stellt es zurück ins Regal.

Es dauert keine Woche, wie Petridis als Hoffnung für die mögliche Verzögerung des Baus in Aussicht gestellt hat. Die Juristen des Konzerns brauchen nicht einmal drei Tage. Sie bieten ein Gegengutachten auf, erstellt von einem international anerkannten Käferexperten. Das Biotop des Galachhügels sei allen wissenschaftlichen Erkenntnissen zufolge nie und nimmer Lebensgebiet des Juchtenkäfers. Dem Einspruch wird stattgegeben. Der neue Baubeginn wird von der Konzernleitung mit kommendem Montag festgelegt. Erneut branden die Wogen des Protestes auf. Flora Glanzberg beruft eine Versammlung ein. Die Turnhalle der Volksschule platzt fast aus allen Nähten. Dieses Mal sind noch mehr gekommen als beim ersten Aufruf vor vier Wochen.

Gwendal verbringt den Samstag damit, sich auf einen Vortrag vorzubereiten. Die Universität München hat ihn eingeladen, über die Erfahrungen zu berichten, die man mit der Anwendung von Kräutern bei Patienten im stiftseigenen Ottilien-Therapie-Zentrum gewonnen hat. Er ist dabei, einige Fallbeispiele nachzuzeichnen. Doch er kann sich schwer auf die Arbeit konzentrieren. Immer wieder werden seine Gedanken abgelenkt. Er wird am Montag wieder in aller Früh an der Seite der Demonstrierenden stehen. Daran besteht kein Zweifel. Doch wie wird die Konfrontation dieses Mal ablaufen? Noch einmal können die beherzten Leute um Flora Glanzberg nicht einen seltenen Käfer aus dem Hut zaubern. Dieses Mal werden Polizisten und Bauarbeiter durchgreifen, um dem Recht, das von Amts wegen auf ihrer Seite steht, Geltung zu verschaffen.

Die gemeinsame Frühandacht am Sonntag nützt Gwendal, um sich »spirituell aufzutanken«, wie er das gerne nennt. Er will den gesamten Sonntag nützen, um innerlich Kraft zu schöpfen. Vielleicht greift er auch zur Gitarre. Er will gerüstet sein für die bevorstehende Auseinandersetzung am Montag.

Doch er kommt an diesem Sonntag nicht dazu, innere Ruhe zu sammeln. Als er nach der Frühandacht die Kirche verlässt, steht ein Polizeiauto auf dem Hof. Ein junger Mann in Uniform steuert auf ihn zu. Er erkennt Albert Thominger.

»Guten Morgen, Pater Majoran. Ich habe mir gedacht, ich komme direkt zu Ihnen, denn das wird Sie interessieren. Wir haben einen Toten gefunden.«

»Wo?«

»Am Galachhügel. Auf dem Platz vor der alten Kapelle.«

Der Schreck fasst mit harter Faust nach Gwendals Herz. Ein Toter? Jemand aus der Widerstandsbewegung? Oder ein Mitglied der Befürworter?

»Der Mann hat keine Papiere bei sich. Aber wir gehen davon aus, dass er nicht aus der Gegend stammt, andernfalls würden wir ihn wohl kennen. Die Kollegen von der

Kripo sind unterwegs. Vielleicht möchten Sie den Toten vorher noch sehen?«

Gwendal steigt ins Auto, lässt sich von Albert berichten. Ausgerechnet die Mesnerin hat den Toten gefunden, die schon bei Sonnenaufgang frische Blumen zur Kapelle brachte. Sie hat die Polizei verständigt. Die Fahrt dauert nur kurz. Sie passieren die Stelle, wo am Dienstag die Gruppe der Demonstranten versuchte, Widerstand gegen Polizei und Bauarbeiter zu leisten. Fünf Minuten später erreichen sie über die Forststraße die Lichtung. Gwendal ist erstaunt, als er aus dem Wagen steigt. Fast die ganze Wiese ist übersät mit Blumen, die ihre schwarzen Blütennadeln zum Himmel recken. Wo vor wenigen Tagen nur ein paar Teufelskrallen wuchsen, wuchern inzwischen tausende! Mitten im schwarzen Blumenmeer entdeckt der Mönch einen menschlichen Körper. Daneben steht ein uniformierter Beamter, Thomingers Kollege.

»Ich darf Sie nicht ganz heranlassen, Pater, wegen der Spuren. Kennen Sie ihn?«

Gwendal tritt so weit wie zulässig an die Leiche heran. Er sieht einen jungen Mann, nackt. Um die Hüften ist ein helles Tuch gewunden. Der Körper ist übersät mit dunklen Malen. Doch das Gesicht ist gut zu erkennen. Gwendal studiert es, aber er kann sich nicht erinnern, dem Mann jemals begegnet zu sein. Motorenlärm wird laut. Aus dem Wald biegen drei große Fahrzeuge.

»Das sind die Kollegen von der Kripo. Kommen Sie, wir müssen das Feld räumen.« Bevor er zum Revierinspektor ins Auto steigt, lässt Gwendal die Eindrücke noch einmal auf sich wirken. Ein wolkenverhangener Himmel. Darunter eine Lichtung mit einer alten Linde und einer noch älteren Kapelle. Wie ein schwarzer Teppich breitet sich die Wiese mit den Teufelskrallen aus. Und mitten drin liegt ein Toter.

Die Nachricht vom Leichenfund verbreitet sich wie ein Buschfeuer. Die Polizei muss zusätzliche Kräfte aufbieten, um die Menschen von der Lichtung fernzuhalten. Viele wollen auf den Hügel, um zu sehen, wo der Tote gefunden wurde. Am Nachmittag erhält die Geschäftsführung des Qualldorn-Konzerns einen Anruf der Staatsanwaltschaft. Die Lichtung auf dem Galachhügel sei ein polizeilich abgeriegelter Tatort. Bis auf Weiteres dürfen dort keine Bauarbeiten durchgeführt werden. Der richterliche Bescheid werde der Firmenleitung umgehend zugestellt.

Gwendal versucht, mehr über den Toten zu erfahren. Leider führt nicht Chefinspektorin Sybille Knaus die Ermittlungen, die er schon von früheren Fällen kennt. Den aktuellen Untersuchungsleiter hat Gwendal noch nie getroffen. Ein paar Details erfährt der Mönch über Albert Thominger, der als ortskundiger Beamter der Ermittlungsgruppe beigestellt ist. Auch zwei Tage nach dem Fund der Leiche ist noch nichts über die Identität des Toten bekannt. Er hatte keine Papiere bei sich, auch keine Kleidung. In der näheren Umgebung wurde nichts entdeckt, das Aufschluss über die Umstände des Todes bringen könnte. Bisher fanden sich auch keine Zeugen, die den Mann gesehen haben.

»Vielleicht ist er eines natürlichen Todes gestorben, auch wenn die äußeren Umstände rätselhaft scheinen«, bemerkt Gwendal. Der Revierinspektor und ehemalige Publikumsliebling des USK Eulenberg zuckt die Schultern.

»Möglicherweise. Aber so viel ich weiß, Pater, ist die genaue Todesursache weiterhin ein Rätsel. Zumindest das habe ich von den Kollegen der Kripo erfahren. Mehr weiß sicher Frau Doktor Zechner.«

»Edelgard Zechner?«

»Ja, die neue Gerichtsmedizinerin.«

Gwendal erinnert sich an die stattliche Erscheinung der Frau. Groß gewachsen, ein schmales lang gezogenes Gesicht, wie man es auf Frauenbildern britischer Adeliger oft sieht. Sie hatte zwei Kräuterseminare in Stift Eulenberg absolviert. Er sucht aus den Kursunterlagen die Handynummer. Nach einem kurzen einleitenden Geplänkel über die Vor- und Nachteile bestimmter Düngemittel bei Zitronenmelisse kommt Gwendal unverblümt zum Kern seines Anliegens.

Die Gerichtsmedizinerin zögert. »Unterliegen Mönche der Schweigepflicht?«

»In bestimmten Dingen schon, Frau Doktor. Aber ich versichere Ihnen, alles, was Sie mir mitteilen, ist bei mir bestens aufgehoben. Nichts davon dringt nach außen.«

Nach einer kurzen Nachdenkpause willigt sie ein.

»Mir ist in meiner Laufbahn als Pathologin noch nie

ein derart rätselhafter Fall untergekommen. Ich schätze das Alter des Mannes auf Anfang 30. Bis auf das Gesicht ist der gesamte Körper übersät mit Malen. Das sind Spuren von starken Verbrennungen. Doch diese Wunden sind alt und dürften nicht die Todesursache gewesen sein. Andere Hinweise, die Aufschluss geben, wie der Mann gestorben ist, haben sich bisher allerdings nicht finden lassen. Wir untersuchen weiter.«

Gwendal erinnert sich an den Anblick des Toten. Auch ihm waren die dunklen Male aufgefallen.

»Und noch etwas ist rätselhaft, Pater Gwendal. Wir haben das Tuch untersucht, das um die Hüften des Mannes geschlagen war. Es ist sehr alt, an die 300 Jahre. Und es zeigt ebenfalls Spuren von Verbrennungen.«

Gwendal bedankt sich für die Auskunft. Er ersucht den jungen Revierinspektor, ihn weiterhin auf dem Laufenden zu halten. Dann muss er sich beeilen, um den Zug nicht zu verpassen, der ihn für seinen Vortrag nach München bringt. Er wird zwei Tage in der bayerischen Landeshauptstadt bleiben.

Nach seiner Rückkehr führt ihn sein erster Weg zum örtlichen Polizeiposten. Doch Albert Thominger kann ihm nichts Neues berichten. Die Ermittlungen hätten keine weiteren Hinweise ergeben, um Identität und Todesursache des Unbekannten zu klären. Die Staatsanwaltschaft hat sich dazu entschlossen, das Bild des Mannes in den Medien zu veröffentlichen. Auch wenn der Körper verunstaltet ist, das Gesicht des Toten weist keine Entstellungen auf. Man hofft auf aufschlussreiche Hinweise aus der Bevölkerung. Außerdem will die Staatsanwaltschaft den Tatort nicht freigeben, solange die Untersuchungen nicht abgeschlossen sind. Zumindest das hält Gwendal für einen Gewinn. Auch wenn dieser Zustand nicht ewig dauern wird.

Am nächsten Tag erhält Gwendal einen Anruf. Er hört die dunkle Stimme von Samuel Petridis.

»Guten Abend, Pater. Entschuldigen Sie die Störung. Man hat mir gesagt, Sie hätten den Toten auf der Wiese gesehen. Ist Ihnen an ihm irgendetwas bekannt vorgekommen?«

»Leider nein. Warum fragen Sie?«

»Ich habe heute das Bild in der Zeitung gesehen. Ich glaube, das Gesicht ist mir schon einmal untergekommen. Ich weiß nur nicht, wo!«

»Vielleicht einer Ihrer Klienten aus früheren Tagen?«

»Nein, ich bin mir sicher, das war in einem anderen Zusammenhang. Ich werde weiter grübeln.«

»Lassen Sie es mich bitte wissen, wenn Sie fündig geworden sind.«

»Das mache ich, Pater.«

Das Grübeln dauert die halbe Nacht und einen ganzen Vormittag. Die Glocken der Stiftskirche läuten zu Mittag, als Rechtsanwalt Petridis an der Klosterpforte erscheint und Pater Gwendal sprechen möchte. Der Mönch empfängt ihn im Speisesaal.

»Gott zum Gruß, Herr Rechtsanwalt. Ich bin gerade dabei, unseren neuen Ysop-Likör zu verkosten, den wir vor sieben Wochen angesetzt haben. Darf ich Ihnen einen Schluck anbieten? Ihre Meinung würde mich interessieren.«

Petridis nimmt das überreichte Glas. »Ich wusste gar nicht, dass man aus Ysop auch Likör machen kann. Wofür ist der gut?«

Der Pater lächelt verschmitzt. »Ich hoffe, für Seele und Geschmacksnerven.«

Er nippt am Glas, der Rechtsanwalt tut es ihm gleich. Beide lassen die Flüssigkeit auf der Zunge ruhen, prüfen den Geschmack, ehe sie sie hinunterschlucken.

»Schmeckt ein wenig herb. Aber mir gefällt das feine, leicht bittere Aroma.« Petridis nimmt einen zweiten Schluck.

»Ysop wird schon in der Bibel erwähnt, im Alten Testament. Er ist eng mit der Geschichte von Moses und dem Auszug der Israeliten aus Ägypten verbunden.«

Auch Gwendal genehmigt sich eine weitere Kostprobe.

»Und Hildegard von Bingen empfiehlt: Wenn die Leber infolge von Traurigkeit den Menschen krankmacht, dann soll er junge Hühner in Ysop kochen, und er esse oft davon, sowohl vom Ysop als auch von den Hühnern.« Er hebt das Glas.

»Der Ysop klärt Gedanken und Situationen, er führt zu neuen Einsichten.«

Der Rechtsanwalt trinkt aus. »Das passt gut zu dem, was ich Ihnen erläutern will. Hätten Sie mir früher schon

Ysop angeboten, wäre ich vielleicht eher draufgekommen.«

»Ist Ihnen eingefallen, woher Sie das Gesicht des Toten kennen?«

»Ja, Pater. Haben Sie Zeit, mich zu begleiten? Ich möchte Ihnen gerne etwas zeigen.«

Gwendal verschließt den weithalsigen Glasballon mit dem angesetzten Likör. Eine der kleinen bereits abgefüllten Flaschen steckt er ein. Dann folgt er dem Rechtsanwalt nach draußen.

»Sie wissen, dass die Pfarre Ambertal zwei Kirchen hat. Die Pfarrkirche im Ortskern und die kleine Filialkirche am Ende des Tales. Dorthin fahren wir.«

Das Ambertal zieht sich vom gleichnamigen Ort etwa acht Kilometer in Richtung Westen. Der Weg ist leicht ansteigend. Am Talschluss, begrenzt vom steil aufragenden Berg, bietet sich dem Auge des Ankommenden ein malerischer Blick. Vor der schroffen Felswand steht eine kleine Kirche. Petridis lässt den Geländewagen auf der Zufahrtsstraße stehen.

»Was ich Ihnen zeigen will, Pater, hängt am linken Seitenaltar.«

Er stößt die hölzerne Eingangstür auf und begleitet den Mönch ins Innere. Gwendal bleibt in der Mitte des Gangs zwischen den Stuhlreihen stehen. Er war erst ein einziges Mal in dieser Kirche. Dieser Besuch ist gut zehn Jahre her. Am Hochaltar ist eine Darstellung aus der Eustachius-Legende zu sehen. Der ehemalige römische Heermeister trifft im Wald auf einen Hirsch, der im Geweih ein leuchtendes Kruzifix trägt. Gleichzeitig vernimmt Eustachius die Stimme von Christus. Auch in dieser Szene erkennt Gwendal die Verbindung der Heiligenlegende zu vorchristlichen Spuren. Der keltische Gott Cernunnos, der für Natur und Fruchtbarkeit steht, wurde mit einem Hirschgeweih dargestellt.

»Ein interessantes Bild, ich habe ihm in der von mir verfassten Chronik ein eigenes Kapitel gewidmet. Aber jetzt möchte ich Ihre Aufmerksamkeit auf die Kreuzigungsdarstellung am Seitenaltar lenken.«

Gwendal folgt dem Rechtsanwalt nach links. Der Altar ist schmal, bedeckt mit einem weißen Tuch. Die Blumen in der Plastikvase sind längst verwelkt. Über dem Altar ist ein Gemälde angebracht. Es zeigt die Kreuzigung Christi auf Golgatha. Der Heiland hängt an seinem Marterbalken, flankiert von den beiden Schächern. Links unter dem Kreuz ist ein Soldat in römischer Uniform zu erkennen. Er stößt dem sterbenden Jesus die Lanze in die Seite. Rechts steht eine Gruppe weinender Menschen. Maria, die Mutter von Jesu, zwei weitere Frauen und Johannes, einer der Jünger. Petridis zieht eine Zeitung aus der mitgebrachten alten Ledertasche, legt sie auf den Altartisch.

»Ich wollte Ihnen vorher nicht viel erklären. Ich möchte, dass Sie es selbst sehen.«

Er schlägt die Seite mit dem Aufruf der Polizei auf. Gwendal weiß nicht recht, worauf das Vorgehen des Rechtsanwalts hinauslaufen soll. Er betrachtet das Foto des Toten in der Zeitung. Der Anblick erinnert ihn an seine Eindrücke auf dem Hügel, ehe die Kriminalpolizei eintraf. Dann richtet er seine Aufmerksamkeit auf das Gemälde über ihren Köpfen. Das Bild dürfte Ende des 17. oder zu Beginn des 18. Jahrhunderts entstanden sein. Die Dramatik der Darstellung, von den dunklen Wolkenformationen bis zur exaltierten Körperspannung der Figuren, erinnert Gwendal an Werke des österreichischen Barockmalers Johann Michael Rottmayer. Für besonders gelungen hält er die Lichtstimmung. Der Körper des gekreuzigten Gottessohnes scheint von innen her zu leuchten. Die beiden Schächer sind in dunklen Farben gehalten. Der Lichtschimmer des Gekreuzigten fällt auch auf die Gruppe der Klagenden. Ihre Kleider und Gesichter werden erhellt, heben sich ab von der Düsternis der Umgebung. Und plötzlich wird dem Mönch klar, was ihm der Rechtsanwalt in dieser abgelegenen Kirche am Ende des Ambertales verdeutlichen will. Gwendal fällt schwer, seinen eigenen Augen zu trauen. Doch der Zusammenhang ist eindeutig zu erkennen. Beide Männer haben unverkennbar dieselben Gesichtszüge, der Jünger unter dem Kreuz und der unbekannte Tote vom Galachhügel.

»Wie ist das möglich?«

Unwillkürlich tritt der Mönch einen Schritt zurück, starrt seinen Begleiter fassungslos an.

»Das fragte ich mich auch, als ich die Übereinstimmung entdeckte. Ich bin froh, dass auch Sie die frappierende Ähnlichkeit erkennen.« Er legt die Hand auf die Zeitung.

»Mir ließ die Sache keine Ruhe. Ich war mir sicher, das Gesicht schon irgendwo gesehen zu haben. Anfangs dachte ich natürlich an das Naheliegendste, an den großen Kreis von Klienten und Kontaktpersonen. Ich checkte meine Karteidateien, stellte mir die entsprechenden Gesichter zu den Namen vor, aber ich wurde nicht fündig. Dann ging ich die Bilddateien der von mir verfassten Ortschroniken durch. Da gibt es Hunderte Fotos von ehemaligen Lokalpolitikern, Vereinsleuten, Sportlern, Ehrenobmännern, Kulturschaffenden. Gut möglich, dass mir das Gesicht des Toten im Zusammenhang mit den alten Gemeindebildern untergekommen war. Ich habe fast 2000 Fotos gecheckt, ohne Ergebnis. Schließlich durchstöberte ich auch die Ordner mit den Bildern, Gemälden, Zeichnungen und Modellen von Rathäusern, Schulen, Kapellen, Kirchen, Schlössern. Und dann wurde mir plötzlich siedend heiß, als ich auf dieses Altargemälde stieß!« Beide Männer schauen erneut auf die Kreuzigungsgruppe an der Wand. Gwendal kann sich die Überraschung des Juristen gut vorstellen. Er selbst ist immer noch benommen von der verblüffenden Entdeckung.

»Haben Sie eine Erklärung dafür?«

»Nein, eine stichhaltige Erklärung habe ich nicht. Es mag purer Zufall sein, dass ein Mann, dessen Leiche man Anfang des 21. Jahrhunderts findet, dieselben Gesichtszüge trägt wie eine Figur auf einem Gemälde, das 300 Jahre früher entstanden ist. Dennoch bleibt die Sache rätselhaft.«

Gwendal stimmt ihm zu. Der Jurist greift erneut in die Aktentasche.

»Ich möchte Ihnen noch etwas zeigen. Bei meiner Arbeit zur Ortschronik vor einigen Jahren bin ich auch auf ein Dokument gestoßen, das einiges über die Entstehungsgeschichte dieses Gemäldes aussagt.«

Er reicht dem Pater zwei ausgedruckte Seiten. Die eine zeigt die Fotokopie der Kreuzigungsdarstellung mit genauer Bildbeschreibung, die andere enthält einen Auszug aus einer alten Chronik. Der Verfasser berichtet, dass *Anno Domini 1712* im *Orte Amperthal* im Schulhaus am Rand des Dorfes ein Feuer ausbrach. Die Flammen erfassten rasch das gesamte hölzerne Gebäude. *Das Leben aller Darinnen Befindlichen* wäre durch die Katastrophe *woll verwirket gewesen*, hält der Chronist fest. Doch durch *die unerschrocken mutig That* eines jungen Mannes *geschahe ein Wunder*. Der *Knecht des Wattnerbauern* eilte herbei und rettete zwölf Kinder aus den Flammen und auch den *ohnmachtig Lehrer. Er selbst kam durch die viele Wund, welche das Feuer an ihm gemachet, zu Tot.* Weiters hält die Chronik fest, dass zu dieser Zeit ein gewisser *Remigius Perner* im Ort ansässig war, der den Auftrag hatte, für die Kirche *ein Büldnis vom Tode unseres Herren Christ* zu malen. Auch ein Sohn des Malers war unter den aus den Flammen geholten Kindern. Aus *Dankbarkeit vor die groß Errettung* verlieh der Künstler dem Jünger Johannes auf dem Gemälde die Züge des Bauernknechtes, *auf dass ein Ewig Erinnern beständig bleibe.*

Gwendal legt die Blätter zurück auf den Altar. Ihn fröstelt. Die Botschaft von einer Katastrophe vor 300 Jahren spricht aus diesen Aufzeichnungen, wird zugleich am Ort, an dem sie sich befinden, lebendig. Das Bild an der Wand schlägt eine Brücke von den dramatischen Ereignissen der Vergangenheit zur Gegenwart. Der wagemutige junge Mann, der sich zur Rettung der Kinder in die Flammen warf, ist hier zu sehen, in Gestalt des Jüngers Johannes. Festgehalten für die Nachwelt. *Auf dass ein Ewig Erinnern beständig bleibe.* Und nun tauchen dieselben Gesichtszüge auf dem Antlitz eines Toten auf, der vor der Nikolaikapelle auf der Lichtung lag. Erneut spürt Gwendal ein Frösteln, gleichzeitig ist sein Kopf heiß. Wieder sieht er den Körper des Toten auf der Wiese vor sich.

»Ich weiß nicht, ob Ihnen bekannt ist, dass der Tote Brandwunden aufweist.«

»Brandwunden?« Petridis ist überrascht. »Nein, davon stand nichts in der Zeitung. Weiß man, woher die stammen?«

Gwendal schüttelt den Kopf. »Nein. Laut Gerichtsmedizinerin handelt es sich dabei um alte Wunden. Und noch etwas ist verblüffend am Toten. Das Tuch, mit dem er bekleidet war, trägt ebenfalls Brandspuren. Es ist rund 300 Jahre alt.«

Die Augen des Rechtsanwaltes weiten sich erstaunt. Erneut schauen beide Männer hoch zum Bild über dem Altar. Keiner spricht es aus, aber ihre Gedanken kreisen um dieselbe Frage. Worin besteht der Zusammenhang zwischen einem Toten der Gegenwart, der auf dem Obduktionstisch der Gerichtsmedizin liegt, und einem Mann, der vor 300 Jahren bei einem Brand umkam, nachdem er zuvor Menschen aus den Flammen rettete.

»Ist in den Chroniken der Name vermerkt?«

Der Rechtsanwalt schüttelt den Kopf. »Nein, es heißt nur *der Knecht des Wattnerbauern.*«

»Dann ist wohl nicht mehr feststellbar, ob es sich beim Toten am Galachhügel um einen möglichen Nachfahren handelt.«

»Leider nein.«

In Gwendals Kopf schwirren die Gedanken.

»Aber wenn wir keinen Nachfahren des damaligen Bauernknechts vor uns haben, was die Ähnlichkeit erklären könnte, und wenn die Tatsache derselben Gesichtszüge kein Zufall ist, was bleibt dann noch für eine Möglichkeit?«

Die Schultern seines Gegenübers zucken. Petridis zögert, überlegt. Dann zieht er ein weiteres Blatt aus der Tasche.

»Ich bin bei der Überprüfung der historischen Aufzeichnungen noch auf etwas anderes gestoßen. Den Wattnerbauernhof gibt es schon seit knapp 200 Jahren nicht mehr. Aber ein Detail von damals erinnert an einen Namen in unserer Gegenwart.«

Er hält dem Mönch das Dokument hin. Dieses Mal erkennt Gwendal sofort, was Petridis meint. Das Erstaunen, das ihn seit Betreten der Kirche nicht ausgelassen hat, wird noch größer.

Die Hand des Rechtsanwaltes zittert, was vielleicht der Kälte geschuldet ist, die das Gemäuer der alten Kirche ausstrahlt.

»Ich bin Jurist, Pater Gwendal, meine Welt ist die der nüchternen Zahlen und Fakten. Sie sind ein Mann der Kirche, des Spirituellen, ausgestattet mit einem sensiblen Gespür, wie ich aus unseren wenigen Begegnungen bisher festgestellt habe. Ich überlasse es Ihnen, welche Schlüsse Sie daraus ziehen.«

Er steckt das Blatt zurück in die Tasche. Gwendal schließt die Augen. Bilder purzeln durch seinen Geist, drehen sich, überlappen einander. Er sieht sich und Albert Thominger auf der Lichtung stehen. Vor der Kapelle liegt eine Leiche. Flammen zucken empor. Der Johannes aus der Kreuzigungsdarstellung irrt durch ein brennendes Gebäude. Junge Menschen ketten sich an Bäume. Der Firmenchef des Konzerns brüllt durch ein Megafon. Arbeiter heben schwere Hämmer. Flora Glanzberg und ihre Leute halten sich an den Händen. Und überall blühen Teufelskrallen. Er reißt die Augen auf.

»Wir fahren hin.«

Der Rechtsanwalt nickt, als hätte er nichts anderes erwartet. Er steckt den Rest der Unterlagen zurück in die Tasche. »Wenn wir nicht viel Verkehr haben, sind wir in gut zwei Stunden in München.«

Es ist fast 17 Uhr, als sie das eindrucksvolle Glasgebäude im Münchner Stadtteil Bogenhausen erreichen.

Der Rechtsanwalt hatte ihren Besuch per Telefon ange-kündigt. Der Konzernchef war vom Anruf überrascht, sagte aber zu, sich um 17.30 Uhr eine halbe Stunde für die beiden Herren Zeit zu nehmen.

Eine Mitarbeiterin im dunklen Kostüm führt sie in die Cafeteria. Petridis nimmt einen Cappuccino, Gwendal einen Kräutertee. An den Wänden hängen moderne Gemälde und große Fotografien. Auf ihnen sind einige der Vorzeigebauten zu sehen, die der Qualldorn-Kon-zern in den vergangenen Jahren errichtet hat. Ähnli-che Bilder, aber in größerer Ausfertigung, zieren auch die Wände des großen Büros, in dem sie der Firmen-chef empfängt.

Zum zweiten Mal steht Gwendal dem Mann gegen-über. Beim ersten Mal hielt er ein Megafon in der Hand, und hinter ihm hatte sich ein kleines Heer an Polizis-ten und entschlossenen Bauarbeitern formiert.

»Bitte nehmen Sie Platz, meine Herren. Ich bin neu-gierig, was Sie zu mir führt. Sie sagten, Herr Rechts-anwalt, es gebe eine mögliche neue Erkenntnis, die die Auseinandersetzung um unser Bauvorhaben betrifft. Ich hoffe, Sie ziehen nicht wieder irgendeinen Käfer aus der Biotop-Trickkiste.«

Der Rechtsanwalt schüttelt den Kopf. Er überlässt die Gesprächseröffnung seinem Begleiter. Gwendal öffnet seine Tasche und stellt die kleine Flasche, die er ohne viel Nachdenkens vor ihrer Abfahrt zur Kirche noch eingesteckt hat, auf den Tisch.

»Mein Name ist Pater Gwendal. Ich bin Mitglied der

Benediktinermönchsgemeinschaft von Stift Eulenberg. Wir sind uns schon einmal begegnet.«

Der Mann hinter dem Schreibtisch nickt. »Ich kann mich erinnern, Sie waren unter den Demonstranten.«

Der Mönch lächelt. »Ich habe mir in den vergangenen Jahren ein bescheidenes Wissen über Kräuter erworben. Ich liebe meine Pflanzen. Sie lehren mich jeden Tag Neues.« Er schraubt den Verschluss der Flasche auf und holt die drei kleinen Gläser hervor, die er sich in der Cafeteria ausgeborgt hat. »Wenn ich die Blüte des Sonnenhutes betrachte, das dunkle Zentrum umgeben von der Leuchtkraft der Blätter, dann spüre ich, was es heißt, die Kraft der Sonne und des Lebens auf den Punkt zu bringen. Der Sonnenhut lehrt mich, die Mitte zu finden. Und er vermittelt mir auch die Erkenntnis, immer die richtige Dosierung zu wählen. Ein Zuviel an Sonnenhut löst ganz andere Reaktionen aus, birgt die Gefahr des Abkapselns in sich, die Isolation. Es ist wunderbar, was man von Pflanzen lernen kann.«

Er nimmt die Flasche, schenkt bedächtig die Gläser voll, während er weiter spricht.

»Mögen Sie Gänseblümchen, Herr Qualldorn?« Der Mann am Schreibtisch schaut irritiert auf. »Ich verstehe Ihre Frage nicht. Meine Enkelkinder mögen Gänseblümchen. Die Kleinen pflücken sie immer bei uns im Garten.«

»Und wie verhalten sich Ihre Enkelkinder dabei?«

»Keine Ahnung. Ich glaube, sie lachen. Sie freuen sich. Wie Kinder halt so sind.«

»Warum lachen sie?«

»Ich verstehe die Frage nicht.«

»Die Frage ist ganz einfach. Was ist am Gänseblümchen so besonders, dass Kinder strahlende Augen bekommen, wenn sie eines sehen? Warum geht uns allen das Herz auf beim Anblick eines blühenden Sonnenblumenfeldes? Wieso fühlen wir uns wohl, wenn wir den Duft von Rosmarin einatmen?«

»Was sollen diese Fragen? Es wird schon seinen Grund haben. Bitte kommen Sie endlich zur Sache!«

»Ich bin bei der Sache.« Er nimmt eines der Gläser hoch und stellt es vor den Konzernchef.

»Darf ich Sie auf ein Glas Likör einladen? Der Ysop, der hier angesetzt wurde, kommt aus unserem Klostergarten. Ysop, sagt man, verhilft zu Klarheit. Warum das so ist, lässt sich wissenschaftlich schwer begründen. Wie so vieles, das mit Faszination und Wirkung von Kräutern, diesen wunderbaren Geschenken der Schöpfung, zu tun hat. Und auch wenn man die Wirkung des Ysop so nicht sehen will, dann schadet ein kräftiger Schluck dennoch nicht. Auf Ihr Wohl!«

Er hebt das Glas hoch. Auch der Rechtsanwalt hat seines in die Hand genommen.

Qualldorn blickt von einem zum anderen, begleitet von einem irritierten Kopfschütteln.

Schließlich greift auch er zum Likörglas.

»Ich trinke kaum Alkohol. Aber für Sie, Pater Gwendal, will ich jetzt eine Ausnahme machen, wenn Sie schon extra eine Flasche mitbringen.« Er nimmt langsam einen kleinen Schluck, schließt die Augen, spürt dem Geschmack nach. Er lässt dem ersten Schluck einen zweiten folgen.

»Nicht schlecht, das Aroma überrascht mich. Vielleicht sollte ich Ihrem Klosterladen einmal einen Besuch abstatten.« Er stellt das Glas hin. »Aber jetzt ersuche ich Sie eindringlich, mir endlich den Grund für Ihren überraschenden Besuch zu erläutern.«

Gwendal setzt das Glas ab. »Wir sind gekommen, um mit Ihnen ein Glas Likör zu trinken. Kräuter zeigen oft eine Wirkung, die uns verblüfft. Der Grund dafür ist schwer zu erklären. Das möge uns daran erinnern, dass wir nicht immer alles mit dem Intellekt erfassen können. Manche Phänomene existieren einfach, selbst wenn wir sie nicht verstehen. Herr Doktor Petridis ist nicht nur Rechtsanwalt. In seiner Freizeit beschäftigt er sich auch als Autor von Ortschroniken. Im Zuge seiner Arbeit ist er auf Dinge gestoßen, die auf den ersten Blick schwer verständlich scheinen.«

Gwendal lehnt sich zurück. Petridis zieht die Unterlagen aus der Tasche. Er legt dem Firmenchef den Zeitungsausschnitt mit dem Foto des Toten auf den Tisch. Daneben platziert er das Faksimile der alten Chronik. Er fasst zusammen, wovon dieses Dokument berichtet: von den Ereignissen des Jahres 1712, vom Brand des Schulgebäudes, vom Eingreifen des jungen Knechts, vom Bild in der Kirche.

Er zeigt ihm den vergrößerten Ausschnitt der Kreuzigungsgruppe mit dem Gesicht des Johannes.

»Erkennen Sie die große Ähnlichkeit?«

Der Konzernchef schaut seine beiden Besucher misstrauisch an. »Ja. Was wollen Sie mir damit sagen, meine Herren?«

Gwendal lehnt sich wieder vor.

»Wir wollen Ihnen gar nichts sagen, Herr Qualldorn. Herr Doktor Petridis hat Ihnen eine Eintragung aus einer Chronik vorgelesen und zwei Bilder gezeigt: das Foto des Toten, den man vor wenigen Tagen auf der Lichtung vor der Kapelle gefunden hat, und die Abbildung einer Kreuzigungsgruppe.«

»Ja, der Tote und der Jünger schauen sich ähnlich. Aber was hat das mit unserem Bauvorhaben zu tun? Darum geht es doch!« Die Stimme des Konzernchefs ist lauter geworden.

»Wir wissen nicht, ob das Aufeinandertreffen höchst seltsamer Phänomene mit dem geplanten Bau Ihrer Hotelanlage auf dem Platz der alten Kapelle zu tun hat. Wir sehen nur einen unbekannten Mann. Er ist tot. Sein Körper weist Brandwunden auf.

Wir sehen ein Bild in einer Kirche mit einem Jünger, der dieselben Gesichtszüge trägt wie der Tote. Diese Gesichtszüge wurden ihm verliehen in Erinnerung an einen jungen Mann, der vor 300 Jahren als Retter bei einer Brandkatastrophe in Erscheinung trat.«

»Wollen Sie damit behaupten, dass ein Toter aus dem Jenseits zurückgekommen ist, um meinen Hotelbau zu verhindern?«

»Nein, das wollen wir nicht. Denn wir verstehen die

Zusammenhänge genauso wenig wie Sie. Aber bevor wir gehen, möchten wir Ihnen noch ein Detail zeigen, auf das Doktor Petridis gestoßen ist.«

Der Jurist legt dem Konzernchef den Archiveintrag vor, der Lage und Größe verschiedener Bauerngüter um 1800 ausweist. Darin ist auch der Hof des Wattnerbauern erfasst. Angeführt sind auch die zwei Rieden, auf denen Hof und Felder liegen. Der Konzernchef liest die alten Bezeichnungen. Dann lässt er das Blatt sinken. Er starrt die beiden Männer an, die ihm gegenüber sitzen. Er kann nicht glauben, was er sieht. Sein Blick fällt auf das Foto des Toten in der Zeitung. Dann schaut er auf den biblischen Jünger, der das Antlitz des Toten und zugleich das eines Bauernknechts trägt, der vor 300 Jahren umkam. Der Name des Knechts ist vergessen. Er hat auf dem Hof des Wattnerbauern gedient, so viel verrät die Chronik. Dieser Hof erstreckte sich über zwei Rieden. *Watten* lautete die eine Flurbezeichnung, die andere *Qualldorn*. Hatte seine Familie je mit dem Landstrich zu tun, mit dem Bauernhof, mit den Menschen von damals? Wer ist der Tote auf der Lichtung? Ihn friert plötzlich. Er hat das Gefühl, die Raumtemperatur wäre um einige Grad gesunken. Im Raum herrscht Schweigen. Keiner der drei Männer sagt ein Wort. Wieder liest er den alten Flurnamen. *Qualldorn*. Die Sekretärin erscheint, erinnert den Chef an die nächste Besprechung, die Zeit dränge. Auch darauf sagt Rolf Qualldorn nichts. Er nickt nur geistesabwesend. Die beiden Herren werden verabschiedet, von der Sekretärin hinaus begleitet. Zurück bleiben ein

schweigender Firmenchef und eine halb volle Flasche
Ysop-Likör.

Die Rückfahrt dauert zweieinhalb Stunden. Die beiden
Männer schweigen. Im Grunde ist alles gesagt. Jeder
hängt seinen eigenen Gedanken nach. Erst als die Mau-
ern des Stiftes im Scheinwerferlicht auftauchen, richtet
Gwendal das Wort an den Fahrer.
»Darf ich Ihnen noch ein Glas Likör anbieten? Oder
lieber einen guten Wein?«
Der Rechtsanwalt entscheidet sich für Wein, einen
Blaufränkischen aus dem Burgenland. Gegen Mitter-
nacht räumt Gwendal zwei leere Flaschen weg.
Die Nacht ist kurz. Dennoch fühlt sich der Pater bei
der Frühandacht nicht müde.
Sein Schlaf war traumlos, aber fest.
Am späten Vormittag verlässt eine knapp gehaltene
Presseaussendung das Unternehmensgebäude des Quall-
dorn-Konzerns. Die Firmenleitung ziehe das Hotelpro-
jekt Galachhügel in der Gemeinde Ambertal zurück.
Begründung wird keine angegeben.

Aufatmen in der Umgebung. Viele können es gar nicht
glauben. Der Konzern bietet den Rückkauf des Grund-
stückes an. Der ehemalige Besitzer will es nicht haben.
Die Gemeindeverantwortlichen von Ambertal treffen
sich zu einer Sondersitzung, um über einen möglichen
Erwerb und die Finanzierung zu beraten.
Die Polizei versucht weiterhin mit allen ihr zur Ver-

fügung stehenden Mitteln, die Identität des Mannes auf dem Galachhügel und die Hintergründe, die zu dessen Tod führten, zu klären. Doch es findet sich kein einziger Hinweis. Nach vier Wochen gibt die Staatsanwaltschaft die Leiche frei. Die Akte bleibt weiterhin offen. Gwendal überredet den Prior, den Unbekannten auf dem Klosterfriedhof zu bestatten. Er liest selbst die Totenmesse. Er staunt über den großen Andrang. Fragen, die ihm während der letzten Tage immer wieder gestellt wurden, ob der Fund des Toten und der Verzicht auf den Hotelbau in Zusammenhang stünden, hat er nicht beantwortet. Dennoch gärt es rundum in der Gerüchteküche. Kirche und Friedhof sind gesteckt voll. Zu seiner Verwunderung entdeckt Gwendal in der Menge auch einen Mann im schwarzen Anzug. Rolf Qualldorn, begleitet von einer Frau, vermutlich die Gattin des Unternehmers. Das Paar hält zwei kleine Kinder an den Händen. Falls er sie später noch sieht, will Gwendal den Kleinen Gänseblümchen aus dem Klostergarten schenken. Auch Flora Glanzberg und ein Großteil der Bürgerinitiative sind gekommen. Die Biobäuerin hat es sich nicht nehmen lassen, die Kosten für den Grabstein des unbekannten Toten zu übernehmen.

Gwendal weiß nicht genau, wen er da beerdigt. Er hat aufgehört, sich über Phänomene, die er nicht versteht, den Kopf zu zerbrechen. Er nimmt es hin, wie es ist. Er hat das Bild des Toten vor sich, der auf der Wiese vor der Kapelle liegt, mit alten Brandmalen am Körper und einem Tuch um die Hüften, umgeben von Teufelskrallen. An diesen Anblick denkt er, während er den Text des Requiems spricht. *Et lux perpetua luceat ei.* Und das ewige Licht leuchte ihm.

Der Nachtwind streicht sanft durch die Bäume. Hunderte glühende Punkte leuchten in der Dunkelheit. Auf den Ästen sitzen Vögel. Sie starren auf die Lichtung.

Auf der Wiese vor der Kapelle steht ein Mönch, ein Benediktinerpater. Er atmet den Geruch der Nacht ein, den Duft der Kräuter, das Aroma der Blüten der nahen Linde. Dann zieht der Pater seine Sandalen aus, streift das Hemd ab. Behutsam gleiten seine nackten Sohlen über das Gras. Er hebt einen Fuß, dann den anderen. Die Arme schwingen wie an unsichtbaren Fäden durch die Luft. Die Bewegungen des Mannes werden allmählich schneller. Der Mönch beginnt auf der Wiese zu tanzen, lässt seinen Körper im Rhythmus kreisen, den nur er fühlt. Er wiegt sich im Gesang der Sterne, im Lied der Bäume. Seine Füße ertasten den Boden, spüren die Kraft. Die Haut fühlt den Atem des Himmels. Sein Herz singt das Lied der Schöpfung.

Gwendal lässt sich treiben. Er fühlt sich eins mit allem, das ihn umgibt. Fast eine Stunde lang tanzt er über die Wiese. Dann werden seine Bewegungen langsamer. Er öffnet die Augen, bemerkt einen großen Schatten in seiner Nähe. Er streift sein Hemd über. Im Gras liegt ein großer Hund, schwarz mit glänzendem Fell. Gwendal lässt sich neben dem Tier nieder. Reglos verharren sie, der Benediktinermönch und der Hund an seiner Seite. In der Ferne glimmen Aberhundert helle Punkte zwischen den Ästen. Der Nachtwind haucht durch die Blätter der alten Linde. Friede liegt über der Lichtung. Die Sterne klingen. Nach einer Weile erhebt sich der Hund, schreitet leichtfüßig davon, als würden seine Pfoten kaum das Gras berühren. Gwendal sieht ihm nach. Die dunkle Erscheinung verschwindet in der Finsternis des Waldes. Gleich darauf hebt ein mächtiges Rauschen an. Hunderte Vögel verlassen die Zweige, ziehen mit ihren Schwingen über die Lichtung. Ihre Flügel tragen sie davon in die Dunkelheit.

Gwendal blickt den Vögeln hinterher. Vor ihm schimmern die Mauern der alten Kapelle im Mondlicht. Er atmet den Duft der Linde. Unter seinen Händen spürt er die Blumen, die zu Tausenden die Wiese bedecken. Blumen, die ihren Namen von der auffälligen Klauenform ihrer Blüten haben. Blumen, die die dunklen Köpfe aus der Erde schoben, als diesem Ort Gefahr drohte.

Teufelskrallen.

Der Mönch lässt sich langsam zurücksinken, bettet den Kopf auf die Wiese.

In seiner Arbeit als Therapeut hat er oft mit Träumen zu tun. Er weiß, dass Hunde im Traum oft die Seelen von Verstorbenen repräsentieren.

Er breitet die Arme aus. Über ihm blinken die Sterne. Er pflückt eine der dunklen Blüten und steckt sie in den Mund. Bedächtig beginnt er zu kauen.

In seinem Herzen blüht Dankbarkeit.

QUELLEN, ANREGUNGEN, DANK

Viele Anregungen zur Beschäftigung mit Kräutern verdanke ich der Organisation TEH, Traditionelle Europäische Heilkunde (mit Hauptsitz in Unken/ Land Salzburg), insbesondere Obfrau Theresia Harrer und TEH-akademie-Leiterin Karin Buchart.

Eine reichhaltige Quelle war mir auch Pater Johannes Pausch, Prior des Europaklosters Gut Aich in St. Gilgen/Land Salzburg. Er hat mein spärliches Wissen sowohl über Kräuter als auch über das Leben innerhalb einer benediktinischen Mönchsgemeinschaft erweitert.

Viele Details zu Namen, Geschichte, Anwendung und Wirkungsweise von Kräutern fand ich in folgenden Büchern:

- Pater Johannes Pausch: Meine Heilkräuter Mandalas. Verlag Servus/Red Bull Media House GmbH
- Dido Nitz: Kräuterzauber. Verlag arsedition.
- und unter: www.heilkraeuter.de

Anmerkung zu »Oregano«:

Den Pizza-Weltrektord in Neapel gab es tatsächlich (Mai 2016). Ich habe die Fakten für die ›Welt‹ in meiner Geschichte leicht abgewandelt.

~⊙~

Anmerkung zu »Teufelskralle«:

In der Wallfahrtskirche St. Nikolaus in Golling (Land Salzburg/Österreich) hängt ein Nikolausbild, das mir als Vorlage für das von mir beschriebene diente. Auch diese Nikolaus-Kirche liegt in der Nähe eines Wasserfalles (Gollinger Wasserfall).

Manfred Baumann, Jänner 2017

MANFRED BAUMANN
Salbei, Dill und Totengrün
. . . .
978-3-8392-1927-0 (Paperback)
978-3-8392-5111-9 (pdf)
978-3-8392-5110-2 (epub)

GEFÄHRLICHE GEWÜRZE Ein ehemaliger Manager eines Rüstungskonzerns liegt erdrosselt im Klostergarten. Warum ausgerechnet mitten in einem blühenden Salbeistrauch?, fragt sich der Salzburger Pater Gwendal. Das Wissen über die Wirkung dieser uralten Heilpflanze bringt den Benediktinermönch und Hobbydetektiv schließlich auf die Spur des Mörders. Kräuter spielen in jeder der ungewöhnlichen Krimigeschichten eine ebenso würzig-witzige wie wahrheitstreibende Rolle.

GMEINER SPANNUNG

WWW.GMEINER-VERLAG.DE
Wir machen's spannend

MANFRED BAUMANN
Mozartkugelkomplott
. . . .
978-3-8392-1773-3 (Paperback)
978-3-8392-4809-6 (pdf)
978-3-8392-4808-9 (epub)

SÜSSER TOD In der Hand eine Mozartkugel. Auf dem Kopf eine Mozartperücke. So liegt der Schauspieler Jonas Casabella, splitternackt und tot, in Mozarts Geburtshaus. Dieser bizarre Anblick ist nur der Anfang einer Serie rätselhafter Ereignisse mit zwielichtigen Personen, denen sich Kommissar Merana gegenübersieht: rivalisierende Zuckerbäcker, profittreibende Musikmanager, verzweifelte Wunderkinder, erpresserische Fädenzieher.

Und auch Meranas Herz wird im Lauf der Ermittlung eine tiefe Wunde zugefügt.

MANFRED BAUMANN
Drachenjungfrau
. . . .
978-3-8392-1941-6 (Paperback)
978-3-8392-5139-3 (pdf)
978-3-8392-5138-6 (epub)

MYSTISCH RUSTIKAL Am Fuß der beeindruckenden Krimmler Wasserfälle liegt ein totes Mädchen: Lena Striegler, siebzehnjährige Schönheit, Gewinnerin der Vorausscheidung zum groß inszenierten Austrian Marketenderinnen Award. Der Salzburger Kommissar Martin Merana ermittelt erstmals in der Provinz, zwischen den kuriosen Abgründen einer rustikalen Casting-Show und den mystischen Geheimnissen einer alten Sage. Während Merana den Kreis der Verdächtigen einschnürt, geschehen weitere rätselhafte Dinge im Ort …

GMEINER SPANNUNG

WWW.GMEINER-VERLAG.DE
Wir machen's spannend

Das Neueste aus der Gmeiner-Bibliothek

Unser Lesermagazin

Bestellen Sie das
kostenlose Krimi-
Journal in Ihrer
Buchhandlung
oder unter
www.gmeiner-verlag.de

Informieren Sie sich ...

www ... auf unserer Homepage:
www.gmeiner-verlag.de

@ ... über unseren Newsletter:
Melden Sie sich für unseren Newsletter an
unter www.gmeiner-verlag.de/newsletter

f ... werden Sie Fan auf Facebook:
www.facebook.com/gmeiner.verlag

Mitmachen und gewinnen!

Schicken Sie uns Ihre Meinung zu unseren Büchern
per Mail an gewinnspiel@gmeiner-verlag.de
und nehmen Sie automatisch an unserem
Jahresgewinnspiel mit »mörderisch guten« Preisen teil!

GMEINER SPANNUNG